魅丽文化 花火工作室

咬春饼 ◎ 著

百年好合

2

江苏凤凰文艺出版社
JIANGSU PHOENIX LITERATURE AND ART PUBLISHING

图书在版编目（CIP）数据

百年好合 .2/ 咬春饼著 . — 南京 : 江苏凤凰文艺出版社，2020.8
ISBN 978-7-5594-4879-8

Ⅰ . ①百… Ⅱ . ①咬… Ⅲ . ①中篇小说 – 中国 – 当代
Ⅳ . ① I247.5

中国版本图书馆 CIP 数据核字 (2020) 第 080317 号

百年好合 .2

咬春饼 著

责任编辑 张 倩
特约编辑 朵 爷 张美丽
装帧设计 黄 梅
封面绘制 陶 然 卜若梨
出版发行 江苏凤凰文艺出版社
南京市中央路 165 号，邮编：210009
网 址 http://www.jswenyi.com
印 刷 湖南关山美印有限公司
开 本 880mm × 1230mm 1/32
印 张 9
字 数 245 千字
版 次 2020 年 8 月第 1 版
印 次 2020 年 8 月第 1 次印刷
书 号 ISBN 978-7-5594-4879-8
定 价 38.60 元

目录

Contents

第一章　我以后也会很乖的

临近打烊，服务生一开灯，吓得尖叫。

周启深一直在这间屋子里枯坐着。他穿着薄薄的羊毛衫，坐在冰凉的地板上，慢吞吞地抬起头，哑声说了一句“抱歉”，想起身，却半天没成功。

服务生走过来扶了他一把：“先生，您没事吧？”

周启深好不容易站直了，脑袋一阵眩晕，踉踉跄跄地走出门外。

十二月月底，气温降至零度以下，北京快要下雪了。

从这回家的路并不远，他也不知怎么开的车，绕错一个又一个路口，后来连停车库都忘了进，直接把车停在岗亭。保安很年轻，十分敬业地叫他：“周先生，您外套没拿。”

周启深立在风里，好像一点也感觉不到冷，住了三年的地方，此刻像一座迷宫。他绕得七荤八素，到了自家楼下，就听见清亮的一声：“周启深！”

赵西音站在外边，裹着棉袄，系着围巾，冻得直搓手，气急败坏地嚷：“你怎么回事啊？！打你电话不接，短信也不回，我在这儿等了一个小时，冷死我啦！”

她声音亮，生气的时候，本就清澈的眼眸好像带了光。周启深立在原地，定定地望着，有点分不清这是现实还是梦境。

赵西音跑过来，伸手在他面前晃了晃：“傻了？”

他不说话。赵西音又凑过去闻了闻衣服：“没酒味儿啊！不是，你大冬天的，怎么连外套都不穿啊？”

他迅速别过头，“嗯”了一声，克制住情绪后，哑声问：“有事？”

“赵老师手机下载不了你给他发的那个汉语工具书视频，我正好路过，想到你这儿下好给我爸看。”赵西音的眼睛很漂亮，说真话的时候，望着你一眨不眨；有心思的时候，会机灵地左看右看。比如现在，她的心思都写在脸上。

周启深心里刀绞似的痛，他甚至连她的眼睛都不敢看。擦肩而过时，赵西音还在发蒙，愣愣地望着他的背影：“你不请我上去坐坐啊？”

人走远了，脚步没停。赵西音提高声音：“周启深！我冷得走不动了！”

直到电梯门关上，他也没有回头。赵西音有点失落，又有些莫名其妙，西风一吹，脸颊刮着疼。她踢着石头子心事重重地走到岗亭，保安朝她敬了个礼，说：“赵小姐，请稍微等一等，周先生替你安排了车。”

赵西音说不出心里什么滋味，下意识地回头看了一眼，黑漆漆的一片天，只有低矮的灯光昏黄一团。

客厅的灯光是自动感应的，门一开，屋里瞬间大亮。被明亮的灯光刺痛双眼，周启深待在玄关半天没动弹。

他是什么时候后悔的？

或许是每一次争吵后的怅然若失，或许是把赵西音推倒在地那一刹的茫然心痛。他们当然有过很好的时候。刚谈恋爱那会儿，赵西音在一家培训机构实习，跨行转业，多有不适，整天忙得跟个小陀螺似的。那时候她特别黏人，一会儿一条短信地发：

“还有好多表表要做。”

“还有好多字字要签。”

“还有好多事事做不完。”

周启深那时在开高层会议，总工程师正在汇报技术参数，在座的鸦雀无声，个个专注。他在会上给她回信息，好像多一秒都怕辜负心意。

“那你吃饭饭了没有？”

周启深学她的语气发了信息，惟妙惟肖，赵西音发了一串“哈哈哈”过来：“你干吗学我说话呀？”

周启深嘴角不自觉地上扬，与会人员面面相觑，最后还是徐秘书低声提醒他才收敛表情。他们新婚之时，卧室里的落地窗从天花板连着地板，CBD的月夜美景一览无遗。赵西音当时穿着他的白衬衫，宽宽大大，一双白皙的腿若隐若现，像是从月亮上走下凡间的仙子。两人如鱼得水，周启深被她紧紧抱住的时候，听到她说：“老公，我也爱你哟！”

美好那么多，以至于现在回想，都像刀尖往心口扎。

周启深手里还攥着车钥匙，钥匙圈上套了一个金属饰品，边线打磨光滑，但棱角仍十分尖锐。他出了神，迷了心，不自觉地抠着那个饰品，一下又一下，却不自知。

周启深没感觉到痛，只是被手腕上微痒的触感拉回神志。他低头，左手掌的手心，被自虐出了道道血痕，皮开肉绽，鲜红触目。他握着车钥匙，晃晃荡荡又出了门。

“这个放左边，明天十点的预约是哪一位？嗯，好，你再跟进一下。”林依仍在诊室，正进行最后的收尾。她换上高跟鞋，白大褂甚至脱了一只袖子——

“嘭”的一声，砸门的声音。

林依处变不惊，看了一眼电脑上的监控摄像视频，立刻走去开门。周启深双手搭在门框，低着头，弯着腰，一动不动的，像是木头。

林医生惊慌地道：“你怎么了？”

周启深缓缓抬起头，眼里全是红血丝，低沉的声音里甚至带着哽咽，他说：“林医生……救我……”

年关将至，赵文春忙得不可开交。因为苏颖过敏，赵西音得了几天空闲。赵老师差不多忙完了，周五这天买了很多菜，大清早的就打电话，非让赵伶夏过来吃晚饭。

“你这个姑姑啊，就是个女土匪，胡闹吗这不是！”赵文春把啤酒倒进老鸭里，盖上锅盖儿继续焖，“回国多久了，才肯上家里吃顿饭。”

赵西音帮忙择菜：“姑姑忙，您别总是念叨她。”

这话不中听，赵老师树立威信：“我是她哥，必须管她！”

赵西音笑嘻嘻地道：“你们是双胞胎，就差两分钟吧？两分钟的哥哥，真的好威武哟！姑姑公司筹备上市，有好多事儿呢，她现在肯定忙得焦头烂额。”

赵文春一点也不赞同：“赚那么多钱干什么？她啊，也是从小逞强惯了，天天跟你爷爷奶奶对着干。”

赵西音笑了一下，把青菜叶放上来。

“欸，对了，启深好久没消息了，他最近忙什么呢？”赵文春早想问了。

赵西音说：“不知道。”

赵文春瞄了她一眼：“你俩又吵架了？”

“什么叫又啊！”赵西音笑了下，“我跟他没关系。”

“胡说，爸爸又不老，看得出来，你俩啊，都有感情。”赵文春笑眯眯地说，“叶韬昨天还问起你呢！”

“哎哟我的天！”赵西音真服了，“别总拿这个开玩笑，本来没什么的，大家还以为有什么了。”

“真对小叶不来电啊？”赵文春难得调侃，“周启深的引体向上还输给他了呢！”

“他身上有伤，能比吗？换他好的时候试试，分分钟秒杀叶老师。”赵西音说着说着就护短。

赵伶夏倒是如约到家，赵西音挨到她身边，揪着她的鬓发玩。赵伶夏睨了她一眼，问：“周启深最近是不是玩失踪？”

赵西音脸色沉下来，欲言又止，最后低下头。

“你不想知道他在哪儿？”赵伶夏挑着眉，打心底不喜欢她这失魂落魄的模样。但能怎样，自己唯一的侄女，憨傻执拗，善良赤诚，每每想揍她，却都舍不得下狠手。

赵西音抬起头，眼睛分明发了光，又怕被姑姑看穿，语气挺不屑：“他死去哪儿了？”

欲盖弥彰的小把戏，赵伶夏懒得拆穿，告诉她：“周大老板身体抱恙，差不多要进太平间了。”

赵伶夏在商圈还是有人脉的，人多嘴杂，小道消息也不难搜集。原定于昨天举行的一个经济论坛他都未出席，听说连公司都没露面，人间蒸发了似的。

赵西音心神不定，给周启深打电话永远提示关机，忐忑到晚上十点，还是忍不住打给了顾和平。

顾和平接得快，十分热情：“小西啊！”

“和平哥，你忙不忙？”赵西音握紧了手机，“我想向您打听件事儿。”

“不忙不忙，你说，和平哥听着呢！”

“就……周启深是不是出差了？就是我爸爸嘛，想要他一个视频，老是催我，我……”赵西音绞尽脑汁地找借口，说到一半，她自己先哽咽了，语无伦次了，“他电话关机，我找不着人。”

顾和平还是轻松的语气，甚至带着点薄薄笑意，这种情绪能感染人，化解着她的忧心。

“我还以为多大的事儿呢！放心啊，周哥儿是出差了，在忙一个项目，天天跟乙方谈判扯皮。这个项目据说还挺敏感，可能不能接电话。”

赵西音听得一头雾水：“是这样吗？”

“就是这样的，放心啊妹妹，周哥儿出不了事。”

顾和平声音响亮，跟发誓似的。赵西音挂断，他还半天没动，手机搁在桌面上，屏幕朝上，开着免提，音量调到最大。

“满意了？”顾和平睨了一眼沙发上的男人，“你小子有没有心啊，啊？听听小西刚才的声音，都带哭腔了。我还帮你骗她，我都想抽自己。”

周启深沉默，下颌骨的线条绷紧着。

顾和平急了：“再大的误会就不能好好说？”

周启深熬了几晚上没合眼，眼里全是红血丝。他哑声说："和平，我以为我能给她幸福，但其实，最混账的就是我。她遭的罪，受的伤，到头来全是因我而起。我这样的人，压根儿就不配去要一个姑娘的真心。是我辜负了她，哪怕她和孟惟悉在一……"

"瞎说！"顾和平怒了，"发什么神经！斗了这么多年，有你这么打击士气的吗？就算你和小西走不到一块儿，也绝不能成全孟惟悉！"

周启深慢慢摇了摇头，那一抹笑里全是自嘲："我欠赵西音太多，真的，这辈子都还不清了。"

他这状态让顾和平害怕。那天林依医生亲自给他打电话，也就是那一刻他才知道，周启深的状态又陷入了低谷。林依说，亲近的人，多陪陪，多开解，其实是怕周启深出事。

什么叫亲近的人？

父母，妻儿。

他周启深一个都没有。

顾和平一想起，到底是心疼兄弟的。于是和老程两人打好商量，一人一天先陪着，要都没事，就带着昭昭一块儿来热闹热闹。顾和平晚上跟他睡一张床上，周启深这么有领地意识的人，都淡漠得不说一个字。

顾和平心里忐忑，前天半夜睡得迷迷糊糊时翻了个身，身侧空了，吓得他一个机灵猛地坐起。周启深哪儿都没去，在卧室待着，支着腿坐在飘窗上，天将亮，外面灰蒙模糊的光，把他的身影烘托成一道凌厉的剪影。

那是顾和平很久之后再回忆时，都没法儿忘记的一个画面。五官、表情、眼神，什么都看不清，但男人身上那种无望，汹涌得像潮水，隔得再远也能感受到。

顾和平有个挂牌公司，但不太干实事。狐朋狗友多，拿钱砸项目，房地产、餐饮、美容、外贸，就没他顾大爷没搞过的行业。虽比不上周启深这种势要发展成家族企业的商人，但一年红利也十分可观。

顾和平这几天推掉大部分工作，专心当起了"顾保姆"。不会做饭，就顿顿叫外卖，他吃得都要吐了。周启深没受影响，点什么，吃什么，行尸走肉一般。

顾和平说："我再陪你两天啊，还有两天就元旦了，老爷子下了死命令，我年年都是陪他跨年的。要不你跟我回家陪他喝茶？"

周启深的烟瘾这几日见长，烟灰缸倒了一次又一次，他说："不了，我不爱热闹。"

顾和平明白，他只是不爱这种家庭氛围式的热闹。伤口撒盐，雪上加霜，是怕伤心哪！

"行吧行吧，你一个人待着，我可告诉你啊，你这屋里我明儿就装五个摄像头，每个房间一个，我回家跨年，时刻都能监视你。你别给我搞什么自残自杀啊，晦气！我还得来给你收尸。"

周启深嘴角往上扬，挤了一个很淡的笑。

顾和平稍稍宽心，啧了一声，又烦心了："如果小西这几天老往我这儿打电话怎么办？我这人最见不得女人哭，到时候说漏嘴了你可别怪我啊！"

周启深忽然抬起头，目光颓然："和平，当我求你，让我好好想两天。"

"别用这个眼神勾我，答应你了还不成吗？！"顾和平不仅见不得女人哭，也见不得男人心碎。他摸了摸自己的脸，"真是天下第一帅。"

行吧行吧，辞旧迎新也别整幺蛾子了。

本以为能安稳过个年，却没料到，谎言在第二天就被拆穿了。

周启深这状态外出，顾和平也不敢让他开车。和林依医生约了早上九点的心理门诊，整个上午就接待他一个患者。顾和平调侃道："您这是顶级 VIP 啊，她当了你几年心理咨询师？前前后后五六年总有吧？"

周启深按着眉心，不说话。

"她结婚没？"

"不知道。"周启深手一顿，"你别打她主意。"

"你瞎护什么短呢！"顾和平嘁了一声。

周启深没力气解释，只说："林医生是好人。"

“你还说过小西是好女人呢！”

周启深沉沉地喘了口气，克制着表情，半晌才转过头，诚恳认真道：“和平，不提她，行吗？”

顾和平敛去玩闹之意，再也不敢搭腔。路程过半，他还没回过味，这个“她”到底是指林医生还是赵西音啊！

周启深在庄园里头一直待到晚上。中途，林医生从治疗室出来，顾和平问：“情况好些了吗？”

林依摇了摇头，抿着嘴唇，情况不容乐观。

“以前他还会主动倾诉，这一次，我引导也没有用了。启深的话越来越少，我也只能给他营造一个轻松的氛围。对了，他最近晚上是不是经常失眠？”

“不经常。”顾和平说，“就没睡过。我每天守着他呢，他一到凌晨就跟只孤魂野鬼似的，瞧见没，我这黑眼圈就是被他吓出来的。”

林依笑了一下，酒窝浅浅镶在嘴角，也无奈道：“他上我这儿来，倒是能好好睡一觉。”

也只能这样了，顾和平道了谢：“麻烦你了，天使。”

他这人生得俊俏，说话也招女孩儿喜欢，把林依身边的小助理逗得直乐。顾和平冲她笑了笑：“妹妹，多多关照里头那臭男人，晚上过来给你们带奶茶。”

周启深这一觉得睡到六七点，顾和平还真提着奶茶来接人。周启深睡了一个白天，精神看着倒是好了许多，拉开副驾驶，自己没上去，而是对顾和平说：“林医生搭个便车。”接着，他又转过头对林医生说：“林医生，上车。”

周启深是个有绅士风度的人，自己去了后座坐。一上去，拿着手机翻了翻邮件，挑了几封重要的回复，之后也不知是从哪儿下了个游戏软件，输多赢少，眼皮都不带眨一下。人一颓废，就习惯找寄托，不求好结果，能分散注意力就行。顾和平和林医生对视一眼，林医生倒是温柔耐心，好像在说，没事，慢慢来。

到了地方，顾和解开安全带：“等一下啊林天使，给你带了点东西。”

他从后备厢里拿出一瓶红酒，是真心实意感谢她这些年的帮忙。两人站在车后客气推辞，周启深下了车，顺手把副驾的女包拎了出来。

“收吧！”周启深把她的包递过去，站在身侧，乍一看就像英俊温柔的男朋友在嘘寒问暖。

顾和平刚有这认知，视线一扫，整个人都蒙了。他俩身后，商场门口，赵西音拎着满手东西，应该是才逛完街。

她定在原地，目光幽幽地望向周启深。顾和平疯狂朝周老板使眼色，周启深回过头，愣了一秒，随即又平静了。

赵西音走过来，走到他跟前：“你没有出差。”

周启深挪开目光，“嗯”了一声。

“那为什么骗我？”赵西音声音沉闷。

顾和平压根儿不敢帮着解释，默默躲远。

周启深沉默地伸过手：“东西给我，我来提。”

赵西音倔在原地，不给。她的眸子发亮，像有水光在晃，就这么心无旁骛地盯着他，不依不饶，非要一个答案。

周启深收回了手，叫顾和平：“你把小西送回去。”

顾和平嚷：“那你呢？”

周启深说：“我自己走。”

赵西音低着头，眼睛发酸，迟疑几秒，重新迈步追上去：“周启深！”

她抓住他的衣袖，紧紧地：“跨年夜你一个人过吗？”

女孩儿的手指轻轻刮着他手腕内侧，燃烧发烫，他觉得自己这条胳膊都要废了。周启深哑声答：“我加班。”

赵西音没松手，指尖用力得都泛了白，眼神湿漉得像林间鹿，问：“周启深，你那天说，等我跳完舞，我们好好谈一次。我问你，还谈吗？”

周启深僵硬地将手盖在她的手背，然后一点一点拨开：“小西，你陪爸爸好好过节。”

赵西音愣在原地，大声喊：“周启深！”

背影停顿一秒，然后扎向冬夜里。

两天后，跨年夜。

原本赵文春想在家做顿饭，但赵伶夏说麻烦，她定了地方，上外边饭店吃。赵文春说浪费，赵伶夏冷哼一声，从不惯着人，来不来随你。赵文春一边念叨妹妹凶悍，一边在衣柜里挑外套："小西，我穿哪件好？"

半天没回音，赵文春伸头一瞧，就见赵西音蔫蔫地躺在沙发上，虚弱地道："爸，我发烧了，你去陪姑姑吃饭吧，我在家躺会儿。"

体温三十七度七，低烧。眼看时间快到了，就赵伶夏那个性子，迟到能把桌子给掀了。赵文春给她倒了温水："你睡一觉，多喝水，不舒服了随时给我打电话。"

赵老师匆匆忙忙地出门，门一关，赵西音掀开被子，穿上外套也往外面跑。今天北京城降温，看天气预报说是会下雪。冷是真冷，干燥的风呼呼往脸上刮，赵西音一吸气，肺腑都凉得疼。

她一头扎进沃尔玛，再出来时拎了两三大袋东西。跨年夜各地活动多，城区每年都有交通管制，赵西音等了半天都打不到车，好不容易等来一辆，又被一个大妈加塞。换作平时，她让一让无所谓，但今天不行！

赵西音跟这大妈争论半天，谁也不让谁。司机师傅等得不耐烦："都不坐是吧，那我走了啊！"

赵西音伸手一指，惊讶道："看！地上好多钱！"

大妈转头的一瞬，赵西音挤开她，闪电似的坐进车里，门"砰"的一声关上："师傅，走。"

今天的保安约莫是新来的，查了登记表，说赵西音不是这儿的业主，硬是不让她进。赵西音说："我真认识你们这儿的业主，叫周启深，最中间那一幢的，二十三楼。"

保安问："你是他的……"

赵西音淡定地道："女朋友。"

说这三个字时，她特别坦然，胡诌得跟真的似的："我俩异地恋，半年才见一次，今天不是跨年夜嘛，我偷偷来的，想给他个惊喜。你看，我买了好多菜呢！”

小哥哥将信将疑，后来他们当班的队长来了，他对赵西音是有印象的，上次她回去，周启深就是让他安排的车辆。

“赵小姐您进去吧！周总的车六点多就回来了。”

门铃响了半天，周启深才慢吞吞地过来开门，一见是她，彻底怔住了。赵西音拎着三大袋东西，勒得手指尖都没了血色。她委屈地嘶嘴：“周启深，我手断了。”

周启深半天才回过魂，沉着脸：“大晚上的，不陪爸爸跑这儿来干吗？”

赵西音不废话，把东西直接往他怀里塞：“你能帮别人拎包，都不肯帮我拎菜。”然后自顾自地进门，换鞋，长发遮住脸颊，露出漂亮的鼻尖。

周启深模样挺颓废的，换了深蓝色的家居服，人瘦了一圈，五官更加立体，轮廓越发凌厉，不苟言笑时，严肃极了。他把东西慢慢放在玄关，理智地道：“别闹，我送你回家。”

赵西音猛地直起身，目光清亮，嘴角带笑：“行啊，吃完饭我就走。”

赵西音脱了外套，摘了围巾，里头一件V领纯色羊绒衫，把她的身材勾勒得凹凸有致。她身段好，紧身牛仔裤包裹着的腿又直又匀。周启深注意到她的袖口，有一块很明显的污渍。

“怎么弄的？”他问。

赵西音把食材一一拿出来：“跨年夜不好打车，一大妈跟我抢车。”

周启深皱眉：“受欺负了？”

赵西音点点头：“嗯。”

周启深走过来，握住有污渍的那只手，仔仔细细地看：“伤哪儿了？”

赵西音陡然鼻酸：“伤心了。”

周启深的手就这么颤了颤。

赵西音抬起眼，故作轻松地笑了笑：“哎！周启深，你不是总想知道你儿子的中文名吗？这样，你呢，跟我一块儿做顿饭，吃开心了，我就给你看照片，行吗？”

好不容易软化的气氛，一听到“孩子”两字时，又彻底僵住了。周启深的脸色以可见之速变差，将握着的手迅速放开，然后往后退一大步，痛苦的神情全写在了脸上。

赵西音就这么直勾勾地盯着他，不遗漏他每一分的神情变化。在对视中，她的不解与疑问，逐渐显露，拨开云雾。

她低着头，再抬起时，又是一派纯净笑颜：“周启深，我们一起做一顿饭，行吗？”

周启深点了头：“好。”

空了数月的垃圾篓终于满了，崭新的厨具终于开封了。周启深背对她，有条不乱地忙着：“鱼想怎么吃？红烧还是清蒸？”

他的厨房明亮、干净。世贸大楼今晚的霓虹灯光格外绚烂，一片片的光影照进来，晕在冰箱面，赤橙黄绿，温柔而缱绻地变幻。周启深的衣袖挽上去，小臂肌肉紧实，用力时，筋骨隐现，很男人。

赵西音的目光如水，平静得像山泉小溪。

周启深没等到回答，刚要转过身，腰间一紧，就被赵西音轻轻环住。她的侧脸贴着他的背，呼吸很轻，闷声道：“我今天好惨，早上帮赵老师搞卫生，被书柜上的一本汉语字典砸中了头。我去沃尔玛买菜，沉死我了。打车打不到，天寒地冻的，我还发烧啦！”

周启深身体一怔。

“你不许动，听我说完。”赵西音把他搂得更紧，声音哽咽了。

像是一朵烟花砸到心底，轰轰隆隆。

“我不想你一个人过年。”赵西音把早就准备好的红包，慢慢塞进他手心，额头往他背上重重一抵，“周启深，新年快乐。”

周启深握紧那个红包，眼泪都快下来了。

他没回头，没转身，没有挣扎，任她抱着，可再多余的回应没有了。他还是重复那句话：“鱼想吃红烧还是清蒸？”

赵西音身体陡凉，大半勇气都消散了，只得怏怏松手，离开厨房时还一步三回头。周启深做饭很快，两菜一汤一会儿就端了出来，赵西音侧躺在沙发上，随手扯了条羊绒毯盖着，眼睛睁开，定定地望着他。

周启深眼神很明显地在闪躲："吃吧！"刚说完，他又很快抬起头，皱了皱眉头。

赵西音眼睛亮，亮得有点不太正常。周启深走过来，伸手往她脑门上一探，好家伙，烫得都能煮鸡蛋了。

赵西音撇着嘴："你是不是以为我刚才骗你的？你不相信我真在发烧。"

周启深望着她，不作声。

赵西音头一偏，张嘴咬住他的手背，小牙齿多尖啊，还不解恨，特别委屈："你浑蛋！周启深，你是不是这辈子都不能相信我了？是不是我做的每一件事，都是另有目的；说的话都是谎话连篇，是吗？"说着说着，眼泪沾着飙升的体温像要沸腾。

周启深不为所动，感觉不到疼，抑或是麻木了。等她咬得下颌骨疼了，自己松开了，手才从她额头慢慢滑到脸畔。他似怜似疼地轻轻抚了抚，道歉："对不起，是我让你受委屈了。"

赵西音泪眼婆娑，喉咙眼里全是烧热的火气，她一脚蹬过去，率先堵住了他的话："下一句是不是想说，你再也不来打扰我了啊？"

周启深嘴角动了动，低下了头。

赵西音眼泪忍啊忍："那我回北京之后，你干吗来招惹我？你要一早有这想法，就别总在我面前晃悠啊！周启深，你回回说对不起，但次次做的都是伤人心的事儿，你好意思吗？拿人当猴儿耍呢！"

赵西音边说，边拿脚踹他，肩膀、胸口，一下一下使了蛮力。周启深握住她的脚踝，疼得胸中郁积之气难散，沉着嗓子喊了句："你别乱踹，踹伤了脚还跳不跳舞了？"

"你都把人当猴耍了，还管我跳不跳舞做什么？"赵西音坐起身子，双手狠狠搂住了他的脖子，埋在他肩上呜呜地哭："周启深，我都给你发红包了，你连句'新年快乐'都不跟我说，你这人怎么总放我鸽子啊，你到底还谈不谈了？”

周启深的心被她哭出了大窟窿，女孩儿的体温灼热，热得他没闲心想别的，抱着人就往卧室走。赵西音被放在床上，周启深转身就去找退烧药。

他家医药箱里的东西还是挺齐全的，乱七八糟的止痛药一大堆。他拿出体温计让她含着，又从冰箱拿出冰袋，用毛巾裹着贴到她额头。赵西音忒不配合，舌头一抵，把体温计吐出来；脑袋一歪，冰毛巾也被蹭掉在地上。鼻子贴着他的枕头，明明是洗发水的淡香，却仍十分嫌弃地说：“周启深，你床上有味儿。”

周启深欲言又止，眼神沉了沉，随她说。后来体温一量，三十九度八，赵西音卖惨成功，哼哼唧唧地喊冷。周启深满屋子瞎转悠，从储物间翻出一床崭新的蚕丝被。人还没进卧室呢，赵西音就捂着鼻子：“我对蚕宝宝过敏，拿开，拿开。”

周启深真拿她没办法，既憋屈又无奈地站在那儿。两人对视好久，赵西音半坐在床上，白皙的脸烧得通红，朝他伸出手，可怜兮兮地说：“周哥儿，我冷。”

周启深多想不理不睬，但她望着人时这双哀怨嗔痴的眼眸，就是穿肠毒药，再坚定的意志决心，都能立刻被毁灭。

周启深放下被子，坐在床边，沉默地将她搂入怀里。赵西音揪着他的衣领，瓮声瓮气地说：“这么多年用的还是‘冥府之路’，这香味儿你不腻啊？”

周启深“嗯”了一声：“刚才不是还嫌我床上有味儿吗？现在又说香了？”

赵西音软弱无力地“呸”了一声：“你改名儿算了，别叫周启深，叫周杠杠好了，我说什么你都能跟我杠一下。你就是有味儿，臭死了。”

语无伦次的，听笑了周启深。他胸膛微颤，心跳跟着加速，一下一下传入赵西音的耳朵。这心跳宛如催眠曲，她安静了，慢慢合上了眼。周启深等她睡熟，才把人慢慢放平。

烧到快四十度，人早就晕晕乎乎的了。周启深看看那些退烧药，幸亏没吃，什么时候买的他自己都不记得，都过期一个月了。也不乱吃药了，毛巾换勤点，一个小时后，用耳温枪一量，体温在降。

周启深放了心，拉了条椅子坐在床边，看着赵西音的睡颜怔怔出神。

追溯往事，他求了两次婚。

交往两个月的时候，赵西音正儿八经地找了份工作。公司离她家远，早上六点起来转地铁，两个小时的车程。周启深当时就心疼了，说："我在那边有个公寓，空着，你住吧！"

赵西音不肯："你的房子，我住像什么话呀！"

周启深笑得意味深长，坏心思一下冒了头："哟，住男朋友的房子还要师出有名呢？"

赵西音蛮严肃："青门有归路，坦坦高槐下。我爸经常这么说，不能贪人便宜。"

周启深连连应声："我爸有才，名言警句信手拈来。"

"赵老师很有文采，什么诗句都能背。"说到一半，赵西音倏地反应过来，气急败坏道，"谁是你爸爸啊，那是我爸爸！"

"以后就是了。"说这话时，周启深坐在书桌前，将转椅往后退了退，单手揽住赵西音的腰就往自己大腿上压，"小西，要不你嫁给我吧！"

赵西音脸红了，掐着他的大腿狠狠一拧，肌肉太紧实，根本捏不住，倒是挠痒了男人的心。

"有你这么求婚的吗？一句话就想让人嫁给你，也太便宜了。"赵西音下巴扬得高，满脸骄傲。

周启深作势起身："我这就去买戒指，买好了你就得嫁我了啊！"

把赵西音急得哟！周启深哈哈大笑。

只当是玩笑话，赵西音压根儿没当真。才交往两个月，也太不实际了。但周启深好像惦记上了，说的话，做的事，都带着长远的目的。

第二次求婚，成功。

但平心而论，疙瘩就是那时候拧上的。

孟惟悉当年还是孟少爷，多拗的脾气，以为和赵西音的分手只属于吵架的范畴，分什么手啊，冷静一阵就能和好，以前也不是没有过。

一阵瞎玩儿，国内国外四处散心，用完了这几年的年假后，终于回了北京。拿着玫瑰花，一身收拾清爽，再去哄人时，云游潇客不见来，早就物是人非了。

孟惟悉和赵西音见过一面。这件事，赵西音没有告诉周启深，但周启深是有办法知道的。

昔日恋人，再决绝，也不至于闹得多难看。但他俩那一次是真伤心，吵得凶狠、绝情，孟惟悉一八五个头的大男人，哭得跟什么似的。两人吵啊吵啊，后来孟惟悉应该是放了狠话，内容不得而知，但赵西音也不让，回了一句。俩人彻底闹掰了。

这天，周启深正酝酿第二次求婚。家里布置得漂漂亮亮，求婚戒指是在伦敦一次展览上拍下的，全球就这么一只。顾和平和老程当时还打击他，周哥儿，是时候准备第三次了，你啊，这次也没戏。

其实周启深也是这么认为的。

但偏偏，赵西音就答应了。

不过她和孟惟悉见过面的事，是求婚成功后，他才知晓的。周启深从小缺爱，所以在感情认知上，极度敏感、敏锐以及缺乏安全感。他是一个有着极强领地意识的人，爱一个人时，什么都是她的，也同样渴求，她完完全全属于自己。

结婚前一夜，孟惟悉怒气冲天地来赵家抢新娘，什么天之骄子，他当时落魄得就像一个莽夫。周启深一句轻飘飘的“明天来喝喜酒吗”，几乎要了孟惟悉的命。

当时在门外，就他们两个人。

孟惟悉平复了好久，犀利一笑，讥讽与嘲笑像暗箭：“周启深，你真以为她心甘情愿嫁给你？她就是赌气，为了让我死心。我俩三年感情，你才多久，四个月？三个月？你不过就是个替身，让她疗伤的替身。”

这些话如天打雷劈，字字诛心。

周启深后来回到房间，赵西音坐在梳妆镜前，一头如瀑的黑发把她的脸色衬得越发白皙。周启深温柔地摸了摸她的头，平静地道："人还没走远。"

后半句，她一定悟得出。赵西音什么话都没说，只伸手搂住他的腰，脸枕在他腹间，给了他一个沉默的拥抱。

周启深就是这时定了心，赵西音是他妻子，是生是死，都是他的人了。

电子钟微亮的光，提醒着已非昨日。周启深望着床上的赵西音，眼神浓郁、纠葛、茫然，往日与今夕重叠，最后只剩懊恼的悔意。周启深克制不住地伸出手，颤抖地盖在她的手背。

体温依旧灼人，柔软纤瘦，这些年，她应该吃了多少苦。

周启深眼眶都红了。

"喂……"赵西音猛地出声，气息弱，但掩不住笑意，淡淡嵌在嘴角，她睁开眼，懵懵懂懂地看过来，"周启深，你真的很会占我便宜啊！"

周启深也没慌张，目光静得像深海远洋。他抽出手，伸进被子里，准确无误地盖在了她的小腹。掌心滚烫，透过羊绒衫灼进皮肤内，竟比她发烧的体温还要热。

赵西音愣了愣。

他哑声问："西儿，还疼吗？"

身体过了层电，起了鸡皮疙瘩。沉默一会儿，赵西音问："你都知道了？"

到了这份儿上，不需要再你瞒我瞒。周启深低着头，弓着腰，把手从她腹上挪开，转而又握住了她的手，举在嘴边一吻，眼里都是怅然。

其实赵西音刚来的时候，就猜过他突然反常的原因。只不过现在被证实了，心里的缺憾和惋惜又冒出了头。在身心俱伤的往事中，她到底是最吃亏的那一个。

赵西音发现怀孕的时候，状况已经不太好了。血流了五六天，淅淅沥沥的，不干净。她每天垫着卫生棉，眼看血越来越多，肚子也越来越疼。怎么想起去医院的？人晕了，在赵伶夏的别墅，正准备下楼梯。这一晕，人直接从楼梯上滚了下去。

十几级阶梯，不高不陡，但仍把她摔得鼻青脸肿。医生一检查，小胚胎已经只剩空囊，看了检验数据和超声单，说是本身发育就不好，发现得早，左右不过是保胎，但希望寥寥。简而言之，没有母子缘分。

赵西音情绪低落了很长一段时间，在美国待了两个多月，坐完小月子才回北京。然后办理离婚，打包行李，干干脆脆地结束了她的婚姻。

她走遍了大半个中国，看天高海阔，看黄昏淡月，也看四季变迁。那一年在那拉提草原，她坐在山坳上，像是漂浮在海上，风拂过时，草浪轻摇，人间壮阔不过如此。

也是这一刻，赵西音忽然释然了。

人要往前看，向前走，学会自己成全自己。

在地图上打上最后一个标记，新疆是她此次旅程的终点。第二天，她就买了高铁票决定回北京。

她小产的手术是在美国做的，情况紧急，送去的是最近的医院。医院不大，晚上还是实习的年轻医生，赵西音的手术没有做好，后来赵伶夏帮她找了最好的妇科医生调理。回北京后，就把她托付给了自己的朋友——季芙蓉医生。

赵西音断断续续讲完了经过，并没有用力渲染情绪，轻描淡写的语气，却听得周启深的心宛如刀割。

他忽然明白赵伶夏回国那晚，为什么气愤得当着众人的面打了赵西音两耳光。恨铁不成钢是一方面，更多的，是心疼她不记事，想把她打醒了，别再在男人身上吃亏。

周启深一把将人抱在怀里，哽咽道："别说了，别说了。"

赵西音声音清亮，语气轻松："不说，它就不会发生吗？"

周启深胸腔巨震，无言，只把她搂得更紧。

"过去了，我接受了，没有缘分吧！"顿了片刻，赵西音又幽幽道，"其实还是很可惜的。"

周启深的头低了低，埋在她颈间，温热的泪水就这么流了下来。

其实很多时候，男人的肩膀比女人能扛事，但女人内心远比男人要坚强。赵西音就是这类女人，懂得自我说服，懂得做出选择。

无论是孟惟悉，还是周启深，她爱的时候，纯粹热烈，绝不欺瞒。她失望难过时，也不拖泥带水，委屈将就。分手时不回头，离婚时，手起刀落。那时是真恨，真怒，听见周启深的名字都能被硌硬到，索性离开北京城，天高皇帝远，眼不见为净。

两年后再回来，冷静了，也释然了，逐渐想清楚了一些事。

“至于那个叫Vivi的男孩儿，他是我姑姑在加利福尼亚福利院收养的一个小朋友。身世很可怜，我就不跟你详细说了。那孩子喜欢叫我妈咪，大概是……觉得我姑姑年纪大，叫不出口吧！”赵西音笑了笑，极轻。

周启深不说话，一双眼睛通红。

没敢说，没敢问。

如果我们的孩子还在，应该和他一样大了吧！

这是赵西音度过的最残酷漫长的跨年夜，零点到时，落地窗外的霓虹呈现出最绚烂的光效，把幽暗的卧室照亮了一大片。客厅的电视一直放着，跨年主持人齐声欢呼。赵西音和周启深静静相拥，光影明暗里，赵西音终于等来一句嘶哑的话——

“小西，新年快乐。”

元旦三天假，赵伶夏难得大发慈悲，成全了赵文春阖家团圆的戏码，家里头三个人，在北京城郊泡了一天温泉。其实上哪儿待着都行，只要一家人齐齐整整，赵老师就开心。

赵西音跨年夜那天晚上没回家，烧得很厉害，她和黎冉串了份“口供”，让黎冉给赵老师打个电话，就说留她在家过夜。两人情深似姐妹，赵老师没怀疑，满口答应了。

黎冉半夜特坏地发来微信：“你受得了你前夫吗……不过憋了这么久，快也正常。”

赵西音烧了一夜，第二天才看到微信，一阵忧愁。瞎说什么呢，前夫早没影了——留了个字条，去深圳出差了。家里什么都安排好了，一个阿姨在厨房做早餐，制服工整，也不知大早上的，周启深从哪儿找来的家政。

赵西音退烧后身体还有些虚，泡泡温泉也好，驱驱寒气。她头顶搭着毛巾，趴在池边发新年快乐的短信。戴云心、黎冉、昭昭、岑月、顾和平，还有几个大学同学。最后犹豫了一番，给苏颖也发了一条。

别的人都回复了，唯独苏颖没回。戴云心倒是直接打来了电话，言简意赅——明天一起吃个饭。赵西音吐吐舌头，还是师父好。

翌日，师徒俩就在国贸汉舍吃酸汤水饺，赵西音蛮喜欢这家川菜馆，埋头苦吃，半碟饺子下了肚。戴云心伸手拿开，严肃道："马上就要进组联拍了，永远学不会控制体重是吗？"

赵西音鼓鼓腮帮子，嘴里半只饺子舍不得吞下："师父，过年呢，加个餐呗！"

戴云心眼睛一瞪，她就怂兮兮地作罢。

"这个领舞一当，以后有什么打算？"戴云心问。

赵西音没多想："没打算啊，就好好跳呗！"

"电影一上映，机会只会越来越多，跳舞是爱好，也该是职业。"戴云心问，"你的职业规划是什么？"

这可太正式了。赵西音舔了舔嘴边的一滴醋，还馋着："我真没想那么多，上次张一杰也问了我同样的话。"

"你怎么说的？"

"我就想好好跳舞呀！"赵西音抿了一小口菊花茶，清香萦绕齿间，"我觉得他说的那些太复杂了，我也不感兴趣。"

戴云心叹了口气："你这无欲无求的性子，什么时候能改改？"

赵西音憨憨一笑。

"这样吧，"戴云心说，"张一杰那边给你什么合同，你也别签了，好好把这次任务完成，沉下心做事儿是对的。"

赵西音如捣蒜泥，直点头。

"到时候呢，你直接来我这边，以后怎么发展，怎么跳，去哪儿跳，我亲自给你把关。"戴云心语重心长道，"二十六了，不小了，哪能没点安身立命的东西。"

赵西音没往深处想，有什么说什么："那也是跟您公司签合同呀！"

"什么话。"戴云心不高兴了，"签给别人还不放心签给我了？"

那真太过分了，赵西音咧嘴笑："没有没有，怕给您添麻烦。"

戴云心痛心疾首："就你这不争不抢的性子，以后被人卖了还得替对方数钱！我不看着你点，我也不放心。"

赵西音心里有数，这一声师父不是白叫的。七岁不到就跟在戴云心身边学舞，没收一分钱学费，心血那是实打实地放在了她身上。如果她还有这点责怪心思，那真是枉为人，禽兽不如了。

"对了，你和周启深最近怎么样？"戴云心随口一问。

赵西音捏紧了筷子，语气平静："不怎么样。"

戴云心看了她一眼，颇有深意："断了纠缠也好，你要真复了婚，指不定还有什么麻烦，对你以后的职业生涯也没帮助。"

她把刚拿走的半碟饺子又放了过来，轻轻搁在赵西音面前："吃吧！"

戴云心还有事，吃完午饭后就走了。接力赛似的，岑月的电话立刻响起，清脆悦耳的声音听着喜庆："赵西瓜，下午咱们一块儿逛街呗！"

赵西音惊讶："你不是回山西了吗？"

"又回来了呀！"岑月说，"我就回去看了看我爸，他特唠叨，我连夜逃跑回首都，寻找光辉庇护。"

赵西音听得直乐："胡扯。"

"那你来不来逛街嘛！"

"来。"赵西音往地铁站去，"老地方见。"

两人看了部电影，电影实在难看，出来后吐槽了一路，直呼浪费票钱。后来去青山研究所吃蛋糕，美味弥补了遗憾，好心情一下子又恢复了。两人吃完小块蛋糕，还是有自制力，没敢多吃晚饭，正商量晚上去哪儿逛呢，岑月眼睛一亮，忽然说："你不是一直想学钢管舞吗？"

赵西音眨眨眼：“怎么学？”

岑月抿抿嘴巴，像偷吃糖的小孩儿一样：“我们去酒吧好不好？”

赵西音想了想，也跃跃欲试：“行。”

MIY 酒吧。

老程嫌外头吵，嚷了一声：“谁离那儿近啊？搭把手关下门。”

顾和平叼着烟，眯眼清点手里的牌：“服了，这 DJ 打的什么碟啊，鬼喊鬼叫的，牌都打不好了。”

关了门，还吵得很。周启深心浮气躁，把牌一收，往桌子中央一扔，起身走到吧台边，一口威士忌直接喝光。老程提醒他：“不能这么喝啊，刚才不还说头疼吗？”

“喝，让他喝。”顾和平特别欠揍，“喝出个肝肠寸断，喝他个胃出血，再进一次医院，我就能帮着再把小西骗过来。”

老程笑眯眯的：“会说话就出本书。”

顾和平踢了踢周启深的鞋尖：“老板，给稿费。”

周启深闭了闭眼，一副拒人于千里之外的架势。

闹归闹，但顾和平和老程这一刻真不敢再往过分的地方说。他们也知道赵西音身上发生的那件事了。就在跨年夜的前一天，两人都在周启深家待着，他房子大，晚上在卧室打个地铺，三个人睡一间屋子。

半夜的时候，周启深被梦魇吓醒，整个人猛地坐起，一背的汗，大口大口吐气。老程真吓着了，踹了顾和平一脚——离得近，赶紧开灯啊！

光亮里，才发现周启深眼里混着红血丝和泪，就这么崩溃得失声痛哭。那样的哭声，那样绝望，老程这么稳得住的人，都差点潸然泪下。也是那晚，周启深说了一切。

“酒真得少喝点，这东西伤肝，您现在这身体承受不住。”顾和平对酒保使了个眼色，将东西收得干干净净。

老程问：“小西那边，你究竟怎么打算的？”

换作以前，他一定威风凛凛地说：“再追一次呗，迟早复婚。”但现在，他真不敢说了。

心虚，情怯，愧疚。周启深合着眼，倒是讲了一句真心话：“我不敢再承诺了，或许，她离开我能生活得更好。”

顾和平点点头：“极有可能。”

“还是兄弟吗？”老程踹了他一脚，又看向周启深，“我明白你的心情，但你单方面地割舍，对小西其实也是一种伤害。你若真决定放手，那约个时间，两人好好吃个饭，把话敞开了说，断干净，分彻底，以后互不相干，也犯不着藕断丝连。怎么样，你行吗？”

周启深烦躁得睁开眼，一脸戾气。

老程不惯着他，又问一遍，咄咄逼人：“回答，你行不行？”

扎心还是老程歹毒，一扎一个准，绝不让人有苟延残喘的机会。顾和平拍手，拍得啪啪响：“妙啊，老程，但你这么能说，怎么还没把昭昭娶进来呢？”

老程怒了，这几年的伤心事啊！“顾和平我跟你没完！看你什么时候栽！”

正说着，门边一阵闹腾。服务生正巧端着果盘进来，老程随口问了句：“外头怎么了？”

服务生说：“表演，挺吸引人的。”

这事儿顾和平来劲，第一时间溜了出去，没几秒，又连滚带爬地跑回来：“周哥儿，真绝了，你媳妇儿变妖精了！”

小西？周启深反应过来，健步如飞地冲了出去。

一楼舞池，灯影绚烂，晃人眼睛。热闹的舞台中央，垂直支柱悠悠旋转，赵西音和岑月犹如双飞燕。都是简单动作，稍一点拨，赵西音就上了道，尝试几个来回，竟也有模有样了。

俩姑娘不知从哪儿弄了这套着装，白色紧身短袖，一抬手就能露出纤细腰肢，裤子倒是自己的，腿和臀，包裹得像蜜桃似的。赵西音松开长发，一旋一转，头发丝儿乱了，几缕发丝遮住眼鼻，眼神浸了水般，那种与生俱来的妩媚，毫无隐藏地抛了出来。

看她妖气冲天，看她欲望浓烈，看她绝色倾城。那句话怎么说来着——风吹仙袂飘飘举，犹似霓裳羽衣舞。

周启深静静立在二楼栏杆边，目光升温至沸腾。他忽然丢下一句话："老程，我不行。"

然后迈步就往楼下去。

不多久，忽然"嘭"的一声巨响，音乐停了，光暗了，人群嘘声了，黑暗中，再没人看得见"福利"了。周启深废话不多说，直接把总电闸给拉了。

这一刺激，老程忽然回过味了。

——以后互不相干，也犯不着藕断丝连。怎么样，你行吗？

——我不行。

电闸一拉，场面够乱的。什么叫声都有，你撞我，我撞你，又激起一片骂骂咧咧。等周启深再回到舞池，应急灯亮起来，路能看清了，场面控制住了，但柱子那边却没了赵西音和岑月的人影。

"对不住了，哥们儿，今儿事出有因，乱了你这地方。我知道，再多解释都不顶用，您给算算数，坏了多少，要赔多少，绝不少一分。"休息室里，顾和平和酒吧的老板打着商量。

老板不到三十，装扮十分时髦，他攀着顾和平的肩直摇头："甭说这个，顾哥今后常来就是。小插曲而已，就当是造气氛了。"

兜来兜去，其实都是熟人，周启深他们出来玩儿，都习惯往自己人的场子走，图个省心。对方重情义，但他们也不至于真当没事，最后周启深划了账，酒吧一天营业额双份儿数，走时还给话，以后有需要帮衬的地方，尽管开口。

事情处理完后，也没了玩的兴头，老程开车，兜着三环往高架桥上走。顾和平吐槽："周哥儿，我发现你这人怎么这么暴力呢，啊？一言不合就拉开关，前所未闻。"

"再说了，你吃哪门子醋啊，人家小赵愿意跳，多赏心悦目的一道风景线，我看她跳得蛮开心。”顾和平说这话时，想到的是岑月，一遍遍地在脑子里闪过她方才跳舞的样子，声音渐渐小下来。

周启深烦死了：“她旁边那个女孩儿是谁？带她上这地方来干什么？”

顾和平“嘿”了一声：“你这人有意思啊，只准州官放火，不许百姓点灯。她俩是好朋友，成年美少女，一块儿消遣放松怎么了？你自己不也在酒吧玩牌喝酒吗？做男人不要太‘双标’啊！”

老程扑哧一声，乐了，插了句嘴：“周哥儿说一句，你顶十句，你究竟是为谁说话呢？眼珠子没少看小赵身边那姑娘吧？”

顾和平坐直了些，大声道：“去，我纯属看不惯周老板！”

老程问：“小赵人呢，你没把她带出来啊？”

“走了。”周启深说，“我回前边的时候，就没影儿了。”

“你放心？”老程揶揄，“打个电话问问。”

周启深默然许久，攥着的手机跟烫手山芋一般，最后说：“我待会儿给她爸爸打个电话。”

酒吧是熟人的地盘，做的正经生意，不至于出什么乱子，姑娘的人身安全能保证。周启深的一腔冲动便又降了温。

下了高架，车少了些，老程正准备提点速度，就听见轰轰轰的马达声从后边传来。这动静老程可太熟悉了，玩机车的太多了。正好红灯，车排队停住，那辆摩托车轰轰轰地从车窗前招摇而过，停在他们前面一个车身。

老程顺便看了眼，这一看，人都傻了。

CB400小茂，白绿经典配色，看这改装的行头，酷得不行。上头坐俩姑娘，细胳膊长腿的，都戴着重重的头盔。

老程定睛一看，说话都结巴了：“这……这不是小西吗？”

岑月真是个神奇的“物种”，从山西回北京时，还专门托运了辆摩托过来。两人从酒吧出来，岑月就说带她看样东西。大酷机车就摆在停车场呢，赵西音起先还不敢坐，岑月特别自信地说，不要怕，我有驾照，合法上路。

一月初北京的夜晚，寒风刺骨，很无厘头，也很刺激。赵西音坐在车后，抱着岑月冻得直哆嗦，但冷风钻进羽绒服，渗进骨子里时，一种莫名的快意袭遍全身，有点难受，也有点舒坦。身体里某些紧绷的神经断了，随风而散，新的氧气填充进来，萎靡不振的部分东西又在蠢蠢欲动破土新生了。

赵西音抱着岑月的腰，也不知聊了什么，正咯咯地笑。老程刚想探出头喊一声，被周启深制止了："别叫她，这儿车多，别吓着人。"

也是，他们也不知道那小丫头司机是不是花架子，万一是个半桶水，最容易慌乱出错。

就这样，俩姑娘在前面飞，他们的车始终保持距离跟在后头。赵西音胆儿大了，敢松开岑月的腰，张开双手去抓风了。

岑月稍一加速，她又紧张兮兮地马上把人搂紧。她的那只头盔是粉白色，大大的，远远看去，像一只发光的小蘑菇。

周启深不自觉地笑了一下，老程被酸得一身鸡皮疙瘩："我觉得我这车内的空调可以关了。"

顾和平没明白："为啥？"

"他燥热得出汗了吧？"老程慢悠悠道。

被风吹清醒，冬夜清寒根本招架不住太长时间，半小时后，赵西音和岑乐都哆哆嗦嗦认怂地打车回家。从出租车下来时，赵西音腿软得跟面条似的，正后悔呢，手臂一紧，就被人从后方牢牢拉住。

她转过头，目光对上周启深的视线。这男人看着不太高兴，皱眉不悦道："你是不是忘记自己前两天还发烧？"

赵西音一见是他，立刻乐了，绽开笑，像春日里含苞的花儿一遇暖流就怒放。只一眼，周启深就把她抓得更紧了。

赵西音挣了挣，说："你这人总爱神出鬼没，回回吊着人。你还好意思提发烧呢，那天我送上门给你塞红包，你第二天就跑了。"

周启深面不改色，就眼神深了些："赶飞机，飞深圳出了趟差。"

“胡扯。”赵西音拆穿他，“大过节的都在放假，你出哪门子差呢？真要出差，你现在还能站在这儿？”

小丫头学聪明了，分析起来头头是道，不容易唬住了。周启深不动声色地转开脸，挪开眼，说：“真没骗你，我去深圳处理房子。”

赵西音慢半拍地反应过来：“你……破产了？要卖房子了？”

周启深忍俊不禁，煞有其事地点点头：“差不多了吧！”

赵西音赶紧抽回手，嫌弃地往后退一大步，捏着嗓子，声音特尖：“哎哟，你谁啊，我不认识你。”

周启深笑意更深了，慢慢道：“我在深圳那边买了套房子，之前手续一直没办齐全，元旦那天是过去签合同的，元旦假期后，我又要去国外一趟，再耽误不知道又得什么时候了。”

周启深耐心解释，好像在说真没骗你。

房子在半岛城邦，是周启深一个合作多年的客户让利出售的，四百多平的复式层。其实装修和里面的内饰周启深并不是很喜欢，主要是位置不错，站在客厅就能看见深圳湾大桥。

周启深这房子也不是非买不可，但和客户吃饭的时候，听对方说了一句“深圳温度适宜，空气好，适合老人家养身体”，周启深一下子就动了心。

他第一时间想到的竟然是赵文春。赵老师一辈子勤俭节约，青春年华都奉献给了三尺讲台，他们那时条件并不比现在，粉笔灰吸多了，支气管一直不太好。咽喉炎什么的，十几年难断根，一到秋冬交替时节就咳嗽发炎。

当然，这些念头周启深不会跟赵西音说，他只偏着头，望着她，不言不语，目光深似海。赵西音鼻间忽然一酸，然后瓮声瓮气地说：“周启深，你抱抱我吧，我冷。”

周启深没应声，只很轻地牵起她的手，一用力，就把人拉进了怀里。

两个人在寒夜中静静相拥。

赵西音闻见他身上熟悉的香水味，忍不住想哭。她双手抠紧他的肩膀，一颗心浮浮沉沉，像一叶扁舟浮于海洋，终于看见了港湾。

周启深摸了摸她的头发，托着她的后脑勺，把她更用力地往胸膛压。有车经过，明晃晃的大灯不关，特刺眼。赵西音赶忙从他怀里起来，往边上一站，把路让出来了些。

黑色帕萨特停住，车窗滑下，叶韬坐在车里，尴尬地打招呼："小赵妹妹，这么晚了还没回去呢？"

赵西音的脸瞬间通红，虽然她平日和叶韬没什么实质性接触，但稍微熟悉他俩的人都知道叶韬对她有好感。方才的拥抱铁定被撞见了，谈不上心虚，就是怪不好意思的。

赵西音扯了个僵硬的笑："回，就回。"

叶韬蛮有绅士风度的一男人，点点头，没事人一样："行，注意安全。"

车窗关上，点了脚油门就走了。赵西音微微地松了口气，周启深的声音幽幽的："你怕他？"

"有点。"赵西音诚实道，"他是北大数学系毕业的，现在也是C大的数学老师，我读书的时候，数学成绩不太好，天天被抓去补习，心理落了阴影，其实小叶哥哥人挺好。"

周启深"哦"了一声："小叶哥哥。"

赵西音一听就明白了，歪着头，一双眼睛异常灵光地望向他："记起来了，上回你跟叶韬比赛引体向上，你还输给他了吧？"

周启深皱眉："能比吗？上回我才出院几天，换现在试试？"

赵西音吐吐舌头，也没什么心眼地说："他好会玩魔方，我看过他玩，二十秒吧，就都能复原。"

周启深平平静静地问："爸爸是不是很喜欢他？"

"喜欢呀！"赵西音说，"赵老师喜欢乖孩子。"

话题到此告一段落。两人面对面沉默了一会儿，赵西音挠挠鼻尖："我上去了。"

周启深看了她一眼，没吭声。赵西音刚转半个身子，就被周启深又拉进了怀里。不同于刚才那次，这一个拥抱，主动，浓烈，饱满，爱意缠绵，悔意深深。

周启深的脸贴在她颈间，语气难得放软，唇齿间有淡淡柠檬香。

他说："西儿，我以后也会很乖的。"

第二章　我给你讲个故事

赵西音懵懵懂懂地上楼，每走一级阶梯，都像踩在云端，好像还未从刚才的浓情蜜意里抽离出来。有点飘，也尝到了丝丝甘甜。

钥匙刚进锁眼，还没转动呢，家里的门“哐”的一声就开了。赵西音吓了一大跳，就见赵文春气势汹汹地站在门口。

赵老师两手叉腰，一脸凶相，看样子是守了很久，专门逮她来的：“赵西音！光天化日之下搂搂抱抱，你个姑娘家也不怕羞！”

赵西音明白了：“赵老师，您又趴窗边偷看呢？”

“我那不叫偷看！”赵文春气急败坏。

赵西音忍着笑，笑里甜意藏不住，小心解释：“不是别人，是周启深。”

“周启深怎么了？周启深就能抱我女儿了？他顶多是个前夫，前夫也是别人！”赵老师如是说道。

别看赵老师现在的样子凶，有板有眼的能唬人，其实是纸老虎。赵西音太了解爸爸了，瞧见没，眼神分明光彩熠熠，肯定是高兴多于生气。她正觉得不是问题时，目光一掠，就看见坐在沙发上镇定自若的赵伶夏。

破天荒了，姑姑竟然来她家，还坐到这时候？赵西音反应过来，暗想不妙，立刻蔫了，垂着头，老老实实的，如临大敌。

赵文春反倒纳闷儿了：“哎？怎么变脸了，我就随便说几句，你用不着这么害怕啊！”

赵西音哪里是怕他，分明是怕姑姑。赵文春不敢说重话了，怕闺女曲解意思。平心而论，他是真的欣赏喜欢周启深，也想让俩孩子走到一起，不为别的，这两人心里都装着彼此。有些感情，人这一辈子，错过了，或许就再也遇不上了。

能努力的时候，该好好努力；能试试的时候，别轻言放弃。

“爸爸就是觉得，在小区里边儿不太好，路过的都是熟人，万一被瞧见，以后问我，我怎么答？”赵老师聪明地把话抛给了赵西音，“男朋友，还是直接说丈夫啊？”

赵西音的脸不自觉地泛红了，但还不至于傻乎乎地跳进陷阱：“哪有人会无聊到问这些啊！”

赵文春嘿嘿笑：“我问行不行？”

“爸！”赵西音羞得直跺脚，小声嘀咕了句，“没那么快。”然后一溜烟就闪去了客厅。

“姑姑，您今天这么有空呀？”赵西音去赵伶夏身边挨着坐下，语气带着讨好，心里忐忑，藏不住的小心翼翼。

赵伶夏转过头，笑脸慈爱地看着她。越平静，越让人心里发毛。赵西音咽了咽口水，咧嘴憨憨一笑。

“这么冷的天儿，你怎么还出汗了？”赵伶夏轻轻抚开她额前的碎发，眼神温和，“先去洗个澡吧！”

赵西音心里发怵，一时还真摸不准姑姑的态度。她回卧室整理换洗的衣裤，没多久，赵伶夏也进来了，门被轻轻关上，“咔嗒”一声，赵西音心脏跟着一跳。

赵伶夏今天异常平静，往床边一坐，看了她十来秒钟。赵西音起先还能勇敢地迎难而上，迎接目光，可渐渐地，气势锐减，明显招架不住了。

赵伶夏以眼神杀人，不费吹灰之力，灭了她大半兴头之后，才轻声问：“你和周启深和好了？”

赵西音摇头：“没。”

赵伶夏听出来，那就是差不多的意思。她也不咄咄逼人，始终保持平静的语气："教训都忘记了？"

赵西音倏地揪紧衣服。

"受过的伤，吃过的亏，挨过的打，应该都忘记了。"赵伶夏替她做了回答。

赵西音抬起头，怯怯地叫她："姑姑。"

"你想说什么？"赵伶夏微笑，"说他不知情，说他不是故意的，说一个巴掌拍不响，说离婚也不是他的错，说那个孩子，就算没被周启深推倒，也保不住，是吗？"

赵西音沉默许久，摇了摇头，轻声说了四个字："我还爱他。"

恨过，悔过，决裂过，也曾想一了百了过。她试图放下，并且身体力行地做到过。离开北京，断了一切可能的联系，看山川河流，看日月星辰，看各色各样的人，到头来，还是忘不掉这个人。

她也怨过周启深身上那些让人牙痒痒的臭毛病，也曾发誓再也不要失去自我，但午夜梦回时，总会记起他的点滴。精明狡黠、酒色财气、大男人身上的王八气，又或是每每在一起时，他对自己的包容与体贴。大是大非，与之种种，都是真实。

爱这个字，不是一时兴起，也非见色起意，而是热情、新鲜、冲动消磨之后，依然难以割舍，依然心有回音。赵西音做到的，不过是坦诚面对自己。

赵伶夏久久未吭声，精致姣好的面容亦看不出喜怒。

半晌，她冷冷道："别把他说得那样无辜，孩子的事，跟他脱不了干系。如果不是那段时间你俩吵吵闹闹，说不定这个孩子来得也能安稳些。你是得不偿失，摊上周启深，简直倒了八辈子血霉，身体伤了底子，现在还没调理好。我把话说明白，万一……万一你以后怀孩子困难，你想过他是什么态度吗？"

这话现实且残忍，赵西音脸色白了，抠着衣服的手指紧了几分。

沉默了几秒，她回答："散过一次，我也不怕散第二次，总归是有经验了吧！道不同不相为谋，我如果生不了，他又想要孩子，那他就自己找个能生的去。都什么年代了，我没有孩子就不能活了？我也不是没一个人生活过，不照样好好的。事情来了我不躲，努力挣钱，给自己买保险，攒养老费，自己给自己送终就是了。看您，现在活得多潇洒，我继承您衣钵呗，绝不给您丢脸。”

赵西音越说越坦然，表情轻松，嘻嘻一笑，还反问起赵伶夏：“姑姑，你觉得周启深会是那种在意传宗接代的男人吗？”

赵伶夏料不到小丫头如此牙尖嘴利，更没想到她心性开阔，倒也不是恋爱脑，把事情看得通通透透。

赵伶夏黑着脸，半天不回答。赵西音却把握十足地一笑：“看，就连您也觉得，他不是那种人。”

赵伶夏又严厉几分，扬高声音：“我真是太惯着你了！”

赵西音眼睛明亮，眼里像有涟漪轻漾。她忽然蹲下来，微微弯腰，把脸轻轻搁在赵伶夏的腿上，悄声说：“姑姑，我知道，您是打心眼里儿地心疼我。”

赵伶夏绷着嗓子：“死丫头，知道就好。”

“不管怎样，我想再试一次。”

“你爸爸那边呢？是不是永远不打算让他知道那件事？”赵伶夏问。

赵西音猛地把头抬起：“肯定呀！都多久了，他知道也没用呀，还白让他担心。赵老师胆子可小，一点都经不住吓。”

这点赵伶夏倒是认可，一声冷哼：“我真是欠了你们父女俩的。”

刚落音，“嘭”的一声，卧室门从外向里推开，门板弹在墙壁上。赵文春直愣愣地站在门口，一双眼睛失了魂，呼吸似是停滞了，一动不动。

赵西音心一沉，糟糕。

“爸，爸！”赵西音从客厅跟到卧室，又从卧室追到厨房，寸步不离地跟在赵文春身后，“你说句话行不行，别让我担心了好不好？”

赵文春像个木头人，自刚才起，便一直沉默。赵伶夏不擅长家长里短的戏码，觉得浪费时间，早就走了人。赵文春当时没追问，没哭天喊地，就这么安安静静的，开始收拾家里的卫生。

桌子椅子沙发擦得干干净净，床单被套全给换成新的，洗衣机嗡嗡运转，外头还有三大桶待洗的衣服。赵文春弓着腰，瘦骨嶙峋，让赵西音看着就心疼。

赵老师蹲在地上刷鞋子，半盆的水，上面浮了一圈白花花的肥皂泡。父女俩一个站，一个立。赵西音蹲下来，抢过他手里的木头刷，说："水太凉了，您歇着，我来。"

手还没下水，就被赵文春一把死死握住。

"你别碰凉的，寒气重。"赵文春声音发颤，哽咽着说完，然后失声痛哭。

老人家的眼泪一颗一颗坠到盆里，止不住的伤心。脸一皱，苍老的面容便多了几分苍凉，看得赵西音鼻头一酸，她强打精神，安慰他："没事儿了啊，爸。都过去了，过去好久了，我已经好啦！"

赵文春哭得更伤心了，紧紧地握着闺女的手，语不成调，断断续续道："妞妞，爸爸错了，这二十多年固执己见，我要是找个老伴儿，多少也能关心你。爸爸只想着咱父女俩相依为命，却忘记了你也是个女孩儿。"

父亲的爱再无私宽广，姑娘身上的很多隐秘事，也没办法细说一二。赵文春哭得愧疚，心里是真的难过啊！

赵西音劝不住，索性搬了条小板凳坐在他对面，手肘撑着膝盖，手心捧着下巴，隐隐带笑地望着赵老师。

这一望，还挺有效果。赵文春哭着哭着，也觉得不好意思起来，伸手越过水盆，把她的脸推向左边。

赵西音又慢悠悠地给转了回来。

再一伸手，抡向右边。

她还是笑眯眯的不为所动。

赵老师擦擦眼泪："你这孩子，能不能别看我了？"

赵西音笑着说："长得这么帅，不就是给人看的？"

好样的，成功把赵老师逗笑了。

一个风波滚滚，但又完美平息的冬夜。就在赵西音这么觉得时，却不知爸爸的心思和态度悄然转了调。

次日大早，赵文春如往常一样出门买菜，赵西音难得几天休假，懒觉睡得雷打不动。赵文春掐点掐得准，一出楼道，正巧碰见刚停好车的周启深。他车太大，一辆得占一个半车位，搁这老旧小区显得格格不入。

周启深从驾驶座下来，他今天穿了一身深灰羊绒衣，同系的格子围巾很低调地掩在领间，戴着皮手套，一只一只地摘掉后，绕到副驾把大捧红玫瑰给拿了出来。

英俊，精神，风度翩翩，搁人群里一眼能让人惊艳。周启深转过身，看到赵文春时还愣了一下，但立刻从从容容地笑起来，有规矩地打招呼："爸。"

赵文春左右回望，一脸不解地问："你爸不是在西安吗？"

周启深愣怔，心思转得快，知道有敌情出现。赵文春看了一眼他手里精致的花，张嘴就是一个喷嚏，"气吞山河"的架势，捂住鼻子嫌弃道："拿走拿走，我一闻花香就过敏，浑身长疹子！"

周启深还真没上他这当，家里阳台二十几盆花花草草，怎么没见过敏？他是又费解又紧张，先是把花儿老老实实地放回副驾，再恭恭敬敬地和赵文春说话："赵叔，您是去买菜吗？我开车送您，陪您逛菜场。"

"大可不必。"赵文春不领情，"我等老百姓高攀不起。被人看见从这么贵的车里下来，到时候解释不清。"

周启深笑笑："好，不开车，走路。"

"走什么走，你这么高的个儿，往我面前一站，我有压力。"赵文春摆摆手，"别跟着，没结果。"

赵老师气冲冲地往外走，走到他车边又停下来："这玫瑰花送谁的？"

周启深诚实地答："送小西的。爸，我俩决定重新开始。"

"你们决定？"赵文春怒火中烧，"你经过我同意了吗？！"

周启深特别无辜，他今天一大早过来，诚意十足，车里装了一后备厢的礼物，基本都是送岳父大人的。出师不利，眼见着现在也不知道是什么个情况。赵文春敌意满满，态度较之前是天壤之别，别说同意，恨不得把周启深烧成灰。

“你甭送花了，小西不在家！”

“她去哪儿了？”

“和小叶约会去了！”赵文春气势汹汹道。

“赵老师，早啊，去买菜呢？”

他刚落音，叶韬赔着笑脸，开车从边上经过，好心道：“我去接我爸妈，要不要顺您一程？”

赵文春一愣，憋屈着呢！几句闲聊，叶韬的车开走后，他半天没说话，拉下脸，没好态度，索性把话挑明了说：“周启深，我现在正式通知你，你跟我闺女没戏，我不同意。”

小老头背着手，步子迈得倒是快。周启深站在原地，半天没回过神。他拿出手机，给赵西音打电话，通了但没接。这个点，肯定在睡觉，她休息日赖床的习惯他记得一清二楚，不用想，手机也给调成了静音。

等电话回过来时，已到了中午。周启深还没来得及问，赵西音就有气无力地说：“哎！赵老师把我给锁在家里了。”

论心狠，还是赵老师下得了手。

赵文春下午要出门和老邻居们下象棋，一声不吭地把家门给反锁了。他表面不闹，不对周启深发表评论，但是都反映在了实际行动中。

他不让赵西音出门，不出门就不用和姓周的见面。到了晚上，赵老师还没回家，电话不接，信息不回，就是故意的。

周启深白天忙，到晚上终于有时间陪她聊微信。他明天要出国一趟，五天，赵西音就回了个字：“哦。”

周启深电话直接打了过来，沉声问：“你就不问我去哪儿？”

赵西音说：“去国外啊！”

周启深低低地一声笑：“还以为你舍不得。”

“郑重警告，别自己加戏。”赵西音蛮不客气。

周启深无奈道：“白高兴一场了。”

半晌，赵西音鼻音软软的：“周启深，你又要出差啊！”

他“嗯”了一声：“去澳洲盯条生产线，脱不开身。五天，不超过五天我就回来。”

“随你去几天，我又不关心。”赵西音一想起她家赵老师就忧愁，“我爸脾气犟得很，认定的事儿很难回头。他竟然锁我，从小到大他第一次锁我！”

周启深笑了笑，呼吸轻吐。赵西音甚至能想象他此刻应是站在落地窗边，侧脸借了城市的霓虹光影，英俊且多情。他低声说：“你顺着爸爸，他生气是应该的。等我回国，我上门赔罪，他打他骂，我都受着。”

赵西音“嗯”了一声。

自此，很长一段时间，两人谁都没说话。呼吸很轻，喘息很轻，时间也变得很轻。周启深看到窗户玻璃上自己的影子，虚虚实实，轮廓依旧，之前的每一夜，是孤单，是黑暗，而此刻……

他听到赵西音在电话里问：“周哥儿，你在干吗？”

像被暖流无声填注，中间缺了的两年时光，正悄然紧缩。

周启深低声答：“想你。”

屋里冷冷清清的，但赵西音被一声“想你”，着实焐热了眼眶。

她握紧手机，眼含泪水故作轻松地笑道：“你土不土啊，鸡皮疙瘩都被你土出来了。”

周启深也轻轻笑了，手掌按在玻璃窗上，身体像要穿透这层阻碍，与霓虹灯影融为一体。他问：“土吗？那现在年轻人都怎么表达爱意？”

赵西音说：“你去问和平哥，他比你年轻多了。”

收了电话，周启深还真在群里问了声。顾和平不知又在哪个花柳巷子里耗着，半天才回复：“爱意从不靠表达，只靠身体力行。”

然后群消息提示：顾和平已被老程移出群聊。

赵文春十点钟才悠游地回家，只听见咣咣咣的铁链条声，估计上了还不止一把锁。赵西音候在门口，特别无奈地看着他：“赵文春，您幼不幼稚啊？”

赵老师懒得搭理她，转过身又把门板关得严严实实：“再幼稚我都认了，反正你不许和周启深见面，不许说话，不许在一起。”

他发誓似的，认认真真道：“我也正式通知你一遍，我不同意你俩复婚。”

赵西音一脸惊愕：“谁说我要跟他复婚啦？”

赵文春迟疑片刻：“不复婚？”

“哪儿能啊！”赵西音骄傲地扬着小下巴，“且晾晾他。”

赵文春冷哼一笑：“你就唬我，别跟我玩文字游戏，不复婚，但还在一起谈恋爱。我跟你说，谈恋爱也不许！”

赵西音被这声音震得浑身哆嗦，“哎”了一声，赵老师学聪明了，骗不了了。旁门左道行不通，那就促膝长谈，真情流露。

赵西音无奈地看着爸爸：“那件事儿，我自己已经放下了。和孩子没缘分，可能就是我的命吧！揪着过去不放，怀着恨意在心，难受的不还是自己吗？”

赵文春悲从中来：“那也不行，他对你百样好，也敌不过这一件不好。”

赵西音低下头，安静，落寞，委屈。

“你姑姑也不是好人，你们姑侄俩串通起来骗我。”赵文春愤愤然，“她还好意思说那个季芙蓉医生是营养学专家，让我督促你定期去开药看诊，我还真以为是给你补营养补维生素的！”

赵西音扑哧一声，乐了。

赵文春往她脑门儿上一弹，态度十分坚定：“总之，我不同意你和他复合！”

周启深次日清早的飞机，他走之前给老程打了个电话，也没隐瞒，说他和赵西音在一起了，但她爸爸又不同意，让老程叫昭昭上家里头看看。姑娘家，赵文春不会闭门谢客。

老程答应了，问：“去澳洲几天？”

“三天。”周启深在贵宾室里候机，说，“但我要去一趟上海。”

老程不多问，只提醒道："庄邱两个月前就秘密回国了，在溪水那边待了一段时间，没有走露风声。周哥儿，你注意点，剩下的，回来再说。"

工作处理得很顺利，就留了徐秘书收尾。周启深搭乘航班，先行飞去了上海。到浦东国际机场是下午，这两天上海变天降温，把南方阴冷的特质发挥得淋漓极致，周启深只穿了件薄绒黑色大衣，里面一件羊绒高领，也有些招架不住这湿寒。

黑色宾利早早候在接机口，风寒料峭，见着周启深，里面的男人亲自下了车。唐其琛也是一身黑衣，长至膝盖，肩膀挺括。他负手而立，气质与这三九天很是贴合，如明月清风。英俊的男人很多，但这位一定是最令人难忘记的那一个。

上了车，暖气袭来，周启深舒缓之后，睨了唐其琛一眼："这次见，比上回好多了。"他指了指脸。

唐其琛笑了笑："你上次来的时候，正忙项目，那段时间确实累。"

"注意身体，给你带了两盅虫草，我托北边的朋友收集的，市面上买不到。让以宁给你煲点汤，养养气。"

周启深与亚汇集团的交情颇深，和唐其琛相识近十年，当初还是唐总，如今已是位高权重的唐董了。唐氏在上海低调发展，两个企业互惠共赢，是真正意义上的战略伙伴。

晚宴定在一处郊区庄园里，隐蔽，清净，优雅。两人之间从不需酒桌文化，一顿简餐后，谈及正事。工作方面告一段落，唐其琛说："你让我留意的，有消息了。庄邱在上月一号回国，的确待在上海，倒没有特别的动静。但中旬时，他的随行在他住处进出频繁。"

周启深眼缝微眯，轻声道："我十七号受的伤。"

唐其琛轻声说："那就是了。"

混迹商场多年，人与人之间到底还是有差别。比如唐其琛，家底殷实，根基深厚，自然顺风顺水；比如周启深，白手起家，风大浪大，火里淬炼才塑成的金身。成长之路坎坷崎岖的男人，故事总比一般人要多。

庄邱，北京人，早年与周启深在一个部队。往亲密了说，是战友；

往生疏了说，是仇人。

庄家这几年虽然发展势头弱了，但还是有点能力的。但庄邱跟顾和平还不一样，顾和平根正苗红，庄邱不是。

他是他父亲年轻时候遗落的情债。名不正，言不顺，虽然流着庄家的血，但到底登不上大雅之堂。偏偏这人世家子弟气息重，嚣张跋扈，牛皮吹上天。

周启深什么人？就喜欢打人脸。从不阿谀奉承，以实际行动说话，各种训练、比武、技能比拼，永远都是第一。

庄邱瞧他不顺眼，周启深也未必看得上他。

真正的梁子是从两号人物身上结下的。

一个就是顾和平，顾家名号响当当，庄邱一心想和顾公子交朋友。顾和平虽是个风流性子，但其实心气正，眼界高，透彻得很，他不喜欢庄邱，看不上他身上的阴狠气质。

庄邱没少巴结顾和平，但转个背，顾和平却和周启深结成了小圈子。这哪是打脸，根本是诛心。仇恨记下了，怨恨滋生了。

第二号人物，叫闵允芝，家里从商。闵家没男丁，谁娶了闵允芝，那就真的平步青云了。庄邱有心眼，名利掂量得清清楚楚，对闵允芝发起了爱的猛攻，追了一个月没成事，闵允芝反倒告诉他，自己有男朋友了，要奔着结婚去的。第二天，就看见周启深开着车，绅士体贴地替女孩儿拉开车门。

业内一直有传言，说周启深这人市侩精明，创业之初，把闵家千金哄得深陷情网，非他不嫁，周启深搭着这层关系，没少掘资源，就连闵允芝的父亲，也对他很是满意，把他视为乘龙快婿的不二人选。庄邱恨得吃了他的心都有。

之后还有许多桩冲突，都是往心口碾的那种。后来退伍，周启深下海经商闯荡，庄邱总算捞着了胜算，仗着自己的家世，没少差人给周启深使绊子。得逞了，就得意扬扬对外大放厥词：“他个乡巴佬，能成什么气候！”

这话辗转到了周启深耳里，周启深多记仇一男的，冷笑一声，什么都没说。几年之后，京贸发展迅速，融资上市，真成了大气候，而庄邱这些年不长进，管不住嘴，不得父亲喜欢，被打发去了墨西哥一个海外基地任职。明眼人都知道，这是被流放了。

周启深那次在停车场被捅了两刀，一直没找到元凶。这么看来，庄邱回国找他寻仇，也是很有可能的。

唐其琛说："他这一年和矿山行业走得近，我估摸着是想赚快钱，积累资本再回北京发展。"

周启深笑里藏刀，令人不寒而栗："那他最好攒够棺材本，不然死了都没地儿安葬。"

谈完事后，周启深回酒店休息，唐其琛邀他晚上去家里做客。唐其琛结在妻子生下龙凤胎后，就搬去了静安的别墅，闹中取静的天价地段，周启深倒是很中意。

唐其琛说："要不你把事业转到上海，跟我做邻居。"

周启深笑道："北京待惯了，懒得挪地儿。"

"还单着？"

"不算。"周启深温和道，"努力中。"

唐其琛欣慰："好事。"

到家，温馨的气氛扑面而至，与唐其琛本人的清冷气质大相径庭。唐其琛的妻子漂亮温婉，对谁都是和气微笑的模样，家里收拾整洁，各种摆件和装饰都是女主人亲自挑选的，品位不俗。周启深饶有兴趣地研究两尊墨玉摆件，鸳鸯戏水很是温情。

唐其琛说："这是我和以宁去云南带回来的。"

周启深把玩了一会儿，放回原处。

不多时，司机接回了幼稚园放学的小哥儿和小朵儿。俩孩子才满三岁，穿着英伦风的校服，走在一块儿跟粉团似的，小奶音萌得能融化人心："爸爸！妈妈！"

唐其琛转过身，英俊面容如春风化雨，那种疼爱的笑意，是男人身上最大的魅力。他张开手，孩子们齐齐钻了进来，唐其琛一手抱一个，面朝周启深："叫叔叔。"

小哥儿乖得很："叔叔好。"

妹妹却顽皮，歪着脑袋，眸子像紫葡萄，甜甜地叫："哥哥好。"

周启深乐了，眼角的纹路都深了些。

唐其琛亲了一下妹妹，对周启深说："这孩子被我宠坏了，机灵劲儿也不知像谁。"

周启深笑意淡淡的："我要有个这样的女儿，我也宠。"

说这话的时候，他的心脏怦的一下猛跳，像是风雨雷电后的余威，仍时不时地被鞭笞，被触动。周启深看着妹妹，眼里一刹那痛苦茫然。

他克制不住地伸出手："小朵儿，叔叔可不可以抱抱你？"

妹妹立刻张开胖乎乎的小手："叔叔抱。"

孩子身上有清淡的奶香，周启深唯恐力道太重把妹妹箍疼。唐其琛看笑了："一看就是没抱过孩子的，你放轻松点，姿势用不着这么别扭。"

周启深轻轻拍了拍妹妹的背，温柔道："好孩子。"

人放下后，唐其琛问："只抱女儿，就不抱抱我儿子？"

周启深嘴角淡淡勾笑，看了小哥儿，小哥儿也看着他。对视良久，周启深只伸出手，怜爱地碰了碰他的头发。

他不敢抱。

一抱，就想到那个来不及知道，就已经远去的小小周。

赵西音被锁了两天，直到她说要去团里开会，赵文春才不情不愿地解了锁。多没面子啊，跟坐牢放风似的。赵西音还没来得及吸两口新鲜空气，赵文春幽幽地问："你几点回家？"

"五六点吧！"

"那行，晚一分钟我就开始给你打电话。打到你回家为止。"

赵西音哭笑不得："赵老师，您还没消气儿呢？"

赵文春严肃道："我没跟你说笑。"

赵西音举双手投降："OK。"

到团里，赵西音热了热身，腿根紧贴墙壁，习以为常地练起了基本功。跳了二十多年舞，身上的骨头都是软的，能收能放，全是功底。岑月蹦跳着过来："小西，晚上再带你骑摩托车兜风呗！"

赵西音差点没趴下："饶了我，那晚风吹得我腿现在还软着呢！"

岑月嘻嘻笑，腿一抬高，劈了一个干脆利落的一字马。

"小西，老师找你。"门口有人喊。

赵西音应声，去到旁边的休息室。虽然在团里都习惯叫老师，但分工各不相同，这位老师她见过，签合同时是和张一杰一块来的，三十岁的模样，是个干练精英的女强人。

老师办事喜欢开门见山，直接给她看了一份资料："考虑一下，接不接？"

赵西音粗略一翻，是个日化产品的柜台宣传现场活动，价格、时间、职责都写得一清二楚。

"你要接，我就帮你安排。"

赵西音尴尬地笑了一下："老师，我没跟杰哥签合同。"

"我知道。"她说。

"杰哥交代的，只要你愿意，我们帮你打理，佣金分成不需要，全是你的。"她颇有深意地笑了笑，"业内能让杰哥这么上心的，真就你一个了。"

赵西音神使鬼差地想起那晚和姑姑的谈话，说以后如果没人给你养老送终，该怎么办。还能怎么办，努力赚钱，安身立命呗！

有那么一瞬，她是心动的。最后当然没冲动，婉言谢绝后，赵西音找了个没人的地方给戴云心打了个电话。戴云心是她整个跳舞生涯的标杆与明灯，她从骨子里依赖，某种程度而言，她对戴云心的感情，比对亲生母亲还要浓烈。

说完经过，赵西音忐忑地问："师父，您觉得我可以吗？"

时间不冲突，就半天，工作量也不大，这种好资源一看就知道是精心筛选过的。戴云心却不以为然："张一杰这人是出了名的精明狡诈，我知道他背后是孟惟悉，但他自己的业务也不少，谁知道是不是打着某人的幌子，骗你上道儿。"

戴云心冷哼："你身后的那两个男人，哪个不是左右逢源，八面玲珑，个个都会护着你。张一杰是看你单纯，现在什么都往好处说，等你答应了，他就坐收渔翁之利，还能两边卖人情。"

赵西音犹豫了一下，说："我觉得杰哥其实人挺好，没您说的那么不堪。"

"所以我说你不谙世事，圈内的肮脏东西，多到你没法儿想象。"戴云心语重心长道，"小西，你如果真想接点活，还不如到我这儿来。"

赵西音也就一时兴起，聊了几句，其实想法已经随风散了。这些工作太折腾，她不是喜欢奔波的人。

"哎，师父，我还是不胡思乱想了，就好好跳舞吧！"

戴云心也不反对："随你。"

电话讲完，赵西音转过身，看到苏颖风轻云淡地站在身后，她愣了一下，立刻叫人："颖姐。"

苏颖也不知站了多久，估摸时间不短，看她的神情，三分不屑，六分漠然，还有一丝若有若无的讥讽。她微微点了一下头算是应声，走的时候目空一切，骄傲自矜。

赵西音站在原地半天，甚至有些莫名泄气。人人都说苏颖就是这么个冷若冰霜的清高性子，但赵西音还是看得明白，苏颖并不喜欢自己。

回到练功房，岑月正在压腿，见到她问："怎么啦，心情不好？"

赵西音摇摇头，又点头，起了心思，忽然问："小月亮，你看过苏颖老师排的那曲《霓云奔月》吗？"

"当然，"岑月说，"特美，全中国最好看的舞台情景剧。"

"我平时看娱乐八卦多，"岑月凑近了，小声告诉，"苏颖老师已婚，丈夫是圈外人，挺有背景的，爱她爱得死去活来，对苏老师真是宠得没边儿。"

赵西音愣了一下："这你也知道？"

"知道啊！"岑月一脸理所当然，"她丈夫和我爸玩得好。"

"而且吧！"岑月压低声音说，"苏颖和你师父合不来，只不过都是表面客气。"

犹如醍醐灌顶，赵西音一下子找到了症结所在。

下午，周启深给她发了条信息："现在登机，晚上到北京。"

赵西音看到后，嘴角微微上扬，她没回复，看了眼就关了屏幕。岑月慢悠悠地走过身边："赵西瓜，你恋爱啦？"

赵西音捂着手机不置可否，冲她眨了眨眼："这么明显？"

"明显啊！"岑月伸出手指，比画出一截长度，"你的嘴巴，翘得有这么高。"

"胡扯。"赵西音挠挠耳垂，心里暗暗开心，却仍一本正经地反驳，"那不成妖怪了。"

周启深的航班延误一小时，算算时间，到北京也得七八点钟。赵文春真是较真，他今天和别的老师调了课，晚上有两节汉语美学的大课，但五点半的时候，还真就分秒不差地打来电话，问赵西音回家了没有。

赵西音直接给他发了视频，转了个三百六十度的圈："在家呢，这是咱家电视机、冰箱、沙发，您看看，我有没有骗您？"

赵老师满意了："这还差不多。"

电话一挂，赵西音就拎包出了门。这回去梵悦，保安没人拦她了，客客气气打招呼："赵小姐好。"

赵西音刚去了趟超市，从袋子里拿了两个水蜜桃递过去："谢谢，请你吃。"

当班值岗，纪律严格，当然不会接受。赵西音也不为难人，自己走进岗亭把桃放下才走。

周启深这套房子算得上是楼王户型，方方正正。他也舍得烧钱，把原本设计好的硬装全给拆了，重新装修一遍才住进来。家里什么都是顶级的，唯独书柜不大，可能周启深也没把它看得很重要，连书都没摆几本，随手可够的位置，是今年一整套的《军事天地》。

赵西音知道，没正儿八经地上过大学，是他一生之憾。

房子大，但没有半点单身男人的邋遢懒散，起床后的被毯一定铺得整齐。拉开衣柜，西装衬衣最多，成套成套地挂在里头，再往下的抽屉里是贴身衣物，叠得四四方方，清一色的黑。

周启深到家的时候，赵西音在厨房忙着，听见声音也不用出来看，直接喊道："周启深，你赶紧过来帮个忙。"

周启深拖鞋还没换上，松了行李箱，赤脚走了进来。清香阵阵，热气腾腾，葱、姜、辣椒，色泽鲜艳地装在碟子里。灶上煲着汤，咕噜噜已经沸滚。

"这个好烫，你拿起来。"赵西音指着汤锅，纤纤细指上还有未干的水珠。

周启深乐了："你就不怕烫到我啊！"

"烫伤了再说吧，你医药箱里不是有绷带吗？自己扎两圈。"赵西音笑嘻嘻地说。

她的笑容明亮，让舟车劳顿的疲倦瞬间一扫而空，周启深视线低至她腰间："没系围裙？"

"没找到。"

周启深没说话，转身去了卧室，再进来时，拿了件亚麻西装就往她腰上系："凑合用吧，别把你衣服弄脏了。"

赵西音低头看了眼："你还有这个颜色的衣服？"

"嗯？"周启深没注意，这会仔细留意才想起，"这是顾和平的，上次在我家睡，落下了。你去外边儿吧，我来弄。"

赵西音没让："你休息。"

周启深也不再坚持，听话地离开厨房。

吃完饭后，赵西音收拾完出来一看，见他靠着沙发，合着眼，一脸疲倦，右手不断掐自己的眉心，时不时地甩了甩脑袋。周启深头疼又犯了，大概适应不了南方的湿冷，在上海就不太舒服。

周启深忽然感觉额间一软，只听赵西音说："你别动，我给你按按。"

周启深略为不适地睁开眼，她站在身后，看不清表情，看不清五官，她的长发散了两缕在他肩上，传来一丝动人心魄的淡香。温软的手指从额头移到太阳穴，一下一下。

旧日之情裹着回忆呼啸而来，周启深眼眶都热了。他不敢动，不敢吭声，甚至连呼吸都不敢吐重，唯恐一场大梦，惊扰之后灰飞烟灭。

赵西音伸手往他脑门上忽然一弹："周启深，你还能不能好了？"

力气不重，她是故意的。周启深侧过头，嘴角笑意淡淡的，无赖到底："没敢死，也不敢好，我得撑到你回来。"

"说什么丧气话。"赵西音微微动怒，"我又不是按摩技师，你自个儿去找个年轻漂亮的回来，回头二十四小时按死你。"

周启深低低笑出了声。他是真难受，眼睛熬得都有些红，撑不太住，说："我睡半小时，等会儿起来陪你。"

卧室亮了一盏夜灯，他睡眠质量不好，到了晚上，基本很少开太亮的灯。刚往床上坐，就看见赵西音走到卧室门口，眼里的担心显而易见。

目光缠绵，静静交织在一起。周启深没忍住，朝她伸出手："来。"

赵西音乖巧地走过来，挨着床，就被周启深一把搂住了腰。他的脸枕在她腹间，闭眼沉声道："你离开的这几年，我没睡过一个好觉。畏光，怕声音，更怕闭上眼的时候，脑子里全是你。我去看心理医生，也就能在诊室眯两小时，一回来，什么都废了。实在受不了的时候，就吃安眠药，能睡着，但就是做梦。梦里我对你不好，你走的时候，背影上都插着刀。"

说到后面，他声音嘶哑，气息沉沉。赵西音哽咽着笑了一下："周启深，你讲鬼故事呢！"

"小西，"他把她抱得更紧，"你陪陪我吧，就一会儿。"

男人身上的淡香往鼻间窜，横冲直撞，气势逼人，像是烧了一把火，赵西音的五脏六腑灼灼发烫。她颤着手，掌心轻轻盖住他的头发，硬，刮着皮肤。赵西音半躺着，周启深侧过身，并没有完全挨近她，两人之间留了一段距离，都小心翼翼的。

赵西音看了他第三遍，终于忍无可忍："你怎么还没睡着？"

周启深飞快地闭紧眼睛，丹凤眼轮廓狭长，眼睫毛像一小片羽扇。不似传统俊男有温柔多情的浓眉大眼，他的眼睛线条不柔和，甚至有些凌厉。但赵西音一直觉得，周启深身上最好看的，就是这双悲悯与坚硬交织的眼睛。

她伸出食指，轻轻刮了刮他的睫毛，然后绽开笑容："周启深，我给你讲故事催眠吧！"

周启深睁开眼，警惕地望着她。赵西音已经镇定自若地开讲了："从前有座山，山上有对母子……夜深了，母亲哄儿子睡觉。"

不就是他们现在这样吗？

"儿子说，妈妈，我床下有人，你帮我看看好不好，我好害怕。"

周启深无意识地蜷了蜷身子，并且悄然往床边挪了挪。

赵西音目不斜视，也跟着往床边挪："妈妈呢，只想让儿子快点睡着，就装模作样地往床底下看。你猜怎么着？"

周启深隐约觉得不妙，皱着眉打断："赵西音，我不听这个故事。"

赵西音一脸严肃，两人的脸近在咫尺，她的眼睛瞪得大，嘴巴还微微张着，某一瞬间，周启深甚至觉得这丫头不是学跳舞的，而是学表演的。

"床底下趴着一个和儿子一模一样的小男孩，他在床底惶恐不安，眼睛冒绿光，盯着女人说，妈妈，我床上有个人。"

周启深无语，感觉背后有点冒凉气。

沉默十来秒，赵西音咬着唇，手指往后指了指，悄声道："周哥儿，你要不要也去看看床底下？"

周启深额上的细汗都冒出来了。

赵西音却猛地大声叫："啊——"

周启深想都没想，本能地就往她怀里钻！

力气是真的大，脑袋跟铁块似的，撞在赵西音胸口，差点没让她吐血。赵西音叫得更大声了："啊——"

周启深拿手捂她的嘴，一碰上，她也不服输，张嘴就咬。几个来回后，周启深怒得把她压在身下。赵西音多狡猾啊，抓着手边的羊绒毯一掀一盖，就把周启深的头给罩在了毯子里。

力气稍松，她就跟鱼儿似的挣脱钳制，转而到了上位，伸手把周启深给死死按住："故事还没说完呢，那个小男孩儿吧，眼睛冒绿光，嘴巴流着血……"

话到一半，周启深的右手从羊绒毯里伸出来，一把揽住了她的腰。赵西音被拽着往下带，再反应过来时，眼前一暗，毯子把两人齐齐盖住。

周启深半坐着，抱着她，双目如火似电，就这么沉沉望着。赵西音胆怯了，没了气势，本能地往后退。退不了，他另一只手也揽住了她的腰。

赵西音卖乖求饶："周启深，我不说了，我不吓你了，我……"

周启深头一低，一个饱满炙热的吻，杀伐果决地闯进了她的唇齿。湿润而丰富的记忆，如同密钥，撬开了彼此熟悉的那个点。赵西音完全没反应过来，还睁着眼睛直愣愣地看着周启深。

周启深被她看笑了，伸出手盖住她的眼睛，稍稍分开后哑声道："闭眼，乖。"

赵西音睫毛动了动，慢半拍，终于搂上了他的脖颈儿，轻轻舔了下他的唇，小声说："你别怕，床上床下的男孩子长得一模一样，因为那是一对双胞胎。"

周启深无语。

赵西音笑容明媚地看着他，坦坦荡荡。周启深被气笑了，哑着声儿问："知道我们在干什么吗？"

赵西音点点头："接吻。"

然后背脊稍向上伸，捧住他的脸主动亲了下去。

唇齿相依还没热，手机在客厅警铃大作。周启深压着她的后脑勺，不让她走："别管。"

第三章 周启深，你还能不能行了

含含糊糊两个字，伴着男人低沉的嗓音，格外性感。赵西音刚刚抽离的热情，又如火似的聚集回来。但那电话不知疲倦，一遍不接就打第二遍第三遍，赵西音自带的手机铃声音又大，太破坏气氛。

赵西音“哎”了一声：“不行不行。”

一只脚才从周启深身上下来，她电话停了，周启深的电话却响了。一看来电人，赵西音差点没摔到地上——完了，赵老师！

周启深接得从容，不慌不乱地叫人：“赵叔。”

赵文春质问：“我家小西是不是跟你在一块儿？”

赵西音在旁边疯狂摇头，疯狂眨眼，疯狂示意他说“不是”。

周启深笑着挪开目光，坦然道：“是。”

赵文春的火气大得，手机都能给烧了，气急败坏道：“你你你……你不许欺负她，你让她回家，现在，马上！”

赵西音愁眉苦脸，脚丫子一脚踹过去：“周启深，你害死我了！”

周启深搂了搂她的腰，印了一个吻在她额头：“没事，我陪你。”

迟早都要面对的。赵文春以前有多喜欢他，现在就有多恨他，他从前种下的因，就得尝如今的果。

周启深换了件稍厚的外套，怕外头冷，又拿了一双羊皮手套给赵西音戴上。赵西音担心地问：“你头疼是不是很难受？”

周启深牵着她的手：“没事儿，刚才你那个鬼故事，把我毛病全吓好了，现在倍儿精神。”

赵西音咯咯笑，调皮地说：“那我给你下载个APP（应用程序），每天睡前你都听一则鬼故事。”

周启深心肝颤，眼神写满抗拒。赵西音一眼看穿他胡说八道的臭德行，用手指尖使劲儿戳他硬实的肩：“你个作精。”

别看两人之间现在挺轻松，真到了家门口，赵西音就开始垂头丧气，提前打预防针了：“赵老师骂人很凶的，你别进去了，我怕他心情更不好。”

周启深敲门，声音洪亮：“赵叔！”

大门“咣”的一声就开了，赵文春一点也不意外他来，就“守株待周”呢！进门后，赵文春直接命令赵西音：“你，出去买点水果。”

赵西音张嘴欲言，被周启深轻轻拽了一下，用眼神示意她听话。

客厅就剩两个男人。周启深一派坦然地望着赵文春，以为会是腥风血雨，但赵老师只心平气静地说：“你坐。”

单座沙发之间隔着玻璃茶几，赵老师腰板挺得直，问：“还记得你第一次来我家吗？”

周启深点头：“记得。”

哪敢不记得。他第一次来见家长，是赵西音毕业旅行从西安回来之后。那次在机场，赵西音拉着他的衣袖，小声说：“我爸爸做的红烧肉很好吃，你要不要来尝一尝？”

算起来，两人关系的确立，应该就是从那时起的。

回北京后，其实他们并没有太频繁地联系，安安静静的，不像热恋。周启深脸皮比城墙厚，琢磨着姑娘家的心思，图一时嘴快，反悔也是极有可能的。他干脆一不做二不休，开车去接她，云淡风轻地说：“走吧，去你家。”

赵西音莫名其妙：“去我家干吗？”

“你在西安不是邀请我去尝你爸爸做的红烧肉吗？”

结果晚上，赵老师一见到闺女领回来这么个大男人，表情都傻了。第一眼见，英俊，目光坦荡，赵文春心里有了数。

赵文春偷偷问女儿："真是男朋友？"

赵西音点了一下头。

赵老师好惆怅："看着正气，但有点儿老。"

赵西音笑得嘴都歪了："今年四十五了，保养得好吧！"

赵老师信以为真，差点心肌梗死。

周启深胆子大，大得过分，实在嚣张。来吃红烧肉是吧？那天中午，赵文春做了一桌的肉，炖猪蹄、豆豉排骨、回锅肉、扣肉。周启深每每腻得搁下筷子，赵老师就慈爱关心："小周啊，是叔叔做得不好吃吗？"

周启深额上冒汗，第一印象多重要，立刻又埋头苦吃起来。那晚回去，他抱着马桶吐了大半宿，生生给腻出了急性肠胃炎。如今提起，周启深还隐隐觉得胃部不适。

赵文春眼神降了温，语气也冷了些："早知这样，我当初就不该让你进我家这扇门！"

周启深微微低头，规规矩矩道："赵叔，是我没把小西照顾好。"

赵文春哽着嗓音说："我和小西妈妈早早离了婚，一个孩子，最需要家庭温暖，最需要母亲关心的时候，她通通都没有。她第一次来月事，床单是我洗的，卫生棉是我买的。我永远忘不掉小西当时的懵懂眼神，带着怯意，太可怜了。我的小西跳了二十多年舞，大冬天的还在外头院子里练翻跟斗，她一个女孩儿，真的不容易。"

周启深默不作声，搭在腿上的手下意识地屈了屈。

"你俩离婚的时候，我也没有怪过你，小西也从没提过为什么离婚。"赵文春潸然泪下，情绪控制不住地站起来，赤手空拳地就往周启深肩上砸，"你怎么可以跟小西动手，你怎么能不知道她怀着孩子呢？"

提到孩子，赵文春终于失声崩溃。年过半百的老人，背脊已弯，肩膀下沉，抽泣时，颈侧的筋骨突起。生命由盛转衰的凋零，总是特别让人心酸。

一老一少，心脏都被开了一枪，都在流血，各有各的悔意与遗憾，都为着生命里最爱的女人痛苦不已。周启深亦沉默，伸手扶住了颤颤巍巍的赵文春，说：“我发誓，这辈子都对她好。”

冬夜寒冷刺骨，梧桐树落光了树叶，只剩干枯的枝丫随风微摆。周启深从楼道出来，就看见赵西音拎着水果，背靠墙，蔫儿得跟霜打的茄子似的。听见动静，赵西音一转头，眼睛立刻就亮了：“我爸骂你了吧？怎么样，他是不是消气了？”

周启深走过来，轻轻将她搂入怀里，用下巴蹭了蹭她的头发，温柔地说：“上去吧，陪陪爸爸。”

一听他这语气，赵西音就知道了结果。

周启深从上海回来后，得了感冒，这天气也不敢再仗着身体底子好，出门连厚外套都带上了。老程嫌弃他感冒，不让他来茶馆消磨时间，说是昭昭在，别把病毒传染给了昭昭。

顾和平在“迷唐”开了个房，牌桌不开，音响也歇着，只有投影屏在放着央视新闻。三个人今天兴致都不高，一向不太抽烟的老程，都点燃了一根。

周启深看了一眼顾和平：“平日你话最多。”

顾和平缓缓吐出烟圈，嫌这味道烈，用手扇淡了一些：“你们说，人在世上，潇潇洒洒的不好吗？非要犯什么贱，去为感情烦恼，这不是浪费生命吗？”

周启深撩了撩眼皮：“你和黎家那小丫头闹掰了？”

顾和平笑得招摇：“哪能啊，我是什么人，绝不会让女人难堪。”

周启深盯着他，不屑地一笑。顾和平讪讪闭嘴，目光终是变颓废，这模样儿一看，就是欠了情债犯了罪。不用解释，周启深太了解这哥们儿，让他守身如玉，从一而终是断断不可能，和黎冉或许只是有点好感，但黎冉不知不觉当了真。原本约好昨天一块儿吃饭，黎冉打扮得漂漂亮亮，结果顾和平临时一通电话，说有事去不了。

黎冉当时在电话里就跟他急了，两人拌了几句嘴，小丫头竟还哭了起来。顾和平心里那叫一个茫然。

“让你平时瞎撩。”老程一点都不同情他，“我和周哥儿提醒了多少回，你不是挺自信的吗？怎么现在还放不开了？”

顾和平心浮气躁，吐出一个字：“滚。”

周启深一向看不上顾和平对待男女关系的态度，什么万花丛中过，片叶不沾身，那都是假的，总有一天被荆棘扎得满身洞。这个道理，是他遇见赵西音后逐渐明白的。

“你呢？”周启深看着老程。

老程苦笑，他的烦恼就那么一个：“还有什么，昭昭不愿意跟我结婚，我俩也吵了一架。”

周启深想都没想，直接道：“那你赶紧以死谢罪。”

他一直很喜欢昭昭，大智若愚，心眼好，心性纯净，是老程的福气。还敢跟她吵，一定是老程罪该万死。

老程想想也好笑，撂了句真心话：“我聘礼都备好三年了，年年翻个倍，诚意够足了吧？昭昭父母都把我当亲儿子了，回回上家里头吃饭，明里暗里地问我，我都不知该怎么说。说我都求婚八百遍了，是您闺女不答应？算了算了，我舍不得昭昭挨骂。”

顾和平一听直嚷嚷：“别以为我们听不出来啊，你这是变相撒狗粮！”

“别嘲讽。”老程叹了口气，又问周启深，“你和小西打算什么时候复婚？”

“她爸不同意。”周启深想起也是愁，“昨晚在他家谈心，赵老师哭成那样儿，我都想跟着哭。”

顾和平睨他一眼，说：“你元旦不是在深圳买了套海景房给你岳父大人养老吗？赶紧告诉他啊！人家是千金博美人一笑，你是两个亿博老人一乐。”

周启深没什么表情：“他爸爸不是看中这些的人。”

当年结婚，赵文春什么要求都没提，不要钱，不要东西，只要他对小西好。周启深自己懂礼数，给了一张银行卡，赵老师没拂他面子，当时收了，等两人回门那天，还添了十万块钱，作为回礼又还给了周启深。

赵文春比他的生父，更像一位父亲。所以周启深是真心真意地敬他。按理说，自己这么要强的性子，不该瞻前顾后。但偏偏赵西音和赵文春，是他心尖尖上珍重的人，所以不敢乱来，不敢不顾及他们的感受。

赵文春昨晚老泪纵横，真是在求他："启深，我什么都能原谅，唯独不能原谅你伤害了小西。"

老程瞧得出他是真的有愁绪，问："那你打算怎么办？"

"弥补。"周启深斩钉截铁，"这是唯一的办法。"

男人在某个时刻，肩上扛着的担子会不自觉地重起来。为事业，为爱情，为婚姻，为求而不得。生活很公正客观，困难总会均匀撒向每个人。

沉默了一会儿，三人彼此对视，十分默契地都笑了。

顾和平端着酒杯："大老爷们的瞎惆怅，来来来，喝酒！"

周启深只轻轻碰了下杯，闻了闻酒香，没入口。

晚些时候，周启深有事要先走，司机过来接他。上车刚转过弯，就和一辆黑色奔驰轿车险些碰上。

"怎么回事？"周启深不悦问。

"这车占了一半的道，没让路。"司机懊恼道。

两辆车都停在这个位置，中间隔着不到十厘米，车轮往里打，都不敢乱转方向盘。司机们探出头，查看了一下情况。

然后，黑色奔驰后座的窗户滑下，露出里头坐着的男人的半张脸。眼睛弯着笑，嘴角往上翘，乍一看五官标致，发型精精神神，但目光邪魅，揣着多层心思冲周启深笑："哟，是周哥儿啊！"

这声音，这面相，周启深自然熟悉。对方玩有缘千里来相会，他不下人面子，装得比对方还热情："邱子啊！瞧瞧这什么运气，大街上都能捡一兄弟。"

庄邱笑出了声，头往后仰，蛮夸张："真不知是你坐在里头，我这司机新来的——"

语毕，他伸手往前，揪住司机的耳朵狠狠往后拧：“你会不会开车？占道儿了，眼瞎啊？差点别到我周哥儿的车了知道吗？幸亏他也是坐车里，万一下次在路上走，你是不是要把人撞死啊？”

那司机耳朵通红，脸一阵青一阵白，疼得眼泪都快出来了，偏偏敢怒不敢言。庄邱松手，转而又是一副笑脸望着周启深：“回头我就开除他。”

周启深笑意敛了敛，不甚在意：“听过不少夸你的，说你管人管事水平一流，今儿见识到了，名不虚传。”

庄邱嘴角颤了一下：“周哥儿，改天请你吃饭赔罪，车刮坏了没？检查检查，我赔你个数。”

笑容淡得已经收鞘，周启深风轻云淡地说：“不必。”然后吩咐司机，“明天换车。”

庄邱这人阴狠狡诈，多少年的交道打下来，彼此什么德行还能不知道？偏偏还装纯，周启深连戏台子都懒得跟他搭。周启深靠着后座合眼，原本没太把这当回事，但一想到自己在停车场被无辜捅了两刀，心里便火冒三丈。

下了高架，周启深记起一事：“徐锦把东西给你了没？”

司机说：“给了，在后备厢。”

是一个中号快递盒，周启深到家洗完澡，就把快递里的各种魔方拿了出来。三阶、五阶、七阶，从易到难，一应俱全。估摸着时间差不多了，他给赵西音发了条信息：“视频？”

赵西音十分钟后才回：“嗯。”

周启深拨了过去。赵西音一见他露面，表情凝固了：“你干吗不穿衣服？ ”

周启深盘腿坐在地毯上，就套了一条家居裤。他有一个不太好的习惯，洗完澡不擦干，滴着水就出来了。以前赵西音特不满，说地毯上全是湿脚印。

周启深这人有点找抽，某种程度上，叫喜欢受虐。赵西音急得呱呱叫时，骂得愤愤然时，他觉得很安心，茶米油盐，人间烟火，缺了几十年的东西，于他而言是慰藉，是温情。那时会耍无赖，看着赵西音无辜地说："老婆给我擦擦。"

赵西音去捂他的手："你这人怎么这么没羞没臊呀！"

大约是想起了同样的往事，视频里，赵西音的脸有些红。周启深很听话地找了件袍子往身上套。这袍子是深蓝色，开襟设计没有纽扣，十分宽松，套在周启深身上，显得慵慵懒懒。

赵西音假意不看，偶尔会瞄一眼屏幕，周启深这人自律得可怕，酒池肉林里滚打十几年，身材却保持得一如往昔。强劲的腰，窄臀，六块腹肌轮廓乍现自不用说，后背稍用力，也能看见肌肉分明。

周启深回到视频前："赵叔好些了吗？"

"吃了药，刚睡着。"

赵文春这两天感冒低烧，人没精神，赵西音排练完就回家，做饭照顾，也没时间想别的。她还挺喜欢这种状态，和周启深和好了，但都给彼此留了空间。又不是头一回谈恋爱，也过了毛头小子的冲动年龄，两人心里都嵌了明镜，知道再走到一起，来之不易。

赵西音愁眉苦脸："我觉得爸爸今年的身体没有以往好了，这都第四回生病了。"

周启深安慰她："毕竟上了年龄，不能跟以前比，多提醒他注意身体。"

一番开解后，赵西音眼睛尖，问道："桌上是什么？"

周启深下意识地挪了挪身子，挡住它们。

赵西音拉长语调："周启深。"

他忽地一笑，也不遮了，把东西拿给她看。

赵西音愣了下："你也玩魔方啊？"

"嗯，学了点。"

"那你拼个给我看看。"赵西音起了兴致，撑着下巴看他。

周启深是很大方的一男人，从不扭捏讲条件，只说："你别用这个眼神看我。"

赵西音不解：“嗯？”

“勾人。”

见她半天不吭声，低着头若有所思的样子，周启深挑挑眉，一本正经地玩起了魔方。男人手指长，十指交错翻转的时候，像一张软网，赵西音看得有点蒙，这哪是“学了点”，根本已是行云流水了。

六个面颜色拼完整，大概一分多钟。赵西音惊奇地问：“我记得你以前从没玩过魔方，你什么时候学的？”

周启深想了想：“就抱你的那一天。”

赵西音一时语塞。

他坏笑：“不记得哪一次拥抱了？我帮你回忆一下啊，在医院你抱过我，在小区你抱过我，在我家你也抱过我。”

赵西音怒骂：“什么叫我抱你，明明就是你抱我。”

周启深哈哈大笑。

“你个流氓！”赵西音隔着屏幕都想挠他。

不取闹，周启深回答说：“那天晚上你不是大夸特夸你的小叶哥哥嘛，一会儿说他会玩魔方，一会说他是风度翩翩的数学老师。玩魔方多少秒来着？二十秒，你可真能气我啊，我敢不进修追赶吗？”

这一长串说得赵西音愣了半天，反应过来后，她吹了声俏皮的口哨：“吃醋就直说呗！”

周启深放下魔方：“你很嚣张啊，信不信我现在就上门收拾你？”

赵西音扭头，提高声音：“爸！周启深说要来收拾我！”

把他给急的：“你真没良心。”

赵老师现在是看他哪儿都不顺眼，哪敢减印象分。赵西音一脸的坏笑不比他方才少，撑着下巴，两人在屏幕里对视，安静下来，谁都不说话了。

“睡觉吗？”

“睡吗？”

再开口时，两人几乎同时出声。

周启深把手机拿近了些，那双丹凤眼往上挑，好像故意让她看得更清楚些，深情款款。能传情，也能感染人。半晌，他低声说了句：“嗯，想睡。”

似是而非，赵西音愣是听得心口像被放在火上灼烧。

周启深说：“小西，你能不挂吗？”

赵西音第一反应是：“怎么了，又头疼了？”

他“嗯”了一声，一低头，垫在手臂上，可怜巴巴地望着她。赵西音哪招架得住，僵硬地点了一下头：“那你得穿着衣服睡。”

就这样，周启深把手机搁枕头边，视频没关，能让她看到自己半边身子。两人聊天，吃的，喝的，玩儿的，话题一挑起，就都收不太住。赵西音跟他说离开北京的那些日子，去了中国好多地方。说她在青海茶卡盐湖时，遇见一队驴友，三男一女，四个人晚上住一间屋子。

周启深一听，来了精神：“哦？”

本正在兴头上，赵西音突然不说了，绕到别的事情上，说她一个人看湖，回来时错过了车，眼见着就要起大风下冰雹，被一个好心司机救了。

周启深语调平平：“男司机？”

“女的，五十多岁，有一个上初中的儿子，我们现在还有联系呢！”

赵西音噼噼啪啪能说上好久。周启深没吭声，听是在听，但好像心事重重。说了半天，赵西音停下：“周启深，你还睡不睡觉了？”

周启深蛮认真地说：“睡，但睡之前，你能不能再好好跟我说一说？”

赵西音莫名其妙：“说什么？”

“就刚才那个三男一女。”

“晚上同住一个房间。”

“那女的最后还能活着出来吗？”

赵西音笑得在床上打了几个滚，嗔怪：“周启深，你还能不能行了！”

“行，当然行。”周启深想了下，很认真地分析，“但如果我是那个女人，肯定不能活着出来。”

周启深笑了一下：“但这种情况在我身上不会出现，因为世上没有三个赵西音。小西，你放心，别吃醋。”

赵西音莫名其妙被点名，被他绕得云里雾里，好不容易反应过来，就知道这臭男人故意的。她愤愤道：“呸，我哪里吃醋了？你胡说八道些什么呢！”

周启深笑得眼梢往上飞，像三月春暖回归的春燕。半晌，他敛了笑意，忽然沉声道：“西儿，你什么时候跟我回家？”

赵西音轻抿嘴唇，红霞上脸。她听懂了，听明白了，心里一根苦枝泡水，渐渐有了丁点回甘。这甘甜如履薄冰，唯恐用力搅弄就又变了味。

所以她说：“我现在就在家里呀！”

周启深是聪明人，懂她所有的心思，也不再继续追问。

视频一直通着，不说话的时候，好像也能听到彼此的呼吸。周启深合眼之前，听到温柔的一声：“睡吧，晚安！”

这是他近三年，睡得最安稳的一个夜晚。

六点醒来，周启深神清气爽，看了一眼手机，昨天两人视频时长两个小时。到办公室，助理进来送咖啡，徐秘书随后递给他一份财务报表，这是对私部分，是他周启深名下的私人投资账目情况。他粗略地翻了翻类别，看了一眼总数便合上。

徐秘书汇报说：“您父亲那边的生活费按月打过去，他又住院了。”

周启深抬起头。

“喝酒喝得胃出血，没大事，医药费我让人去结清。”

周启深不太管这些，只要那边不找碴儿，他花钱买太平。他接着问：“庄邱呢？”

“庄邱两个月前秘密回国，和山西、湖北的几个矿山老板走得近，上个季度的国际期货行情好，他赚了不少，估摸着有大几亿，这才敢回北京露面，在他老爷子面前也能直起腰。”徐秘书说，“他四处看项目，想做投资是幌子，结交人脉才是真。”

周启深不以为意：“盯着点。”

徐秘书颔首，末了，又想起一件事：“周总，老孙那边过两天就会有消息传回来，说是有两个符合要求的，等您看过之后，再决定是否把人带来北京？”

在找寻亲人这件事上，这么多年坚持，连徐秘书都替周启深惋惜。不是没有过希望之火，但失望久了，心血耗费，热情也被消磨得不见涟漪。

周启深沉思许久，语气亦淡：“嗯。”

赵文春的感冒久不见好，请了两天假在家休息。舞团的事儿不能耽搁，赵西音非回去不可。赵文春一个劲地催：“赶紧走，别拖团队后腿。”

赵西音故意道：“您不怕我跟周启深见面呀？”

赵文春又咳嗽上了，摸着心口顺气，怒目瞪着她。

赵西音赶紧说：“您别咳了，我保证听您话，赶紧好起来啊，乖。”

没人没小，真是惯坏这死丫头了。

回舞团开了个短会，拍摄组也来了人，他们的意思是，让赵西音和苏颖先对接，多接触，把彼此的默契度慢慢培养起来。散会后，服化那边给赵西音量了身材尺码，胸、腰、臀，量完后，这个师傅赞叹道：“比例真好。”

赵西音问：“排练的时候，团里就量过一次，还要重新量吗？”

“当然。”师傅笑，“你和苏颖搭档，并列领舞，你们的妆容和服装，那都是与别人不同的，全是手工缝制，上头的装饰是从西北弄过来的，全貌逼真还原，让观众一看到你俩，就觉得梦回大唐。”

这师傅裁量过圈内不少女明星，打心眼里地赞叹赵西音的身材：“赵小姐完成这部电影后，前程远大，潜力无限，我们一定还会有机会再合作的。”

赵西音摇摇头：“我是来学习的，跟前辈们比差得远，把这舞好好跳完，至少得对得住这份工资。”

师傅乐了，最后量了量她的颈围，意味深长道：“就冲你这番话，以后一定大有可为。”

不管做哪个行当，最怕什么？最怕好话听多了，就以为是真话。赵西音看得透，想得开，心里早就安了一扇门，能进的，不能进的，她有分寸得很。

下午去苏颖的艺术中心，人家是腕儿，是前辈，赵西音谦虚做事，自己主动上门学习观摩，规规矩矩站在舞台下。

苏颖在台上领着众演员跳了半场《霓云奔月》，三十出头的女人，不见丝毫笨重，模样清丽高雅，动作仙姿婉转，如嫦娥奔月，此去不复返人间。

半场后，排练继续，苏颖下到舞台，与赵西音隔一两米远，专注认真地盯着表演。最后一个情景时，苏颖的助理从外边走来，热情地和赵西音打招呼，问："你觉得跳得怎么样？"

赵西音笑了笑，没吭声。

"说说嘛，她们中，最小的才十五岁，大的也不过你这个年龄，你经验丰富，想听听你的感受。"助理笑眯眯的，问得自然。

赵西音没戒心，很客观地表达想法："领舞后面那三人呈X形走位，但因为间距太短，那一瞬的鼓点很突出，所以并没有很好地融合进去。我从右侧方看，斜角不直，但从正方看，应该会很漂亮。还有最后的蛇形走位，尾巴太短，太匆忙，这个动作应该是突出视觉效果的利器，如果是我，在动作编排上我会考虑再从容一些。"

她说得认真，看得仔细，是沉下心来观摩的。

助理连连点头："专业。"

赵西音忙摇头："没没没，我是个门外汉，胡说八道的。"

助理挽着她的手，自然而然地往苏颖那边带。她们隔得本就近，方才那一番话想必苏颖也听得一清二楚。助理开朗随和："颖姐，小赵说到点上了吧！"

苏颖站得直，双手环抱，神态冷，姿态高，"嗯"了一声。

赵西音刚松了一口气，苏颖说："倒是很有自知之明。"

往回一追溯，这话很是不给人留面子。偏偏苏颖气质摆在那儿，说什么刁钻刻薄的话，你都不觉得过分。她眼里对舞台极致的专注，在这个圈子里低调的作风，以及在舞蹈专业上的造诣，都成了她无坚不摧的铠甲与勋章。赵西音倒也不是特别难受，只低了低头，嘴角极轻地向下撇了撇。

到这儿来，苏颖也没空招呼她，忙前忙后。赵西音总觉得，她对自己的《霓云奔月》要比《九思》在意得多。她也发现，苏颖是真的严厉，动辄不悦责骂，甚至自己亲自上台帮演员纠正动作。赵西音拿着笔记本，偶尔写写记记。

太入迷时，没察觉苏颖已经走近。

“你在干什么？”语气平平，夹杂一丝不快。

赵西音下意识地合上笔记本，但很快又停下，如实说：“我是来跟您学习的，做些记录，怕自己忘事儿。”

苏颖抬抬下巴：“打开。”

笔记本打开，一手漂亮的钢笔字，记下的都是苏颖的神态、习惯、风格。赵西音局促道：“对不起，但您放心，这些我不会外传。”

苏颖冷声打断：“撕掉。”

她把本子还回来，力道不重，丢向了赵西音怀里。舞台上的好几个演员都看着，眼神里或同情，或安慰。苏颖一转头，立刻又都各干各的事。

说不委屈那是假的。回程的路上，戴云心打来了电话，赵西音一听到师父的声音，眼眶就有些热。她一说话，戴云心就察觉出了不对劲：“怎么了？”

“别说没事儿，你哼个音我都知道你什么心情。今天去苏颖那儿了？”戴云心问。

赵西音“嗯”了一声：“去演艺中心学习。”

“她为难你了？”

赵西音仔细想了想，顶多就是摆脸子，为难真没有。戴云心却忽然冷了语调：“苏颖这孩子就是太有个性，不知得罪了多少圈里圈外人。她跳舞确实是个奇才，但做事之前先学做人，无论在哪个行业都是这么个道理。你也不用太放在心上，她就是这样的风格。跟我说说，她对你做什么了？”

戴云心一番恳切开导后，赵西音便没什么戒心地说了一遍。戴云心呵呵一笑，听得出，不是什么好印象：“她如今真是好大架势。”

赵西音怕引起误会，赶忙解释：“没事的，师父，我能理解颖姐。以后我再谦虚一点，不惹她厌烦就是。”

戴云心无语：“你还觉得自己不够低调？干脆埋进沙堆得了！”

赵西音两声憨笑，是真不在意。

这个徒儿百般好，就是不争不抢这一点，宛如一个孩童，活在自己的世界里，认死理，不懂得变通，也不去学这个圈子的生存法则，真是恨铁不成钢。戴云心压了压情绪，说起正事：“我跟形体课老师打了招呼，你下午早点走，穿精神点，我带你去见几位老师。”

赵西音还犹豫了一下：“我爸这几天生病，我……”

“这么好的机会，你就不能替自己打算打算？”戴云心痛心疾首道，“赵西音，你真是个奇才！”

听不得师父这般痛心的言语，赵西音连连答应：“好好好，我去。”

戴云心准点派司机来接她，去的地方是一家日料餐厅，一报名字，侍者就把赵西音往包厢领。推开门，她愣了一下，房间里统共八九个人，男女都有，其中一个正说道：“这戒指不算什么，上次庄总在展会拍下的那枚鸽子蛋才堪称一绝。”

门一开，目光都望了过来，赵西音紧张，本能地在其中找戴云心。戴云心坐在主位右手边，挂着笑意对她招了招手：“来了啊，坐这儿来。”

戴云心身边留着空位，赵西音走过去坐下。

“这是我的一个学生，叫赵西音，你们叫她小赵就好。”戴云心介绍说，“小姑娘平日训练刻苦，也没什么自由时间。这不，趁着一点空闲，带她出来长长见识。”

赵西音人虽开朗，但十分不喜欢这种应酬式的饭局，回回都让她觉得无所适从。戴云心这么一说，总不能不给反应，她勉强上扬嘴角，扯了一个木讷的笑。

有人认出她来：“是不是庞导那部新戏的领舞，和苏颖搭档的那个？”

戴云心笑着应："祈总好记性。"

"哟，前途不可限量啊！"说话人笑眯眯地端着酒杯，往前倾了倾，"小赵同学，咱们碰一个？"

赵西音拿起果汁，笑了一下，很轻地抿了一口。好在饭局的主角儿不是她，之后也没她什么事。赵西音观察了一阵，这些人里面，做生意的居多，真正算得上老师的，也就戴云心了。戴云心似乎对这种场面得心应手，能说会道，始终笑脸示人，端着酒杯的次数也不少，虽只是一点红酒，但也看得出她兴致颇高。

赵西音全程都很安静，时不时地偷偷看一下时间。宾客里男女对半，谈的事情也都正经，虽难免偶有浮夸之嫌，但酒桌文化不就这样，吹嘘吹捧，你来我往。唯一让赵西音略觉不适的，是主位左手边的那名男士。

他穿着一件纯黑衬衫，衣袖处有一条长长的薄纱为装饰设计，让他看起来更显邪魅，每每与赵西音眼神对上时，他都若有若无地勾起笑。赵西音不太喜欢这样的面相，笑都不干净，像胶水，黏得很。

饭局结束时，戴云心把她引荐给两三个最有实力的，其中一个就是那名男士。多数时候都是戴老师在斡旋，赵西音站在一旁礼貌微笑就好，但那男的似乎很感兴趣，不免多说了几句："赵小姐这样的身段和样貌，就该被更多观众知道。拍完庞导的戏，我可等着与你合作啊！"

赵西音想都没想就摇头："应该不能合作，拍完这个我就休息了。"

戴云心皱眉瞪了她一眼——傻乎乎的，会不会讲话？

司机把车开来，上车后，男人还对赵西音意味深长地笑了笑。驶入大路，秘书笑着问："庄总这是看上那女孩儿了？"

庄邱没应声，但笑意始终没散。

秘书察言观色，立马拿出手机："我查查看对接的人，回头约出来陪您单独吃个饭。"

"住手住手。"庄邱懒洋洋道，"不至于这么心急。"

这么一说，那肯定还有不一样的想法。秘书"啧"了一声："确实气质清新，这跳舞的姑娘还是不一样啊，往人群里一丢，那可是能一眼看中的。不过这么年轻就能上大导演的戏，估摸着是有点背景。那个戴老师，圈内人？”

“舞蹈界的名家，艺术家，现在不去台前了，和文化圈的关系好。”庄邱尾音拖长，不甚在意。

秘书呵声笑了一下：“庄总人脉真广，各行各业的都认识。但是那姑娘……”

“你去打听打听。”庄邱松口，然后跟着电台里的音乐轻敲节拍，回味无穷，意犹未尽。

第四章 顾浩天与程贝贝

回去的路上。

戴云心闭目养神，她虽未喝太多酒，但出入饭局，身上难免沾上味儿。空调打开，内置的精油片清风送香，蝴蝶兰的味道浓郁芬芳，赵西音觉得鼻痒，抬手揉了好几次。

“不高兴？”戴云心闭眼问。

“没。”

“呵，瞒不过我，都写在脸上了。”

戴云心睁开眼睛，坐直了些，转头看向她：“师父是为你好，你是孩子心性，返璞归真最难得。但小西你要明白，踏进这个圈子，很多事情根本由不得你。”

赵西音懵懂地问：“如果只想跳舞，那就好好跳舞，至于别的东西，不觊觎，不在意，不就可以了吗？”

她说这话时，目光耿直，带着疑虑。不是故意找碴儿，是真的很不赞同戴云心的这句“由不得你”。

戴云心皱了皱眉，直视她许久，道：“是我太失败，还是你太固执？你回北京也半年多了，怎么脑子还是这么不灵光？”

赵西音愣了愣，下意识地摸了下自己的头：“我笨吗？”

“不笨。”戴云心既无奈又无语，“就是轴。”

赵西音撇了撇嘴。

“为什么带你来饭局？一呢，你二十多岁的人了，成天还过得没心没肺，不知人间疾苦，带你出来多与人交道；二是私心，我希望你拍完《九思》后，好好在这个圈子继续发展，毕竟这个起点和跳板不是人人都有的。要真浪费了，你自己就不可惜吗？”

戴云心语重心长，继续道：“小西，六年前的舞台事故，几乎断送了你整个跳舞生涯。你愿意回来，能回来，我真的很欣慰，不管以后你怎么选择，你永远是我戴云心最好的徒弟。”

说及旧事，总是格外动容，这种共情，让赵西音一下心软了。从幼年到现在，她与师父的缘分近二十年，除了父亲，戴云心比亲人还亲。

授之以鱼，亦授之以渔，戴云心成就了她的风光明媚，在她深陷低谷时，也没有弃之不顾。赵西音忽然就释然了，不就吃个饭嘛，师父终究是为她好。

到了小区，戴云心说：“我就不上去了，不是说赵老师感冒了吗？后备厢有盒人参片，当是我的心意了。”

赵西音拎着锦盒往家赶，赵文春还坐在客厅等她。

“您退烧了吗？怎么不去床上躺着？”赵西音包都没放，伸手来试他额头的温度。

赵文春不满道：“怎么这么晚回家啊？”

“陪戴老师有点事，喏，那个是她给您的。”赵西音皱眉，“怎么还有点烧？您没哪儿不舒服吧？”

“就是感冒，没事儿。”赵文春撑起身体，骨骼关节“咔咔”响，倒不忘事，严肃审视，“真是跟戴老师在一起？”

赵西音忍俊不禁：“不然呢，和周启深？”

“那我就揍你。”赵老师不高兴道。

赵西音的笑容变得无奈，静静地坐在沙发上，双手交叠在一起细细摩挲，轻声问：“您真的不喜欢周启深了？”

赵文春说：“不是不喜欢，是不接受。”

“他怎么样做，您才接受。”

“除非我的外孙还好好的！”赵文春激动地说。

赵西音沉默许久，握住了父亲微颤的手：“爸，您这样，我更难受。”

赵文春一愣，心脏跳得厉害，他不适地皱了一下眉，五官拧在一起，忍过这阵心疼。比方才更长一段时间的沉默后，他松口：“我要看他表现，至少现阶段，我没法儿说服自己再去笑脸对待一个伤害过我女儿的人。”

自此，父女俩陷入沉默。

稍晚，赵西音洗完澡出来，赵老师已经上床睡着了。她打开一条门缝看了看，被子盖严实了才放了心。回卧室，周启深的电话恰好打了过来。赵西音接得快，但没马上吱声。周启深也不急，两个人的呼吸浅浅交织了十来秒，他忍不住先笑，声音低，跟窗外的夜色一样，容易让人安心。

他问她：“赵叔感冒好些了吗？”

“没好。”赵西音怏怏地答。

周启深忽然说：“你别噘嘴。”

“嗯？”

“想亲。”

赵西音脸都烧透了：“你有毛病呀，哪里见到我噘嘴了？”

周启深笑出了声。

就知道，又上当了。赵西音闷闷不乐地责怪他：“你别闹。”

周启深听出她语气不对，也没直接问怎么了，给她缓劲儿的时间，才开口：“遇到事了，跟我说。”

赵西音笑他：“你好像霸道总裁啊！”

“不像，就是。”

赵西音笑意更浓了：“你真臭屁。”

周启深“嗯”了一声，这才问：“今天去舞团了？”

他是循序渐进，迂回婉转地开导。赵西音了解这个男人，某些时候，总是体贴入微，细小之处的温柔总让她的心有所依靠。

赵西音对他打开了话匣子，说晚上的饭局，说戴老师的一番劝解，说到最后，自己反倒没那么在意了："戴老师说我是不知人间疾苦的小孩儿。"

周启深说："你为什么要知人间疾苦？我就愿意护着守着，她怎么那么多反对意见？"

赵西音蛮惊讶："周启深，你上哪儿上的情话进修班？"

那头一愣，传来男人微颤的笑音，问她："饭局上有哪些人？"

"两位舞蹈协会的主任，还有一些我没记住名字。"

"你不喜欢，下次就不去。"

赵西音猫咪似的轻轻"嗯"了一声："师父是好心。"

"但我要你开心。"周启深说。

赵西音握着手机，眼睛比机身还要热。

安静片刻。

"好了，乖。"周启深低声道，"心情好些了没有？"

赵西音眼睛更热了，愁绪与委屈找到了依靠，那份心底的依赖，时隔多年重见天日，依然半分不减。他是她共同生活过的爱人，是同床共枕过的丈夫。这两个称谓，构成她生命里的栖息地。

原本自己挨一挨就能过去的，现在她不想坚强了。她的语气自己都不易察觉，娇憨尽显："周启深，我心情一点也不好，你哄哄我。"

周启深笑声朗朗："想我怎么哄？"

"我不管。"

"赵西音。"

"嗯？"

周启深说："小宝贝儿。"

声音烫，透过屏幕，烫上了赵西音的耳朵，温度聚拢成一朵烟花，在心里轰然绽放。

"可见没哄够。"周启深低八度的声音，极其性感。他诱劝："乖乖躺床上，合眼，睡觉。"

赵西音柔声道：“我睡不着。”

“我给你讲故事。”

周启深说这话时，正在从四环往二环的路上，城市繁荣，霓虹缤纷，逐渐靠近首都中心。

他刚结束商务接待，副驾坐的是公司的一名年轻貌美的公关负责人，听了一路周老板调情，面色不自觉地染上绯红。徐秘书与他坐后排，更是大气不敢喘。

周启深为求方便，电话开的是免提。他一手环在腰间，一手握着手机照着网页低声念：“顾浩天目光闪现一丝狠厉的光，眼里只剩程贝贝的娇俏身影。”

徐秘书沉默。

“顾浩天抓住程贝贝纤细的手腕，该死的，你竟如此甜美。”

司机无言。

网页上的字有点小，周启深停顿了会儿，辨认清楚后，淡定地继续念：“世间那么多鱼塘，你却偏偏走进了我承包的那个塘，你想变成美人鱼，然后迷死我吗？”

赵西音在床上疯狂打滚，捂着嘴不敢笑大声，怕吵醒了赵老师。

周启深脸皮厚，从不在乎这个，听见她笑，就知道是开心了。于是念得越发带感：“顾浩天拽着程贝贝的胳膊，把她用力推到墙上，然后按在墙上亲。”

徐秘书现在想跳车！

周启深西装革履，一身装扮精神体面，他跷着腿，背脊挺直，没半分怯色与抗拒，哪怕是读本言情小说，也能认真到极致。这种反差感，在副驾的女员工看在眼里。男人如此，分外性感。

而赵西音已经连声叫停，笑得都快岔气：“不听了不听了，周启深，我答应你睡觉还不行吗？”

到下一句台词，周启深敛敛眉：“顾浩天说，程贝贝，我该死地爱上了你。”

司机手抖，方向盘晃了晃。

徐秘书抓紧车门把手，想随时跳车。

副驾的女员工面红耳赤，心脏怦怦跳。

周启深反应平平，还挺客观地自我评价：“这句我没念好，重来一次。”

手机贴着耳朵，赵西音笑容像烟花，恣意而艳丽。还未完全回过神，就听到周启深语气忽地认真，重新念：

“赵西音，该死的，我也很爱你。”

心头最后的阴云被吹散。赵西音眼睛湿了，脑袋埋在被子里，鼻子一抽一抽的。

周启深在电话里叫她的名儿：“小西？”

那种专属他的低沉，裹着关心，携着柔情，让人根本无法招架。赵西音不想让他听出自己的慌乱，打断他：“周哥，我睡觉了。”

周启深顿了下，笑了笑：“好。”

“你讲的故事很好听。”赵西音不忘夸赞，顺便吐槽道，“就是男女主名字取得不好听。”

“顾浩天和程贝贝？”周启深解释说，“随便取的，想到顾和平和老程，姓氏借我用用。”

赵西音哈哈大笑。

周启深关了免提，将手机举在耳畔，车窗外灯光一闪而过，他的侧脸忽明忽暗，那一刻的静止，像是时间之外的人。赵西音又说了两句，周启深低头笑了起来，被哄得很开心。

电话挂断，车内悄然无声。周启深看了眼徐秘书：“你这什么表情，晚上吃多了，消化不良？”

徐秘书咽了咽口水，默默想，是的，狗粮吃腻了。

老程今天茶馆忙，晚上七点多还有排队的。昭昭不在，他一个人忙不过来：“我说那两人，死的吗？不知道来帮我啊！”

周大爷和顾大爷靠在窗户边聊得正嗨，谁也没理老程。

“真绝了，天天占我这地儿，吃白食的白眼狼。”

顾和平笑他：“你和昭昭闹别扭，拿我们撒什么气？你看周哥儿和小西闹掰的时候，周哥儿拿我们撒过气吗？这就是差距。”

周启深正色提醒：“别扯到我身上。”

“对了，刚过来看到门口停了一辆黑车，你换车了？”

“嗯。”

“你之前那辆也才买没多久吧。”

周启深淡淡道：“沾到狗屎了，硌硬，索性换了。”

顾和平听他话里有话，很快联想到了什么，问：“庄邱惹你了？”

周启深也不隐瞒，把那天别车的事简单地一说，顾和平气得差点摔杯子，道：“他有完没完了？！玩的都是阴狠招数，也是拿不着证据，不然早逮了他！”

提起此人，周启深并不高兴，劝顾和平：“行了，你去帮老程吧！”

三个人是哥们儿，年龄也相仿，但在绝大多数的相处里，顾和平和老程仍然习惯以周启深为主心骨。顾和平是个会来事的，走去那边帮忙，估计又嘴贱了，把老程气得眉毛都歪了。

半小时后茶馆歇业，老程和顾和平走过来，说：“一晚上就见你捧着个手机也不挪眼，看什么呢？”

手机屏幕还亮着，密密麻麻的字，周启深也不遮挡，任他们看。一行行的字有点多，顾和平念了出来：“……邪魅的笑容快要把她融化。你这个小妖精，女人，知不知道你在玩火……绝了，周启深你看的都是什么玩意儿啊！”

周启深淡定自若：“你声音小一点。”

老程乐死了：“周哥儿，你有事没事？”

“工作累的，”周启深把屏幕按灭，“消遣消遣。”

顾和平做了个撞墙的动作：“真总裁看总裁文看得津津有味，这世上您是独家了。”

他不嫌事大，偷偷给赵西音发微信：“小西，救救周哥儿吧！”

赵西音回复快："这是他每天要给我讲的睡前故事，有问题吗？"

顾和平半天没回过神，得了，差点忘记谁才是夫妻俩了。

年关将至，北京城最近的天气实在不好，风大雨疾，就是不见落雪。这天气难受，尤其对才回国没多久的庄邱不友好。

昨晚他回庄家参加家庭聚会，什么叔侄姑嫂都来了。庄家人丁兴旺，自然也人多口杂，他虽姓庄，但身世到底是见不得光的，别看表面客气，其实都看不起他。庄邱心里清楚，回国两个月都在上海待着，过家门而不入，是懒得受这份晦气和白眼！他如今靠炒国际期货攒了些资本，这不，腰板儿都硬了些。

好不容易挣了点脸面，他这两天的心情都不错，在办公室里打高尔夫，看着白白圆圆的球，忽然想到一个人。拨了内线让秘书进来，庄邱问："上回让你打听得怎么样了？"

秘书当然记得这事儿，一瞬间面带难色："您不问，我也正要跟您汇报呢！"

庄邱一听这语气就知道了大概："不同意？"

"也不是不同意。"秘书说，"我实在是没找着对接的人。"

庄邱冷哼一声："开什么玩笑？"

"真的，这姑娘虽然参演电影，但也就只有个舞蹈戏份儿，不算真正的主角儿，她也没签什么经纪公司，圈内也不太知道她这号人。哦，也就戴云心，打听过了，确实是她正儿八经的师父。"

庄邱不屑："什么师父，戴云心自己的文化公司多的是这种吃饭都带着的女人，不就那些事吗？"

秘书迟疑了一下，说："这位还真不是，她也没签戴云心的公司，自由人一个。我稍稍查了下，她父亲是大学教授，自己也是正儿八经北京舞蹈学院毕业，当年考进来的专业分和文化分都是那届第一，档案完整着呢！"

身世一清二白这个点，突然就戳中了庄邱。他饶感兴趣地放下球杆：

"哦，质量这么高？"

莺莺燕燕见多了，圈里圈外见过的女人也不少，别看包装得漂漂亮亮的四五线女明星，其实都是装出来的。闻见的是女人香，开口说两句话，内涵底子便一目了然。有次跟一个走清纯校花路子的选秀女星在一起，卸了妆差点没把他给震晕。

"庄总，你要是嫌麻烦，我帮您去找菲菲来？"菲菲是庄邱上周看上的一个电台主持，声音跟黄鹂鸟似的又柔又嗲，据秘书观察，庄邱对她很满意。

庄邱却拒绝了，道："这有什么麻烦的，你去给我订束花，送去舞团。"

一大捧玫瑰，红似艳阳，花瓣儿上还有欲坠的露滴。赵西音一大早过来，团员们笑着打趣儿："西音，男朋友呀？"

赵西音看了看卡片，没署名，她也不知谁送的，就暂且认为是周启深吧！只不过这玫瑰包装忒俗了点，不太像周启深的品位。正猜着，她电话就响了。

庄邱的声音她一下还没听出来，莫名其妙："您哪位？"

庄邱也不恼，说上次饭局见过的，问她有没有时间一起吃个饭。

赵西音想起来了，也听明白了，一句话干干脆脆把人回绝："对不起，这段时间都要排练，不耽误您时间了。"

庄邱碰了个硬钉子，心说这女人真"刚"，说话直来直去，就不想着做人留一线，日后好相见？他心思下作，越冷的越能燃起热情。

他还真不信了。

庄邱打电话给秘书，慵懒惬意地问："戴云心最近在给她自己的电影拉投资，你留意点，跟她接触接触。"

赵西音这段时间上午练舞，下午参加各种专业课的学习，晚上还要配合剧组那边时不时地留下开个会。苏颖进团的时间定在下周，赵西音心里铆着一股劲儿，不服输的劲儿。

从某种意义上来说，苏颖激发了她的好胜心。她上课格外认真，闲暇时间就用来啃剧本。周启深顾着赵文春，也不想虎口拔牙，非做出些让家长厌烦的事。他和赵西音复合后的关系，看着平淡，其实这是一种彼此默契的共识，坚实得很。

再有一个月就是农历春节。周启深这段时间最为忙碌，忙收官，忙年报，忙各种审计，还有一些政府机构与媒体发来的活动邀请函，也由徐秘书斟酌筛选，出席一两个重要的。忙归忙，周启深也没忘记赵西音，他还真在微博上看了很多小说推送，什么男主抽女主几百毫升的血给白月光治病，什么结婚三年丈夫碰都不碰妻子一下。周启深特意截了张图发给赵西音——

"他一定是功能缺陷。"

赵西音回了一个问号，说："你成天不好好上班赚钱，就研究这些？"

周启深也不嘴炮，到了晚上，掐着点给赵西音讲故事："今天讲这个，《霸道恶王爷的俏厨娘》？"

内容不正经，但男人的声音是真的好听，低沉浑厚，像琴弦，挥指一弹回味无穷。

"顾霸天把程小娇压在墙上亲，解开自己的衣服，然后邪魅一笑，满意你看到的吗？他们的衣裳褪尽……"周启深故意压低声音，停顿片刻。

赵西音手指揪了揪床单，呼吸渐热："嗯？"

周启深说："好了，今天的故事讲完了。"

赵西音愣怔，反应过来，似嗔似怪："你浑蛋。"

周启深低低笑出了声，而后道："别心急，下次见面，我们慢慢讲，好好讲，你要有不懂的地方，周老师也不是不可以以身示范，亲力亲为。"

赵西音当时就把他拉进了黑名单。

周三这天，周启深飞杭州参加一个实体经济论坛，着重听取中国互联网发展的相关内容。之后他接洽了一家国内顶流电商副总，连轴转了两个饭局，酒没少喝，到室外一过风，头又疼得厉害。

酒店灯光调到最暗，工作没做完，他只半躺在床上合眼休息。随行的三名公司经理逐一汇报工作，周启深强打精神听，也没一丝松懈。

徐秘书接了个电话，在他耳边悄声说：“西安那边的。”

周启深侧头，极冷淡：“又要钱？”

徐秘书点了点头：“您父亲说要办年货。”

话传到他这里，都言简意赅，周启深自然知道，周伯宁在下头闹的时候有多撒泼无赖。公事缠身，周启深匀不出心思给他，心浮气躁地掐了把眉心：“要多少都给他。”

几个经理走后，周启深又问：“小西那边还好？”

“都好，安排的是专业课，精益求精。小西也挺忙，几个老师都很满意她。”

周启深眉间不自觉地松了些：“戴老师呢？”

“跟您一样，年关出席各种活动，应酬倒是很多。”

“你跟团里打个招呼，把小西的课时间调一调。”

周启深话只说一半，徐秘书便领会意思：“明白。”

他太了解小西，重感情，认人，只要戴云心开口，再不喜欢的事她都会答应去做。周启生怕她难以拒绝，有些路就暗暗帮她铺好，团里请不动假，还怎么赴饭局？多正当的理由。

“合作公司的走访都安排妥了？”周启深记挂工作，再三确认。

徐秘书笑了下：“您放心。”

周启深“嗯”了一声，从抽屉里拿了盒止疼药，抠了两颗干嚼下咽。

次日回北京，他头疼越发厉害，司机刚接到人，徐秘书说：“去医院。”

周启深却打断：“先去一趟小西家。”

从杭州带了几罐上好的西湖龙井，他始终记着赵文春爱喝茶。到了地方，头疼刺激得神经一跳一跳的，车停了，周启深坐在车里缓了五分钟才下车。

徐秘书担心他：“周总？”

周启深摆了摆手，拎着茶叶，背影坚毅。

上楼敲门，几声都没动静。周启深隔着门板叫赵叔，还是没回音。不应该啊，昨晚和赵西音聊天，还提到赵文春重感冒在家休假。

又敲几遍，放弃。周启深迈步刚准备走，就听门里头“咚”的一声重响！周启深反应快，退了三五步，聚着力气狠狠踹门。老房子，大门有些年头，周启深脚劲儿大，那锁硬生生地被他给踹落了。

门板弹在墙壁上咣咣响，赵文春倒在卧室与客厅之间，捂着腹部脸色苍白，痛得五官拧成一团，喉咙眼只挤得出低哼。

周启深大骇：“赵叔？”

赵文春疼得已经没了意识。周启深背着人就往楼下去，四楼高，没电梯，赵文春不轻，一米七往上，沉甸甸的。出了楼道，徐秘书赶紧下车帮忙，周启深呵斥：“上车，去医院！”

幸好不太远，司机走了近道，到了急诊，徐秘书和司机都下了车：“周总，我来吧！”

缓过来的赵文春摇摇头，疼痛缓解了些许，不想麻烦陌生人，抑或觉得不好意思。周启深说：“徐锦，你去找齐主任，打点一下。”然后把赵文春扛在了肩上。

他动作粗鲁，赵文春被倒悬着，脑袋朝向了地面。他“哎哟哎哟”地叫唤：“你、你把我给放下来。”

周启深大步流星：“您说话都不利索了，歇着。”

一颠颠儿的，赵文春眼冒金星，一路这么多人看着，笑着，赵老师要面子，身上难受，心头更难受。

周启深喘着气：“您别乱动。”

小老头儿不听话，周老板也不是没脾气的人，“啪”的一声往他屁股上一拍：“让您别乱动！”

赵文春气晕了：“你……你你你……你打我！”

周启深说得理直气壮：“您不乖，不打您打谁？”

“你个混账小子！”

“我知道您一准儿会向小西告状，您告呗，我不怕。大不了我卖下惨，她肯定这边心疼完您，立马又来心疼我。”

赵文春气炸了：“无耻之徒！”

到了急诊，一个天旋地转，赵文春就安安稳稳落在了病床上。周启深半蹲在地上，扶稳了他的肩膀，眼眸似笑非笑，哄孩子似的语气：“好了，您乖。”

赵文春疼得冷汗一茬一茬往外冒，看见周启深满脑袋的汗，忽然就于心不忍了。

医生一检查，胆结石犯了，马上安排吊水消炎，片子一照，说碎石位置下来了，可以做个微创碎石手术。小手术，赵文春没让周启深告诉赵西音。他被拉去手术室半小时就出来了，单人病房里，却只剩一名陌生的男看护。

赵文春不疼了，脸色也好多了，往门口瞄了瞄：“周启深呢？”

男看护说：“也去挂水了，好像是头疼严重。赵老师，您有事吩咐我就行。”

赵文春没吭声，沉着脸，心事重重。

周启深在杭州的时候偏头痛就起了病势，再这么一折腾，冷汗浸湿衣裳好几遍，把赵文春送进手术室，他人就倒下了。

神经科主任都从住院部赶了过来，两进两出病房，周启深没让任何人进来。徐秘书守在门口，不放心，私下去问了主任，得到的答案是老毛病，神经紧张，偏头痛。没大事，注意休息就好。

徐秘书刚出医生办公室，迎面就看见了赵文春。赵文春脸色好多了，轻咳两声，说：“我去看看他。”

打了安神的药，周启深侧躺在床上睡着了，西装搭在床头，头发乱糟糟的，也就这标致的五官还能看了。赵文春拉了张椅子，慢慢坐了下去。

周启深睡眠不深，易醒。他睁眼看见赵文春，心里咯噔一下，扯了一个疲倦的笑容：“赵老师这是又要给我上课？训吧，我听着。”

赵文春皱了皱眉，几秒之后，一声叹气，什么话都没说，背着手就离开了。

晚上，赵西音就火急火燎地敲响了周启深家的大门。

周启深开门开得慢，脑袋还晕着，赵西音一见他这缠绵病榻的模样，心就揪了起来。百般担心都化成万丈柔情，她心疼地问：“你怎么样啊？”

周启深慵懒地靠着门，站没站相，可怜兮兮道：“快要不行了。”

赵西音心有戚戚焉地点点头：“和平哥也是这么说的。”

周启深一下翻了脸：“下回我一定缝了他的嘴。”

赵西音笑了一下：“骂起人来挺有精神的啊，周启深，你以后少在我面前卖惨。”

原来是诈他呢！周启深干脆无赖到底，伸手揽住她的肩，另一只手也环过来抱紧，像只树袋熊似的靠在了赵西音身上。赵西音被他勒得直往后退，哭笑不得：“别闹，你重。”

周启深蹭她的脸：“还没明白路数啊，哥我现在名正言顺地卖惨。”

赵西音笑：“你还挺光荣啊！”

她往屋里走，周启深不放手，就赖在她身上，两人跟连体婴儿似的。

“我在杭州就生病了，发烧，四十二度，头疼，晕倒在洗手间，饭没吃饱，酒喝得还多。今儿早上起床赶飞机，低血糖，差点没晕在洗手间。”周启深低声委屈地道，“在医院吊水，护士扎了我好多针，手上全是孔。”

赵西音低头一看，他的手紧紧压在自己胸前，手背干干净净，说谎不打草稿。她耐着性子问：“那你想怎样啊？”

“你能对我怎么样？”

“我大概能踹你两脚吧！”赵西音认真地说。

周启深笑出了声，手劲松了些，往沙发上一坐，环住赵西音的腰把人往跟前带：“我病着呢，你就不能哄哄我？”

赵西音想了想：“我给你讲鬼故事？”

周启深的脸立刻黑了八度。

赵西音笑着摸了摸他的脸，诚恳道：“周启深，今天谢谢你。”

周启深“嗯”了一声：“不想让你担心。”

“我知道。”赵西音低了低头，乖巧极了。

周启深握住她的手，一根一根轻抚手指：“以后真要成大明星了，是不是我见你都得排队预约了？”

赵西音想了想："给你个黄牛号吧，一次有效。"

周启深气得手往下带，把人压坐在了自己大腿上。赵西音搂住他的脖子，倒也不羞怯，一双眼睛亮晶晶地望着，对阵十来秒，周启深竟先败下阵来，挪了挪视线："你现在不是应该脸红吗？"

赵西音眼睛轻眨："我为什么要脸红？"

"那些小说，不都是这么写的。"周启深回忆了一番，这段时间给她念睡前故事，情节都能倒背如流了。

赵西音忍着笑，歪了歪头，认真地总结："顾浩天深情凝望，眼里有火在燃烧……是这样吗？"她凑近，眼眸如盈盈秋水。

周启深愣了愣，点头。

"程贝贝身体发颤，呼吸滚烫……对吗？"

程贝贝烫不烫不知道，反正周启深现在有点烫。赵西音一只手搭在沙发靠背上，围成了半个圈，把男人环在了怀抱中。她眼尾微微上扬，勾人，摄魂，情意浓烈，一个字一个字地说："他们越靠越近，怀里的程贝贝像一只担惊受怕的小白兔，楚楚可怜地说，'顾浩天，就算你得到我的身体也得不到我的心。'"

周启深眼神暗了，深了，着迷了。他微微仰头，眼睛、鼻子、嘴唇，都想与她更近："然后呢？"

赵西音低下头，扣住了周启深的后脑勺，就这么吻了上去。女人的主动带着几分动情，那种温柔与小心翼翼几乎摧毁了周启深的意志。他想化被动为主动，刚动弹，就被赵西音用力摁住。

一次缠绵至深的亲吻。分开时，赵西音有点透不过气，脸红了，也热了，但还是很尽职地把台词说圆满，眼神三分坏，语气七分软，用食指勾了勾周启深的下巴："男人，满意你看到的吗？"

周启深说："不满意。"

赵西音啧了一声，嗔怪："你应该配合我说满意的！"

"留下来。"周启深似哄似诱，压着声儿给她下蛊，"我的周太太。"

此刻温柔乡，成了英雄冢。赵西音把头埋在他颈间，周启深顺势将人推倒在了沙发上。四目相对，越来越近，鼻尖碰鼻尖，嘴唇之间也只隔着一线。灼热的呼吸交织成一张密不透风的网，今夕何夕，譬如朝露，去日苦多。

男人的掌心带着些许温情与爱怜，小心翼翼，亦思之如狂。微凸的锁骨，起伏的胸脯，再往下，碰到了她的裤腰。周启深手指轻抚，从腰窝往前，肤如凝脂，一路火花闪电，游离到她的小腹。

也就这一瞬间，赵西音能明显感觉到，身上的人偃旗息鼓了。周启深一摸到她的腹，就跟触电般地收回手。表情变了，眼眸回魂了，人也醒了。赵西音愣愣地望着他，半天没回过神。周启深已经翻身坐了起来，低着头，狠狠掐着眉心，等这口气顺过来了，才慢慢转过头，歉疚道："对不起。"

一看他这个眼神，赵西音便什么都懂了。她极安静地也起了身，与他并肩而坐。她甚至想再靠近一分，也不知是有意还是无意，周启深不动声色地往旁边挪远了一些。

他的头越埋越低，后颈延伸拉扯，与肩胛骨连成一条凌厉的线。赵西音去握他的手，他本能地想挣，却被她坚定地按住。

"周哥儿。"赵西音轻声道，"没事了，都过去了，我也好了。"

痛苦再也无处隐藏，这是周启深心中过不去的坎儿，往日种种钝刀割肉，今日种种悔意深重。他摸到她的腹部，就会想起那个匆匆离去的孩子。

自此，此夜，两人终以沉默收场。

赵西音起身要走："赵老师一个人在家我也不放心，我先走了。"

周启深也起身，哑着声音说："送你。"

"你也是病人，外头冷，别折腾。"赵西音摊开掌心，"车钥匙给我吧，我自己开车回去。明天我找个代驾，帮你开到公司。"

周启深攥着车钥匙，赵西音直接抢了过来，笑眼微弯："周老板，别这么小气啦！"

周启深也笑了笑，不再坚持。送她坐电梯，两人之间气氛变了，谁也不说话。站得近，但心思各异，赵西音偶尔出神，指示屏的楼层规律下降。到负二楼，电梯门慢慢打开。赵西音沉着脸，刚要迈步，手臂一紧，就被周启深牢牢抓住。

她侧过头，眼神微讶。周启深把她拉入怀里，双手死死抱住了她。

“小西。”他的唇很烫，贴着她的耳郭，“我爱你。”

第五章 当我老婆最好

这一晚怎么到的家，怎么睡着的，赵西音都有点短暂失忆了，只记得天将亮时做了个梦，乱七八糟的片段凑在一起，织成了一朵五颜六色的棉花云。那朵云飘到她面前，她张嘴咬了一口。呸！八角桂皮味的！

次日大早，赵文春已经忙活着做早餐了。赵西音叼着牙刷，含混不清地感叹："赵老师，您真是个神奇的老师，说病就病，说好就好。哎，您是不是故意诓我的？"

赵文春哼了哼："诓你做什么，你给我发工资啊？"

"没问题啊！"赵西音说，"您每个月到手五六千，提早退休吧，我给您钱。"

"浮夸！奢侈！荒唐！"赵文春批评，"赵西音同学，你这思想不正确，请立刻改正。"

"改改改。"赵西音洗完脸出来，凑过去叼走了一块煎饼。赵老师哪里都好，就是较真儿的时候，也挺让她头疼。

周启深那辆黑色路虎停在小区门口，赵西音下去的时候，他司机竟已等在车边，正冲她颔首微笑："周总让我来的，我先送您去团里，再把车开回去。"

那正好，赵西音也图省事。工体这边早高峰限行，司机绕了远路，在最近的地方停了车。赵西音从副驾下来，蛮礼貌地对人摆摆手。

刚走几步，就听见有人叫："赵小姐。"

赵西音循声望过去，左边车位停着一辆白色车，车门推开，庄邱从后座下车，笑眼微眯地朝她走来。

"忘记我了？"庄邱语调上扬，饶有兴趣地看着她。

赵西音下意识地往后退一小步，礼貌地道："是庄总，您好。"

庄邱伸出手："呼，松口气了，真怕你把我给忘了，那我可得伤心死。"

男人的手停在半空，等着她来握。赵西音却只是笑，双手规规矩矩垂在腿侧，没这个打算。

庄邱不恼，反倒觉得她很有意思，竟有了那么几分真诚的态度："赵小姐今天忙不忙？不忙的话……"

"忙，挺忙的。"赵西音直接打断了他的话，如实说，"我上午满课，下午要练功，晚上要彩排。早饭在家吃了，中饭和晚饭吃食堂，团里管得严，夜宵我也是不会吃的。谢谢庄总关心，不好意思啊，我要迟到了，再见。"

人走远，头也没回。回到车里，庄邱的秘书递上保温杯，枸杞和胖大海泡得水色浅黄。

"这女孩儿还是挺清高的啊！"秘书投其所好，言语间数落赵西音的不是，"架子适当摆摆就可以了，多了就不可爱了。"

庄邱倒是心情不错："你懂什么，没瞧见她是从什么车里下来的？别看她穿得简单，围巾和大衣都是爱马仕。"话说白了，人家姑娘不差钱。

"对了，你上次查，她家里做什么的？"

"她爸爸是大学教授，单亲家庭。"秘书感叹，"那还真不好约啊！"

庄邱不以为然："能进这个圈子，哪有什么贞洁烈女，不过是要多花点心思罢了。"

秘书连连点头。

"对了，小琅最近忙什么？"庄邱忽问。

庄邱在庄家虽然没什么地位，但姊妹多，他总能笼络几个小辈。林琅是他二表姑的女儿，从小就会看碟下菜，实打实的人精。庄邱虽无实权，但名头摆在那儿，人脉关系也不少，林琅便跟他走得近，走得亲。这么多年下来，还真有几分兄妹感情。

秘书略为迟疑，想了想，也不太确定："还是做老本行，您看看她微博吗？也算是个小红人儿了。"

庄邱接过平板，他对这些年轻社交软件没研究，粗略翻了几条，由衷惊喜："可以啊，有模有样的。"

翻了几下又问："小琅也是北舞毕业的吧？"

刚落音，庄邱就看到林琅半个月前转发的一条《九思》相关的宣传微博。庄邱的手停住，眼神熠熠生辉："这可真是缘分了。"

秘书笑着问："怎的？"

"踏破铁鞋无觅处。"庄邱跷着腿，心情颇好地闭上了眼。

这边，赵西音上完了半天课。本次课主讲表情管理，下课后她还跑到洗手间，对着镜子练了练笑容。手机锁在储物柜里，等赵西音拿出来，周启深十分钟前给她发了条信息。

"下课了吗？"

周启深很少在白天跟她这样联系，工作太忙，就算真有事，也会直接打电话。心思奇异，像是一种默契，赵西音给他回拨了电话。接听的却是徐秘书，徐秘书犹豫片刻，还是告诉她："小西，周总中午要和人一起吃个饭。"

赵西音听出他话里有话："应酬？"

"不是，是从青海那边过来的人。"

赵西音一下子就明白了，这些年周启深一直没放弃寻找母亲。能把人往北京带，对方肯定是有一定把握的。

徐秘书没明说，但语气难掩恳切："周总他……"

"我过来。"赵西音说，"麻烦您发个地址给我。"

他不说，不表态，但赵西音知道，他一定是紧张了。满怀希望，又害怕失望，哪怕已经一次又一次失望，但母亲这个角色，是周启深一生所求和解不开的结。

吃饭的地点在海文大厦附近，吃的是地地道道的官府菜，曲径通幽，环境让人放松。包厢里，一面八角竹窗颇有意境，周启深坐在主位，对面是一个五十岁左右的妇人。

常年在高原地区，让她面颊泛红，皮肤粗粝，眼睛原本应该很大，但在岁月侵蚀中，早没了美丽的模样。她的穿着亦朴素，看得出来，应该是用心挑选过的，干净，整洁，与周启深大眼瞪小眼，沉默中飘着尴尬。

周启深神色平静，他五官本就凌厉，不属于亲民路线，不苟言笑的样子，更显得严肃。那妇人瞄了他一眼，又飞快垂眸，尴尬更甚。

赵西音就是这时推门进来的。门开了两掌宽的缝，冒出了小小的脑袋。今天北京接近零下十度，风里混着冰碴儿，格外冷。赵西音戴着一顶灰色毛绒线帽，吊着两只小毛球垂在头发上，帽檐下一双眼睛满含春风，像只小兔子，娇俏又惬意地对周启深眨眼。

周启深愣了一下，不可置信。赵西音不请自来，十分自然地走进来，姑娘笑时，旁边花架上的四季海棠好像都镀了一层暖色。

“周启深，我冷死啦！”赵西音直搓手，对着那名妇人伸出纤纤十指，“阿姨您看，是不是都冻红了？”

那妇人点头，用不太标准的普通话说道：“那你要多穿点。”

赵西音“嗯”了一声，又乖又响亮。她自然而然地抽了张椅子，挨着那妇人坐下，热情地问：“阿姨，您想吃什么？您要不要看看菜谱？”

妇人脸又红了，说：“我不识字。”

赵西音也没表现得吃惊，自然而然地说：“没关系，我帮您介绍。这个呢，是红烧猪肘，肥而不腻。这个鸭的做法是清炖，里头会加中药材，您吃得惯吗？”

周启深静静看着，听着，心里升起一把火，火焰燃起，四肢百骸都回了暖。他的小西，是给他暖场子来的。

周启深成长坎坷，自小亲情匮乏，性格中温情的那部分是缺失的。明明那么渴望，却不懂如何相处，生硬、内敛、干巴巴，气质还冷硬，不像是来找妈妈，反倒像寻仇的。别说是没什么见识的淳朴妇人，换作任何一个人，都怵这位爷。

赵西音像清泉，从高处落下，抚平蜿蜒山道，温柔潺潺，搭建起了这一座桥梁。这样的姑娘亲切，没架子，那妇人都跟着松了一口气。

“您现在住乌兰县？那儿离茶卡盐湖不远。”

“你去过？”

“去过呀，去年在那边玩。从西宁出发，青海湖、嘉峪关、七彩丹霞，我都看过啦！”找到共同话题，赵西音和妇人能说上很多话。她指了指周启深，“他工作太忙，没时间旅游。我？我去过的地方可多了。”

赵西音像一轮小太阳，鲜艳、朝气、姿态蓬勃。周启深忽然就怅然了，自己是不是真的有点老？真的就是老牛吃嫩草吗？

本是气氛诡异的中饭，最后反倒其乐融融。结束后，周启深让司机将妇人送回酒店，车开走后，他又给秘书打了个电话，订头等舱，安排人陪同，务必将妇人安全送回青海。末了，周启深沉默了一会儿，说：“把人送到后，你留五万块钱，别让她发现。”

又是一次徒劳无功的失望。其实见着人后，周启深心里就有了七八分谱。原本大可不必安排这顿饭，但他怀着最后一丝侥幸，心想，万一，万一呢？可这世上太多事，唯独缺这句“万一”。

赵西音送那妇人上车再回来时，周启深站在长廊上，弯着腰，手搭着木扶栏，看着池塘里的锦鲤出神。她走近，缓和着气氛：“别着急，慢慢来，你可别想不开跳下去，我不会游泳。”

周启深听笑了。他把半捧鱼食往池塘里一撒，拂了拂碎屑，然后把她的手包裹在自己掌心紧紧焐着。

“冻着了吧？”周启深低低地问，“从团里跑过来的？”

“打车好贵呢！”赵西音声音软，“周老板报销。”

周启深轻声笑：“好。”

被他焐着，冰凉的手渐渐回暖。周启深嫌不够，把她的手举在嘴边往里呵气。热乎乎的，有点痒，有点酥。他低头的时候，睫毛微垂，像羽扇，也就这个角度，能给这双丹凤眼增添稍许温情。

他孑然一身，无所依倚，在世间踽踽独行，太寂寞了。

赵西音忽然有点心疼，把手从他掌心抽出来，搂住了周启深的脖子。周启深本能反应地圈住她的腰往跟前带。他笑得起了坏心思，揶揄道："想在这儿亲？"

赵西音摇摇头，目光赤诚明亮，很认真地说："周哥儿，你要是实在想妈妈了，就叫我妈妈吧！我不介意，真的！"

周启深愣了一下，表情可谓千变万化。赵西音挺无辜的，也纳闷儿，这人真是冰块，来点感动的回应好不好？

"哦？"周启深挑了下眉，"那还挺刺激啊！"

瞧瞧这不正经的表情，指不定往哪儿想了。赵西音被他看红了脸，看怯了胆，很用力地拧了一把他腰间的肉，不奏效，只捏到了羊绒衫。周启深的语气越发顽劣："怎么了又？嫌我衣服碍事儿？下回不穿就是。"

赵西音暗暗呸了一声："你要是沿着什刹海裸奔俩来回，明儿就上社会版头条。"

周启深笑得下巴微颤，搂她搂得紧，怀里像是揣着一个小火炉，驱散了刚才的失落心情。

赵西音还得赶回去排练，周启深也要去机场接人。时间来不及，于是只叫司机送她。赵西音扎进寒风里，身影窈窕，忽地顿步。

她回过头，果然，周启深没走，站在门口身姿挺拔，目光温柔。

赵西音仰脸看他，忽地叫了一声："周启深！"

"嗯？"他凝神。

赵西音笑意盈盈，元气满满道："加油哟！"

周启深愣了一下，大概是起了风，吹得他眼睛有点湿。

回舞团的路上，赵西音还看了一下课表，下午上的是形体课。晚上七点苏颖会过来，参加排练，走走位。一看到这个名字，赵西音就有点惆怅。

临近下课的时候，戴云心过来了一趟。她还担着舞指职责，最近来的次数也频繁了些。赵西音从教室出来，被还在与旁人谈事的戴云心叫住：“小西，你等我一会儿。”

“哦，好。”赵西音又乖乖回去教室。

五分钟后，戴云心站在门口敲了敲门：“走吧，晚上一块吃饭。”

赵西音站在原地，一时半刻没迈步。戴云心看她若有所思的模样儿，一猜一个准，表情复杂，而后无奈道：“不是饭局，就我们俩。”

赵西音反倒愧疚了，吐了吐舌头，蹦着跳着往戴云心身边跑，笑靥如花地问：“师父，咱们吃什么？”

戴云心叹气：“你真是个长不大的孩子。”

吃饭的地儿就在工体附近的一家粤菜馆，戴云心订了包厢，侍者往前领路。赵西音正想问，就两个人还订包厢做什么时，迎面碰上了正在打电话的庄邱，他主动打招呼：“呀！戴老师，小赵同学，真巧啊！”

戴云心微微点了下头：“你好，庄总。”

庄邱又微笑地看着赵西音：“小赵同学今天不用训练？”

赵西音说：“要。”

戴云心对此人也不太热情：“庄总吃过了吗？”

“还没，刚到。”

“这样啊。”戴云心出于礼貌，“那你要不要一起吃个便饭？”

谁都听得出，这是客套，哪知庄邱挺高兴地答应了：“行啊，这顿我请。”

赵西音和戴云心面面相觑，她满眼都写着“不要”，戴云心也很无奈，但话都这么说了，总不能拂人面子不是。她恰巧来了电话，于是对赵西音说：“你先带庄总进去，我接个电话。”

赵西音只好把人往里带，长廊一截路，庄邱总用眼神打量她：“小赵同学似乎不太喜欢我。”

“没有。”赵西音很规矩地站在那儿，平平静静道。

“约你吃饭总说没时间，好不容易遇见了你又这般冷漠，你真让我很受打击啊！”庄邱调着笑，这话说得刁钻，看似是自嘲，其实霸道得很，把难堪不知不觉丢给了姑娘。

赵西音也不窘迫，她深深吸一口气，动静大，挺明显，像是憋着什么大招。庄邱自然看着，还以为她不好意思要说几句圆场面的话，自个儿也能趁对方歉疚，正好约上下次见面的时间。

他不是没碰到过清高类型的女人，是难追了点，多点耐心，用对方式，就没有不上道儿的。哪知赵西音一开口，就是直截了当的一句："庄总，我有男朋友。"

直接，干脆，也下了男人面子。庄邱这就不太乐意了，阴鸷地回："我又没有要对你怎样。"

赵西音点点头："那太好了。"

碰了个不软不硬的钉子。庄邱也不是什么温润宽厚的男人，但赵西音实在好看，清清冷冷的，不端着不做作，很有仙气儿。庄邱也不是没约过学跳舞的女孩，哪哪儿都是软的。他压下脾气，又自我开解了，朝赵西音走近几步："我对你很有眼缘，圈里也认识不少朋友，有机会带你认识认识。你年纪轻轻，前途无量。"

赵西音忽地就笑了，眼睛微弯，坦坦荡荡地看向他："您知道吗，我第一次听别人夸我'前途无量'是我七岁的时候，好像每年都有人会夸几次，但您也看见了，我能力有限，现在还是无名小卒。"

这是拐着弯儿地告诉他，你这张嘴靠不住，哄哄孩子也罢，搁现在，不上当。这哪是小仙女，分明是个圆溜溜的仙人球，扎得他满嘴刺，拔都拔不出来。

赵西音刚想去看看戴云心怎么还没来，庄邱伸手就把门给按住了。赵西音竖起防备："你干什么？"

庄邱笑时，本就下垂的眼睑更往下吊，把他本还算大的眼睛衬成了三角，盯着人看时目光不敞亮。他说："你真以为偶遇呢，我为你花的心思没悟出来哪？戴老师比你识时务多了，赵同学，好好学啊，我看好你。"

赵西音当即冷了脸："你别这么说戴老师。"

庄邱呵呵笑了两声："这就不高兴了，哎，看来还得多适应，不管哪个行业，不适应的事儿还多着呢！"

戴云心从外敲门，赵西音贴着墙壁的手指蓦地抖了一下。庄邱不疾不徐地打开门，走时，脸色也算不得好看。

“咦，庄总，不吃饭了？”

庄邱的脸彻底黑下来，几不可闻的冷哼声，只有戴云心能听到。戴云心神色未定地转过头，与赵西音的视线刚好对上，只半秒，赵西音便下意识地挪开了。

这顿晚饭，师徒两人吃得异常沉默。赵西音扒了几口，就借口排练得赶回去，戴云心看了她一眼，“嗯”了一声，也再没说别的了。

时间还早，苏颖要七点才到。赵西音一路走得够慢，她出来时没换练功服，黑色紧身衣裤，外头就裹了件黑色长羽绒服。这衣服是统一发的，抗寒实用，赵西音迎着风，还是觉得冷，把自己抱得紧紧的。

路过一个蛋糕店时，一阵大风呼呼地刮，沙子进了眼睛，难受得她眼圈儿都红了。进了室内，周身回暖，温差大，她捂着嘴巴打了一个大喷嚏，鼻子堵得不顺畅。刚到练功房门口，就听见里头的几个人在聊天。

休息时间，人都空了一大半，那几人交情不错，所以没那么多顾虑。赵西音本没多想，但恰好听到“戴云心”的名字。

“戴老师待会儿还来吗？”

“应该不会来了，她可忙了，别看是这部剧的舞指，其实也就挂个名。”

“我在网上吃过一个瓜，说本来苏颖要当舞指的，因为她参演嘛，但戴老师跟上边的关系好，可能想着以后上映宣传也方便，所以就用了戴老师。但从编排到走位，其实都是苏颖在幕后亲力亲为。两人关系本来就一般。”

“她俩关系为什么一般？”

“苏颖不认可戴老师的某些行为吧！”

“我觉得戴老师挺好的呀！”

“你真单纯哟！我爸爸的朋友是个企业的总经理，说戴老师这人其实蛮物质的，想给自己公司拉资源，她年轻的时候确实很灵，但现在……只能说人都是善变的吧！”

另一人忽然笑嘻嘻地说："戴老师气质没苏老师好，苏老师虽然清高，但真有那种范儿，戴老师某些时候……挺刻意打扮的。"

"咣"的一声，门被猛地推开。

众人吓了一大跳，见着来人，立刻局促紧张："小……小西。"

赵西音怒气冲冲地走进来："你们背后嚼舌根，就不刻意吗？"

都知道她和戴云心关系匪浅，明面上不说，那可是正儿八经拜过师的徒弟。自知理亏，她们面面相觑，谁也不吱声。

"戴老师是做什么杀人放火的事儿了？你们有必要这么贬低造谣！"

赵西音气昏了头，温和的性子也压不住此刻的怒气、怨气。她像是急待发泄，好像发泄完之后，心里那块压了多日的大石头就能落地一般。

她语气不好，兴师问罪的架势很凌厉。其中一个与她年龄相仿的姑娘不乐意了："我们哪有造谣，本来就是网上传的，说说都不行？"

赵西音脑子一根筋，顾不得理智了，大声打断："不行，就不行！"

女人之间的关系，除非瓷实的闺密，不然肯定敏感，换作平时和平共处时，都难免暗暗比较，更别提现在豁开口子，直接开炮。虽然大家对赵西音的专业水平打心眼地认同、佩服，但她现在好大的气势，要将人生吞活剥似的，至于吗？

那方姑娘们统一战线，唇枪舌剑，刚起了个头——

"大晚上闲的，不排练了？"

清清淡淡的声音，像雪莲，不带情绪，但能震慑人。众人扭头一看，苏颖站在门口，素衣白裙，已经换成了要练舞的扮相。

点燃的引线立刻被泼灭。苏颖这一句，也让赵西音冷静了许多，她低着头，胸腔闷得快要爆炸。那些姑娘们你看我，我看你，然后一溜烟儿地就走了。

苏颖走过来，一步一步，轻而稳。明明听不到声音，赵西音却觉得，它们是一脚一脚踩在她心口。在她面前站定后，苏颖轻声说："你要是控制不住自己的情绪，就去多上几节情绪管理课。练功房是用来跳舞的，不是给你发脾气的。"

赵西音站在原地没动，背脊挺直，甚至绷得她腰疼。她铆着一股劲儿，如果说刚才呛人只是怒气，那现在，就是赌气了。苏颖看了她一眼，冰冷依旧，半晌，将一包纸巾丢到她怀里。

苏颖说："这里，也不是用来装你的眼泪的。"

后来，回团的人渐渐多起来，临近七点时，却又突然来了通知，说晚上的排练取消。好几个人窃窃私语："颖姐不是到了吗？干吗取消啊？"

"谁知道呢，颖姐的脾气一直都这样阴晴不定。"笑声隐隐，但临时放假还是让人心情愉悦，大家三三两两结伴离开，商量着去唱歌。

晚上九点，赵老师跟身上长了跳蚤似的，在客厅来来回回走了十几遍。赵西音的卧室门关得严严实实，他想借口送水果进去瞧一眼，她都不给开门，说不吃，要睡了。

睡什么睡啊，明明听见里头有哭声。赵老师心急难耐，坐立不安，一寻思，也顾不得自己的立场，给周启深打了个电话。

一看是赵文春，周启深语气还挺稀奇："赵老师？我真受宠若惊啊！"

赵文春急急打断他："你在哪儿呢？"

"公司，刚开完视频会，怎么了？"

"启深，你……你能不能过来一趟？"赵文春担心道，"小西今天一回来就状态不对，把自己关在卧室里，我还听见她在哭。"

电话挂断，赵文春仍然不放心，干脆在门口喊话："小西，启深待会儿就过来了啊！"

没几秒，门就开了。赵西音一脸疲倦地站在门口，眼睛还有点肿："您让他过来干吗呀？他公司事儿多，头疼的毛病也没好，大晚上的开车还不安全。"

赵文春在这方面倒是认知正确："只有他能治得了你。"

赵西音无奈，把头发捋到耳后，怏怏地说："我没事儿，训练累了。"她拿起手机给周启深打过去，想让他别来，但一直占线。

不到十五分钟，周启深给她回了短信，两个字："下来。"

这时间肯定是开快车了，赵西音担心他，套了件羽绒服赶紧往楼下去。

冬夜月光裹着寒气，空气都变迟钝了些。周启深从公司过来，西装没来得及换，外面就套了一件加绒的呢子大衣。他到了应该有一会儿了，可能太冷，这才回车里拿了手套，棕色小羊皮，一只一只戴上去。这个画面很美，他在月夜里，沉静得像一根定海神针。

赵西音走到一半就停在原处，周启深抬头看见她，两人对视许久，他才慢慢笑起来，自然而然地张开双手，下巴轻轻扬了下，说："小西，到这儿来。"

赵西音眼睛瞬间就热了，低着脑袋，乖乖过去。她怕冷，手还揣在衣兜里没拿出来，头一歪，直接扎进了周启深怀里，还孩子气地用脑袋钻他、顶他。周启深笑得不行："干吗，当电钻给我凿山洞？"

赵西音的嘴唇贴在他胸口，瓮声瓮气地说："不当电钻，当电钻累死了。"

周启深笑了："那你想当什么？"

安静片刻，赵西音的声音比方才更嘶哑："想当个好人。"

语罢，她又飞快摇了摇头，自言自语道："当人也累，我不当人了。"

周启深抱住她，用下巴蹭了蹭她的头发，语气温柔地说："你当什么都行。"

赵西音仰起头，鼻子揉得通红，瓮声瓮气地问："当你的小乖乖好不好？"

周启深把她抱紧，低低笑了起来："当我老婆最好。"

赵西音眼睛红红的，痴痴地望着他。周启深敛了笑意："所以有什么不高兴的，现在跟老公说。"

赵西音埋在周启深胸前，哼哼唧唧撒着娇。一会儿问他开车怎么这么快，一会儿问他冷不冷。周启深耐心地答，他知道，赵西音这是不愿说原因。

周启深牵起她的手，赵西音迟疑道："干吗？"

把她推去副驾后，周启深说："带你去个地方。"

夜深，道路通顺，他们的车飞驰于长安街，由东往西，过眼霓虹像一帧一帧的电影镜头。路过建国门外大街，再前行五公里就是天安门。周启深放慢车速，赵西音的眼睛随着风景慢慢挪动。

到了石景山，赵西音认出了地方，竟是游乐园。周启深走的西侧门，原本闭园歇业，也不知他怎么办到的，竟一路驶进了园区。他把车停好，然后取下自己的围巾，越过中控台套在了赵西音脖子上："下车。"

寒风呼呼地吹，赵西音仰起头，愣愣地看着面前的摩天轮。周启深背过身去打了个电话，不多久，就有一名年轻人过来，两人应是相识，低声聊了几句，那年轻人笑起来有很可爱的虎牙："没事，周总。"

周启深回头朝赵西音勾了勾手："来。"

赵西音自然而然地握住他的手，眼里的兴奋藏不住，忐忑不安地问："真的能坐摩天轮吗？冬天不是不开放夜游吗？"

周启深笑了笑："对别人不开放，但对你开放。"

两人坐上去，门一关，都一激灵。周启深摘了自己的羊皮手套，一只一只给赵西音戴上："这样摸玻璃窗就不会冻手了。"

他动作轻柔，人也细心，低头垂眸时，能看见直而挺的鼻梁。赵西音故意蜷着手指，他戴不进，挑着眉梢看她，赵西音立刻把手乖乖伸直了。

摩天轮缓缓转动，两人各自坐在两端的座位上，你看我，我看你。周启深的目光沉静包容，像深海，每一分每一秒都要把人包裹住。这样的注目极富力量感，却不是施压，好像在告诉面前的女孩儿：不要怕，我在。

赵西音把头转开，吸了吸鼻子继续看窗外。地面远了，万物缩小了，天空近了。赵西音看到树尖尖，看到灯影幢幢，再高处，视线宽了，城市容貌一分一分扩展。她能看到故宫，能看到穿梭流动的公路。冬夜的北京，依旧是那个繁华盛世，热闹声色衬得城市上空如此静谧，心事与烦恼，突然就被化解了。

摩天轮渐至最高点，周启深忽然出声："西儿，来。"

赵西音搭着他的手，被他稳稳扶到这边，两人并肩而坐。周启深说："以前在西藏驻训，四千多米的海拔高度，一天得重装徒步五十公里。

我那时十九岁，高原反应难受，觉得自己得死在那儿。”

赵西音很少听他提起以前的事。

“你看我皮肤不白，全是那时候晒出来的。”

“你又骗我。”赵西音不上当，“明明是你本来就很黑。”

周启深忍笑，啧了一声：“给点面子好不好？”

赵西音戳了戳他的脸，然后靠着他的肩：“周启深，如果那时候，你能继续上学，是不是人生就会少吃很多苦？”

“生命里没有这么多假如。”周启深搂着她，目光远眺至夜空，“在限定的环境里，最大可能地做好自己，你才会有更多的实力与底气，去对抗那些你不喜欢的事。”

“嗯。”

赵西音哑声答应，又问：“那你后悔吗？”

周启深想了想：“从不。”

“小西，我希望你过得开心。我也要让你知道，就算你哪天不开心了，我也会是你最后的退路。”极致的安静里，周启深的声音太有包容力，像一汪深潭，让人觉得哪怕从再高的地方跌落，也会被他温柔地接住。

那些难过与不解，已悄然被磨灭了威力，赵西音眼睛发热，但已不会悲伤得流出眼泪。她看到摩天轮外的光影忽明忽暗，一道一道地淌过周启深的脸，交错之间，唯一不变的，是他眼里的赤诚。

赵西音把他抱得更紧：“为什么带我来坐摩天轮？”

“因为那天我陪你爸爸写字，我记住了那句话。”

赵西音仰起头：“嗯？”

周启深说：“登高则可望远，望远而致思深。我的西儿今晚心存疑惑，那我就带她来登高。所以，你现在开心了吗？”

赵西音绽开笑脸，很用力地应声：“嗯！”

一月中旬了，北京还是没等来第一场雪。

今晚庄家热闹非凡，庄老爷子年龄大了，乐得见这般其乐融融的聚会景象。换作平时，庄邱肯定是不受重视的那一位，但今天倒是稀奇，吃饭的时候，他被庄老爷子叫到身边坐，态度也殷勤了不少。

庄邱得意极了，一边是扬眉吐气，一边又心底不屑：见风使舵。男人还是得有钱才能被人看得起。

他坐在偏厅，悠闲地品着红酒。

“邱表哥。”一个女声清脆地叫他。

庄邱回头一看，顿时乐了：“哎哟，这不是我那影视新星大美女妹妹吗？”

林琅佯装不悦：“你就会取笑我。”

庄邱转过身，笑着说：“是你太谦虚了，我看过你的微博，来头不小啊！”

“呀，你还关心这个呢，我可受宠若惊啦！表哥你什么时候回来的？”几句寒暄后，林琅问，“一点风声都没听说呢！”

“忙着。”庄邱言简意赅。

林琅一脸崇拜：“有事业心的男人最有魅力啦！”

这话深得庄邱喜欢。庄家这么多兄弟姊妹里，林琅和他走得最近。两人又闲聊一会儿，庄邱忽地记起一事：“你现在是不是在拍一个电影？叫什么名来着？”

“《九思》，庞策大导演的戏。”

“哟！如今都是这咖位了。”

“没呢，戏份儿不重，随便演演。”

“怎么了这是，不高兴？”

林琅摸了摸自己的脸：“有吗？这么明显？”

庄邱笑笑，不语。林琅坐在沙发上，环手抱胸，兴致确实不太高：“本来是想争个领舞位置，和苏颖搭个戏，以后也能捆绑宣传一下。各方关系都也打点得差不多，结果被人半道儿截了和。”

庄邱燃了一根雪茄，抬手灭了明火，任烟雾弥漫起来才吸了一口，似笑非笑问：“拱手相让了？”

林琅半酸半讽地叹气：“技不如人喽！”

庄邱笑眯眯的，一眼看穿女人的心思。什么技不如人，根本就是酸透了，恨透了。这种争风吃醋的事儿他也懒得管，林琅这丫头年纪轻，但做事手段一点也不含糊，他可是亲眼见识过的。读大学那会儿就求他帮忙，跟班上一个女同学有关，庄邱那时人在外地出差，一听也不是什么费劲的事，就打电话帮她做了安排。

要不是今天碰上了聊几句，他自己都差点忘了。庄邱记着另一桩正事，装作无意道：“你们团里，是不是有个叫赵西音的演员？”

林琅表情猛地一变，眼神也不自觉地凌厉起来：“表哥你认识？”

“算吧！”庄邱没藏着心思，都写在脸上。

林琅多精一人儿啊，立刻明白过来。她心里也不是滋味，啊呸，男人果然都下作！她笑意盈盈地试探：“你怎么会认识她？”

“一个饭局，她也在。”

“你想追她呀？”

庄邱呵呵笑了两声：“没到那份儿上，就想交个朋友，但她很不好相处啊！”

林琅摆了摆手：“你就别浪费自己的时间了，这个女人，你追不上。”

庄邱顿时不乐意了：“她是仙女还是王母娘娘啊，难不成结了婚？就算结了婚，民政局还办理离婚业务呢！”

这话林琅都觉得有点阴，不中听，刺耳朵。她转过头，看着庄邱的眼睛，问：“你知道凡天娱乐吗？”

废话，国内数一数二的娱乐大头，孟氏家族的产业之一。

“那你应该也知道孟惟悉吧？”林琅的眼神微微升温，“孟氏的独子，继承家业的太子爷。赵西音和他不清不楚的，孟惟悉护她护得很呢！”

庄邱松了心思。难怪不为所动，敢情儿是有这么座靠山啊！林琅笑眼微弯，又说：“但他们已经分手了。欸，表哥，你还听说过一人没？京贸集团的周启深。”

名字乍一入耳，庄邱震骇。

“他是赵西音的前夫。”

庄邱表情阴沉，像突然结了一层寒霜，让人心里发毛。林琅心里忐忑，又觉得不可思议：“不对啊，表哥，你真对赵西音没点儿印象了？”

庄邱冷着目光，没回应。林琅笑了笑：“我读大学那会儿让你帮忙找人摆平点事，就是她。”

到头来兜兜转转，逃不过这些熟人旧识了。庄邱回过味，呵，有意思。

他从庄家出来，在车上时，秘书给他打了个电话。庄邱没听清：“谁？你说谁回国了？”

秘书重复了一遍。

今晚真邪了门，连着两个女人都和周启深沾亲带故，庄邱越想越窝火。恰巧司机为了避让一辆电动车而踩急了刹车，庄邱揪着他的耳朵就往后用力扯，面容狰狞地骂：“你故意的啊！会不会开车？”

算起来，还有半个月不到就要过年。期末工作已收尾，赵文春本来还要随院里去广州和深圳参加两个国际学术交流会，奈何他身体抱恙，只能惋惜退出。自昨天起，赵老师正式放寒假，他是闲不住的小老头，洗洗刷刷搞起了大扫除，别看是一男人，但做家务真是细心在行。

赵西音一早起床，就看见桌上丰富的早餐，轻声感叹：“放寒假了，待遇都高了。赵老师，您退休吧，去咱们小区门口摆个摊儿，收入不比您当老师少。”

“你这油嘴滑舌都跟谁学的？”赵文春一脸严肃，端着蒸饺从厨房走出来。

赵西音脸不红心不跳，顺带把那人拉下水：“还有谁，就他呗！”

“还说他坏话啊，就不怕我对他印象差？”

“啊！”赵西音拍拍脑袋，“真忘了。那我收回刚才那句，您记着这句啊，周启深威猛霸气，多金英俊，一顿能吃五碗饭，一天要喝十桶水。”

赵文春被逗笑：“印象更差劲了。”

赵西音低着头，嘴角微弯。赵文春不经意地又问：“下个礼拜就过年了，他今年上哪儿过啊？”

“不知道会不会留在北京，”赵西音咬了一口饺子，“不过他在北京也没亲人，就那两个关系好的朋友。顾和平和老程都是北京人，得回自己家，周启深可能回西安吧！”

“他不是跟他爸爸关系不好吗？”

“再不好，也得回。他们老家那边亲戚多，思想观念也有点落后。”赵西音抿了抿嘴唇，“他一年难得回去一次，过年再不回，闲言碎语特别多。”

赵西音轻描淡写地解释，但赵文春明白，这真是个苦命孩子。能走到这一步，别说出人头地，很多类似情况的，就走了偏门歪道，成了社会渣滓。

赵老师踟蹰许久，终于在赵西音喝完最后一口牛奶之前，松了口：“你有机会问问他，如果他留在北京，年三十儿那天就过来一起吃年夜饭。”

赵西音一听，立刻笑意盈盈地望过来。赵文春被盯得特不自在，欲盖弥彰地解释道：“多双筷子而已，我又不给他加菜，该怎么吃就怎么吃呗！哎呀，你爱说不说，不来我还省点事儿！”

回舞团的路上，赵西音给周启深发微信，问他晚上有没有时间，最近贺岁档上了一部口碑挺高的电影，要是训练结束早，还能赶去三里屯看晚十点那一场。

过了十多分钟，周启深才回信息，说今晚恐怕不行，有点工作要处理。男人忙事业，赵西音能理解。她也不是非要人陪，有空就一起待着，没空她也可以去找黎冉，找小顺。

出地铁，快到大厦时，两声短促汽车鸣笛让她转过头。赵西音一看那车，只想到四个字，阴魂不散。

车窗滑下，庄邱坐在后座儿，头发梳成背头样式，质地硬，一丝不乱，显得死板。他仍是见谁都笑的模样：“小赵同学，又见面了。”

事不过三，这是第三回了。赵西音自认为该有的礼貌她都做到了，对方已算得上死缠烂打，她也不必要再假客气。她表情冷冷的，站在原地。

“首先跟你道个歉，闹半天，大误会了。”庄邱反其道而行，真让赵西音蒙了一下。

他笑眯眯地说：“绕了一圈，都是熟人。哎，说起来，还得怪周哥儿！”

赵西音眼睛眨了眨，他认识周启深？

“周哥儿当年结婚也不办酒席，好多哥们儿都不知道。不过也能理解，夫人这么漂亮，是我，我也得金屋藏娇啊！”

赵西音不喜欢他话中带刺，但也听得明白，他嘴上说着跟周启深关系要好，指不定是什么死对头。

赵西音直接打断，说：“庄总，既然如此，以前多有得罪的地方，我也跟您道个歉。我们之间应该没有任何误会，话说开了就行。祝您工作顺利，我也不劳您抬爱了。”

她转身要走。庄邱眼神微眯，声音冷了两分：“赵小姐今天练完舞，周总会不会来接你？”

赵西音脚步未停。

“他今天一定来不了。”庄邱笑着说，“你不妨问问他，看他怎么答你的，是加班呢，还是开会？总之，我给赵妹妹提个醒，周哥儿要是这样答，你可千万别信。”

一个字一个字穿成铁链，拖慢了赵西音的脚步。

“不过妹妹也不必大动干戈，毕竟前妻和前女友都差不多，他见谁不是见，没义务跟谁都坦白。”

庄邱又故作玄虚地提高语气：“哎呀，不对！那还是有差别的，不管怎么说，前女友也是名门之女，当初周哥儿能从无名小卒跃居人上人，这前女友可没少帮衬。周哥儿搭着这层关系，拿了多少好处，若要论起情债，周哥儿可能这辈子都还不清。同为男人，我打心底里地佩服，泡妞能泡到千金大小姐非他不嫁，真是厉害。都多少年了，周哥儿都是结了婚又离婚的人，人家千金大小姐还是单身。”

车开走后，赵西音只觉得此人胡说八道，不可理喻，跟个疯子似的。她摇了摇头，感慨一大早出师不利，够晦气的。至于他刚才说的，赵西音真没放在心上。

今天老师们要回剧组开会，所以训练结束得比想象中早。赵西音拍了拍岑月的肩：“小月亮，晚上陪我看电影呗！”

岑月正在解脚踝上的绷带：“你想看《金吒》啊？”

“嗯！”

“不让你家小周周陪啦？”

“他晚上还得忙工作。”赵西音蹭蹭她，“答应呗！”

岑月伸出手：“电影票你买，还得请我喝奶茶。”

赵西音的手握上去，笑逐颜开：“成交！”

她马上订票，正好赶上八点钟那一场，就是位置有些靠后。两人换了衣服，又往三里屯去，岑月惦记着青山研究所的桃子蛋糕，一口气吃了俩。

赵西音心疼钱：“最后一个了啊，真的不能再吃了。”

结果看到刚出来的新品，粉粉嫩嫩地摆在那儿，赵西音忍不住，十分打脸地又去付了第三次钱。岑月哈哈笑：“戴老师要是看见你吃甜点，肯定骂死你。”

赵西音一顿，撇了撇嘴，没吭声。岑月不明原因，依旧没心没肺。

《金吒》口碑高，果真名不虚传，笑点密集，结尾也太好哭了，散场后，两人都是红着眼睛出来的。岑月还沉浸在剧情中，泪眼蒙眬：“都怪你，我不管，你得请我吃火锅。”

瞧瞧，瞧瞧说的是人话吗？不一会儿，她们就站在了海底捞的店门口，赵西音哭笑不得：“哪有你这样敲竹杠的？”

岑月被香味勾得耍无赖：“就敲，就敲，就敲！”然后拖着赵西音就往里头走。

赵西音真无奈：“你这样不怕胖啊？”

“不怕，我又不用往镜头前站，而且我体质气死人，吃再多也不胖。”岑月嬉皮笑脸，赵西音愁眉苦脸，“我不行，我不能加餐，吃夜宵立竿见……”

话没说完，赵西音忽然收了声。岑月奇怪，顺着她的目光看了过去。

斜对角的靠窗的位置，周启深坐在那儿，黑色大衣和西装都脱了，就穿了一件浅色衬衫，衣袖挽上去，露出紧实的小手臂。他没动筷子，表情慵懒懒懒的，嘴角含着笑，正认真听对面的女人说着什么。

女人年轻，气质出众，一头紫色短发很特别，同样也是眉开眼笑的惬意模样。周启深对目光的感知很敏感，下意识地回过头，和赵西音的目光碰撞，他很明显地怔了怔。

服务生热情地引导落座，赵西音悠悠地收回视线，和岑月坐在了自己的位置上。周启深已经走了过来，挨着赵西音身边挤出一个空位，低声问："不是看十点的电影吗？就看完了？"

赵西音蛮自然："有早场次的就先看了，你去忙吧，不用管我。"

周启深却不容置疑地牵起她的手，走回自己那桌，坦荡大方地做介绍："闵允芝，我朋友。赵西音，我爱人。"

赵西音霎时瞪了他一眼，周启深视而不见，笑得风流倜傥。

臭男人，又占她便宜。

闵允芝很友好地冲赵西音笑了笑："久仰大名哟，赵妹妹，原来周哥儿真没说谎，你真的真的好漂亮。"

赵西音略一颔首，笑容亦明媚："你好，谢谢。"

周启深想让她坐下来一起，赵西音说："不了，我朋友还在呢！"

"叫她一起。"周启深轻轻摸她的手指。

赵西音温柔和气："不啦，我怕她不自在，你们聊。"说完，真就背影娉婷地走了，一点都不留恋。

岑月吃火锅特别能费时间，牛肉番茄汤都能喝三碗，慢慢吞吞下来，一个多小时就过去了。

"你怎么回去呀？"

"地铁停了，我坐公交吧！"赵西音说。

岑月欲言又止，小心翼翼地问："你男朋友跟别的女人吃火锅，你不生气啊？"

赵西音莫名其妙："我干吗要生气？这种醋都要吃？拜托！成年男女了，大清朝早就亡了好不好？！"

刚走到室外，岑月惊呼："哇！"

周启深人没走呢，就站在门口，拎着车钥匙，对岑月笑了一下，然后看向赵西音："送你们回家。"

岑月眼巴巴地望着："当电灯泡，多不好意思啊！"

赵西音戳戳她脸上的小酒窝："行啦，走吧！"

岑月也不住团里宿舍，她自己在外面租了套小公寓。先把岑月送到，道了别，周启深转着方向盘，看了赵西音一眼，心里七上八下，刚想解释两句："我今天……"

"周启深。"赵西音忽然打断。

这么正式地叫名字，他不由坐直了些："啊？"

赵西音转过头，笑得明眸皓齿，眼带星光："我爸晚上不在家，我又忘了带钥匙，你收留一下我呗！"

周启深一时半会儿真没悟出她的心思。有点突然，有点直接，有点窃喜，这是天降福利啊！

他挪开目光，认真开车，手指抠紧了方向盘，喉结微微滚了滚。到梵悦，门一关，周启深就把人推到墙上，在玄关处就想亲。赵西音头一偏，嘴唇擦过他的脸，嫌弃道："一身火锅味儿，去洗澡。"

周启深笑了一下，低声应："好。"

这次洗澡时间比之前久了一些，周启深穿着家居服，一身热气腾腾地从浴室出来。赵西音盘腿儿坐在地毯上，低着头还在玩手机。

他走过去，跪在地上，从后面搂住她："一直看手机，眼睛不累？"

"不累。"赵西音很投入，"我开 QQ 超市呢，十家连锁店了，接一次客有两个亿，看我的总资产，三千多亿了。"

周启深对这些乱七八糟的经营游戏不感兴趣，吻了吻她的耳朵，声音沉沉的："这都是假的，老公的才是真的。"

赵西音神色平静，关了手机，看他一眼："你洗完澡了？"

“嗯。”

“行吧，自己去床上躺着。”

赵西音还特地关了盏灯，看周启深听话地躺好了，又拉开衣柜，随便扯了条领带出来。深红，光滑，缠在她手指上，然后拉紧。赵西音歪着头，眼神撩人，然后爬上了床，周启深起身想吻她，却被一把按住。她温言软语地央求：“你不许动。”

周启深招架不住，呼吸沉了，眼睛热了，心跳的起伏也明显了。他手臂被抬高，双掌合十置于枕头上，领带一圈一圈缠绕、系紧，赵西音的长发落下来，发尾似有若无地扫着他的鼻尖。

手系好了，再到脚。赵西音埋头苦干，用力一拉，真不带含糊的。周启深动了情，低声求她：“西儿……”

赵西音点点头：“知道，马上，等等我，我去厨房喝杯水。”

说完她离开卧室，带上门。周启深想入非非，耐着性子等。

一分钟。

两分钟。

迟迟不见人回。

周启深手脚都被领带绑着，不适地扭了一下，喊道：“小西。”

没人回应。

“小西？”又提高声音。

这次有回音了：“砰——”

这不是他家关门的声儿吗？

周启深被绑在床上，情绪已然高涨，此刻如一盆冰水往头上泼，那叫一个透心凉。赵西音挺狠心，领带缠得紧，死结一个个地打。周启深一时解不开，他保持着一个很诡异的姿势，像只虾米在床上挪动，挨着床边时重心不稳，直挺挺地摔在了地上。

周启深一蹦一跳地去找了把剪刀，好不容易解开后，拿起手机一看，赵西音还很贴心地给他发了条短信。

“我开你的车回家了，明天还给你，睡个好觉吧周老板。”

这小丫头若无其事，看笑了周启深，电话打过去，赵西音接得也快。

周启深沉着嗓音："要我呢？"

赵西音平静地答："没，你领带好看，衬你肤色，我给你试试。"

"吃醋了？"

"我喝水。"

周启深真诚地解释："闵允芝是我的一个朋友，今天刚回国，我就请她吃个饭。顾和平也认识，本来是一块儿来的，但和平临时有事。她都是两个孩子的妈了，她先生和我也是朋友。"

赵西音放软语气："你不用解释。"

周启深以为会等来一句"解释就是掩饰"，但她什么都没再说，轻描淡写地揭过这茬儿："周哥儿，我还在开车呢！"

周启深"嗯"了一声："那你注意安全。"

挂断电话，赵西音摸着方向盘深深呼吸。

说不在意，那是假的。倒也不是介意，就是有点儿失落。也不是不知道周启深的丰富情史，一个三十多岁的优质男人，财富与身体都处高峰，而且据她对周老板的了解，走的不是高冷路线。再联想庄邱跟她说的话，那位吃火锅的闵允芝真的很符合千金大小姐的人设。

赵西音有点感慨，周启深怎么这么笨，当年就该娶了人家，说不定比现在更发达。这个想法一冒出头，她愣了一下，然后自个儿先笑了起来。

第六章 我们复婚吧

这几天团里的任务重，苏颖档期一空出来，就能联合排练。赵西音和苏颖提早两天合练，在单独设的练功房里，两人都不说话，记着走位、音乐、节奏。一套动作下来，赵西音觉得自己的完成度还不错。

苏颖助理上来递水，顺便也给了赵西音一瓶，很和气地说："辛苦。"

赵西音笑了下："应该的。"

她偶尔会看向苏颖，她休息的时候从不坐，就站在窗户前，清冷安静。苏颖一回头，两人猝不及防地对上视线，赵西音撇了撇嘴角，一个含混不清的笑，但苏颖并不领情，微微颔首便挪开了眼睛。

第一次合演，所有舞蹈演员必须到场。林琅自从上次考核后就久不露面，今天总算姗姗来迟。她还是那么光鲜亮丽，跟谁都有说有笑。

站在一旁的人小声议论："林琅和赵西音不和吧，这个领舞没争到，打脸啪啪的。我看她还挺自在啊！"

"她很精明的，好像混的白富美圈子，这点事儿对她来说算什么啊！"

"你说，她和赵西音谁更有背景啊？"

"林琅吧，听说她家还挺厉害的，赵西音的爸爸就是个老师。"

"欸，你们听说过没？她和孟总谈过呢！"

"啊？！"

今天到场的工作人员和公司管理层特别多，大概全看苏颖的面子。戴云心也在，彩排过程中，她观察，调整，不断喊话提醒。一遍彩排结束，大家自发地给予掌声。

张一杰陪同在孟惟悉身侧："不带妆发，不带灯效，能出来这个效果，已经很好了。"

孟惟悉问："庞导那边什么时候结束？"

"剧情部分的拍摄在下周。"

孟惟悉一顿："那过年不能休息了？"

张一杰点点头："极大可能。"

这也不算什么事儿，剧组拍摄都得按进度来，从不挑日子。管它过年还是过节，该怎么拍就得怎么拍。这也是合同约定好的。

孟惟悉想了想，没再说话。他前段时间在欧洲出差，一个多月回了两次国，那也是赶着开会就又匆匆离开。孟家这段时间也分外敏感，孟老爷子心脏病犯了，秘密入院，风声紧张，孟父让他立刻回国，国外的工作交接他人。孟惟悉人在北京，其实就是一颗定心丸。

彩排结束后，老师们让苏颖和赵西音过来看刚才的录像视频。

"西音，这个旋转的位置你有点偏离，从右侧角度看，会不成一条直线。"

"苏老师，您的身高比西音略高，所以在交错站位的时候，是否可以再往前站一些？"

苏颖对专业的态度极致认真，好与坏，她相当公正。并且一改相处中的高冷，很自然地给予赵西音建议。赵西音受宠若惊，表情顿了顿。

苏颖皱眉："你有没有在听？"

赵西音赶紧点头："在听，在听。"

讨论了十几分钟，苏颖这才走去一旁休息。团员给赵西音递水，她拧开盖儿，又拧回去，重新拿了一瓶走过去给苏颖。

"苏老师，您喝。"她态度谦逊。

苏颖看了她一眼，又看了眼手中的水，还是接过，说："谢谢。"

待会儿还有第二遍彩排，赵西音去了一趟洗手间，结果正好和戴云心碰了面。赵西音规规矩矩叫人：“师父。”

戴云心“嗯”了一声：“好好跳。”

赵西音抿了抿唇，小声问：“师父，您觉得我刚才表现得怎么样？”

戴云心笑着说：“挺好，苏颖很有感染力，把你也带出来了。你们跟剧本写的一样，演出了那种师徒情谊。”

“哦！”赵西音摸了摸鼻尖，笑了起来，到底是开心的。

戴云心也笑了，轻轻拍了拍她的肩：“小西，你做得很好。”

赵西音跟灌了蜂蜜一样甜，之前那些芥蒂顷刻烟消云散。她甚至还有些责怪自己，没站在师父的角度替她考虑，自己真不够成熟。

第二次彩排，所有人按部就班。刚开始还好，一分钟后，最先察觉不对的是赵西音，她与苏颖站得最近，很明显地感觉到苏颖的异样。旋转步时她晃了一下，甚至踩到了赵西音。两人撞在一起，重心都没稳住，齐齐摔在了地上。一瞬间，场面大乱，众人大惊，蜂拥而至去扶人。孟惟悉隔得远，进去时，苏颖和赵西音已被扶了起来。

“怎么样？”他目光急切地落向赵西音。

张一杰不动声色地扯了一下他的衣袖，孟惟悉这才侧过身：“苏老师，你还好吗？”

苏颖没说话，但脖子上起了明显的红疹。她的助理急得不行：“苏老师过敏了！她刚才只喝了那瓶水！”

苏打水，杧果味的。苏颖对杧果严重过敏，闻见味道都能立刻起反应，身上的红疹子三五天都消不了。所有人都看向赵西音，那瓶水就是她递过去的。赵西音手足无措，压根儿不知道这是怎么回事。

孟惟悉悄然往她身边站了一步，刚要说话，苏颖皱着眉，不耐烦地道：“水是我自己喝的，跟她没关系。”

接着她吩咐助理：“联系张医生，去医院。”

一堆人围着苏颖前呼后拥地走了，留下的百多个舞蹈演员面面相觑，又偷偷看向赵西音，怀疑、不屑、犀利、猜测……如同众矢之的。大冬天的，赵西音的背后竟被薄汗浸湿。

苏颖作为主要演员，孟惟悉自然要去做一番慰问以表重视。他与张一杰刚上车，赵西音一路小跑追了过来，喘着气儿叫他："孟惟悉。"

孟惟悉立刻吩咐司机停车。他推开车门，手机滑落在地也顾不上，赵西音跑到他跟前，脸色有点白，问："上次我去演艺中心找苏老师，给她送了一篮杧果。之后苏老师推迟了一周才进组，是不是因为我……"

话不用问完，在孟惟悉的眼神里，赵西音知道了答案。

她低着头，五味杂陈。

孟惟悉安慰："你不用自责，毕竟你也不是故意的。说起来，也怪张一杰，他没适当提醒你。"

赵西音摇摇头："是我自己不用心。我一直以为苏老师不太喜欢我，其实哪能责怪别人，本来就是我没做好。"

苏颖那边看诊完，五点的天色就已黑下来。整层病房都有保镖看守，医护人员讨论着，说苏颖真是好大排场，真人比屏幕更耐看。

孟惟悉到时，苏颖刚抽完血，正在吊水。一只手把手机开了免提，语气并不高兴："你能别安排这么多保镖吗？不嫌浮夸？不用回来，你留美国开你的会，我就是过敏了。"

不用问也知道，一定是和她那个神秘的圈外丈夫聊天。苏颖收起手机，对孟惟悉颔首："孟总，有劳你费心。"

孟惟悉搬了张椅子，很绅士地坐下，笑容温和："颖姐好些了没？"

"就这样吧！"

苏颖的脸、脖子、手臂上都起了红疹，披散头发的，本是不修边幅的装扮，在她身上却不违和。她说："我体质的原因，就算打针住院，完全退疹也得一周左右。孟总，耽误排练，抱歉了。"

孟惟悉说："身体重要。"

苏颖也不再说话，安静地看着他。她知道，对方还有真话没说出口。果不其然，再开口时，孟惟悉说："颖姐两次住院，都跟小赵脱不开关系，她是个好女孩儿，很善良，可能有时候不太懂人情世故，但绝没有坏心思。

您别放在心上，她还年轻，慢慢带。”

苏颖“嗯”了声：“孟总亲自当说客，她的面子真大。”

孟惟悉笑了一下：“是我旧识，因为我了解她。”

苏颖没什么反应，靠着枕头，悠悠道：“还杵在门口做什么，进来吧！”

孟惟悉一愣，门一开，赵西音垂着头，蔫不唧儿地站在那儿。她低声道歉：“对不起，苏老师。”

苏颖耳聪目明，孟惟悉一说到赵西音，她就知道她肯定也来了。也真难为孟惟悉了，愿意给一女孩儿搭戏台子。

之后，孟惟悉借口离开病房，把空间留给她们两人。

赵西音再出来是半小时后，孟惟悉坐在走廊椅子上，见到她站起了身。赵西音略感意外：“你没走啊？”

孟惟悉点点头：“张一杰腿不好，顺道去看医生，我等他。”

赵西音相信了，没去分辨他话里的真假。

“和苏颖谈得怎么样？”他问。

“挺好的。”赵西音会心一笑，“我道了歉，反省了自己，并且保证下次再也不送杧果。后来苏老师告诉我，她喜欢吃西瓜。”

孟惟悉也笑了笑。

赵西音抬起头，真诚道：“今天谢谢你，愿意帮我搭这根线。”

“小事。”孟惟悉笑意收了收，约莫是觉得这声“谢谢”刺耳、生分，宛如陌生人。

赵西音迈步要走，孟惟悉拦了她一把：“去哪儿？”

“回家。”

“我顺路，送送你。”

赵西音似乎不想拆穿他方才的谎言，心里泛起一丝微苦，然后对他说：“孟惟悉，上次误会了你，对不起。”

周启深被刀捅，她原本以为是他干的，两人在马路边大吵一架，出口伤人。赵西音是关心则乱，但全是为了另一个男人。他们之间，只剩旧情，再无往日。后来他去欧洲，将自己置身忙碌工作中，尽量淡化这些影响。再后来，他听到她的消息，不过是将心痛再重复一遍。

再见面，孟惟悉平静许多，实则是哀莫大于心死，悲莫过于无声。大概这么多年角力赛，明知已是回天无望，却仍孜孜不倦，梦不愿醒。

两人并肩朝外走，走廊很长一段，灯光明亮，空气中弥漫着消毒水味。门口越近，孟惟悉脚步越慢，他终是忍不住问出口："你和周启深和好了吧？"

问句，他却平铺直叙，明明心里已有答案，仍不死心一般。

赵西音点了点头："嗯。"

两人便都不再说话。

孟惟悉呼吸很轻，表情很轻，站在原地，人也变得很淡。他没施压，没抗议，没争取，甚至连眼神都没给她，深沉空泛地落到某一处。半晌，他转过头，幽幽道："小西，走吧！"

行至台阶，孟惟悉走得稍前，甚至拿出车钥匙，双闪亮了一下，他的车就停在不远处。赵西音说："孟惟悉，我自己走。"

孟惟悉侧过头，不容置疑："太晚了，我送你。"

赵西音摇摇头："不晚，还有地铁。"

她的避嫌之意已十分明显，又是那声"谢谢"。每一声"谢谢"，都成了摧毁孟惟悉的不二法宝。他胸口疼，身体也有些晃，仿佛脚下踩的不是地面，而是一团棉花。他陷进去，站不稳，差点倒下。

寒风扑面，孤月寂星，明天该是一个好天气。孟惟悉敛了敛情绪，平静地温和一笑："好，我不勉强你。"

赵西音肩上的重压瞬间也卸下大半，她的笑容亦心无旁骛："那你开车注意安全，再见。"

刚说完，两声急促鸣笛。两人下意识地往同一个方向看去，就见一辆黑色迈巴赫不知何时停在路口，后座车窗滑下，露出周启深的英俊侧脸。他的丹凤眼往上挑，似笑非笑地望着孟惟悉。

四目相接，剑拔弩张。周启深却适时挪回视线，不算愉悦地落向赵西音，沉声说："小西，上车。"

出于礼貌，赵西音对孟惟悉说："我走了。"

"好。"

她一上车，车门刚关上，周启深就吩咐司机开车。拐出医院，从辅道并入主路，车里的灯光忽明忽暗，周启深坐在那儿，面容平静，一言未发。赵西音也一派从容，交叠着腿，靠着车门，捧着手机玩。

从京广桥下穿梭而过，周启深终于忍不住，扭头看了她一眼："坐车别看手机，容易头晕。"

赵西音没应声，但还是很听话地把屏幕按灭。周启深欲言又止，心里装了事，但又有所顾忌，话在喉咙间来来回回，着实难受。

赵西音闭着眼睛休息，自然问起："你怎么去医院了？"

"碰巧。"

说谎不打草稿。赵西音也懒得拆穿，"哦"了一声："那你吃饭了吗？"

"吃了。"周启深转过头，"你和谁吃的？"

他没有问她吃过了没，而是问，和谁。

赵西音没答，只睁开眼，猝不及防地和他对视。周启深愣了一下，脸色低沉，生闷气似的，只握住了她的手。

司机问："周总，回哪边？"

周启深不由分说："梵悦。"

赵西音轻轻挣了一下："喂，我要回家。"

"你有东西落在我家了，你去拿，待会儿我再开车送你回去。"周启深安排周全，不容她反对。

下车，两人一路沉默地进电梯、按门锁。悦耳的电子音提示，门开了，赵西音却趁机挣脱了他的手，站在门口，没有进来的意思。

周启深回过头，眼里的疑惑一闪而过。赵西音微抬下巴，直截了当："周启深，你明明很在意，有想问的，为什么不直接问呢？"

周启深一怔："我没有。"

"说谎鼻子要变长的。"赵西音淡定地道，"你宁愿鼻子变长，也不愿干脆一点，什么事儿都憋在心里，然后自己脑补，自己给我加戏。"

这话直戳人心，几乎瞬间惹恼了周启深，他已然不悦，重复道：“我没有。”

赵西音太了解这个男人了，不是基于日久相识，而是与他真真实实、日日夜夜地过过生活。他们当过同床共枕的夫妻，也做过惺惺相惜的爱人，彼此一言一行，哪怕一个眼神，都能窥见其中的别有洞天。

赵西音也不反驳，只目光笔直明亮地看着他。这个眼神太有杀伤力，像一束强光，让他内心的阴暗无所遁形。赵西音这番话干干脆脆，实则是直面过去，提醒他，争吵、离婚、失去，所有的一切，通通源于他的不信任。

伤疤完全好了吗？

表面光滑平整，岁月静好。实际上呢？

如果再有一次，他周启深是否仍会重蹈覆辙？

赵西音把话掰碎了，把那些陈年旧伤昭告于当下，挑开两人之间最大的心结。周启深真中了招。他脸色阴沉，目光戾气涌聚，整个人都在微微发抖。赵西音壮着胆，天不怕地不怕，往前一步逼问：“你这么看我做什么？要吃人吗？我没洗澡哟！”

周启深不言语。

赵西音眼底不乏娇俏，把握住分寸，调节着这个男人的情绪，她微微噘嘴，语气带着一丝不满：“你那天和年轻美人吃火锅，我说你什么了吗？”

周启深隐隐含笑，挑着眉梢说：“嗯，是没说，不过是付诸行动了。”

一想起领带的事儿，赵西音红了脸。她反倒大大方方地承认：“你知道就好，那是用醋缸泡过的，独你一份儿。”

周启深将计就计，顺着她的话调侃：“那行啊，晚上换我拿领带绑你，这总公平了吧？”

赵西音愣怔，论脸皮，自己哪是这个臭男人的对手！

两人静静对视。

一秒，两秒，五秒。

"啊！怎么会有你这么臭的人啊？！"赵西音速度飞快，搂着周启深的脖子就往人身上蹦。周启深下意识地托住她的腰，往上颠了一下，抱稳了。

赵西音忍着笑，偏头去咬他的耳朵。周启深怕痒，使劲儿躲，两人扭在一块，腻腻乎乎的。赵西音仗着他不敢松手，就去挠他的脖子，周启深笑出了声儿："别弄那儿，不知道我敏感啊！"

赵西音就伏在他耳边，娇声娇气道："下次吃醋了就说出来，别总像个木头人。你不发一语的样子，至少老三岁，赵老师得多嫌弃你啊！"

周启深被她的呼吸吹得浑身热，仍嘴硬道："我没吃醋。"

赵西音两腿乱晃，轻轻踢他："真没有？"

"没有。"

"嗯？"

"有。"

赵西音顿时埋在他颈间咯咯笑，伸出食指轻轻戳他的嘴角，然后低头亲了一口。周启深追着想继续，她却身手灵活地从他身上跳了下来，随即结结实实地一把抱住了他。这个拥抱用尽全力，她的侧脸埋在他的肩头，不知要说什么，就是想把他抱紧。

沸腾般的空气渐渐静了下来。

周启深低声说："看到孟惟悉的那一瞬，我是心情不好，但西儿，我绝没有怀疑你，不相信你。刚才在车里，我也不是故意给你脸色，你当我是自己跟自己较劲，我恨我自己不够坦荡，不够洒脱，恨自己的心怎么还跟针尖似的……"

赵西音嘴角上扬，无声浅笑。周启深回抱住她，更紧，更真挚，说："我已经吃过一次亏，绝不会有第二次。小西，你相信我，不是今晚，而是以后，每一天。"

朝朝夕夕。

赵西音从他怀里抬起头，笑眼如星，一脸狡黠。周启深反应过来，这是着了她的道儿！

赵西音挑衅地望着他："周老板太大男子主义了，不逼一逼，是说不出真心话的。"

周启深淡淡地笑："那我的真心话，你还满意吗？"

赵西音掐了把他的腰，脸上浮现羞赧神色。看了看时间，她说："我要回家了，我爸还在等我呢！"

周启深搂紧她的腰，往自己身上箍，哑声低求："别走了，行吗？"

赵西音抿了抿嘴唇，垂着头不看他，小声说："赵老师今晚要练字儿，等我回去帮他磨墨呢！"

周启深狠狠亲了她两口，恨不得将她揉进身体。抱了十几秒，他依依不舍地还是松了手，理了理她的头发，温柔道："好，我送你。"

赵西音到家后，赵文春"咦"了一声："那只跟屁虫没上来啊？"

赵西音无奈道："爸，您又偷看。"

"哪叫偷看啊，你们的车就停在楼下，想不看到都难。"赵文春话里带着调侃，十分轻松惬意，又想起正事，"你问了没，他今年在哪边过年？"

赵西音收拾衣服去洗澡："忘了，等会儿问。"

等她洗完澡，手机上有一条周启深发的微信。一张图片，缩小了看不清。赵西音点开大图，愣住。

这是一张手写认错书：

一月十九日，晚八点十五分。

周启深不应该让赵西音担心，不应该在车里对她摆脸色。

为弥补，特设一张万能卡。无论何时何地，赵西音都可提出任何要求，本人无条件执行。

一切解释权都归赵西音小仙女所有。

承诺人：周启深

赵西音捧着手机在床上笑得停不下来，连赵文春都跑进来一探究竟，皱着眉头说："没点女孩子的样子，小皮猴儿。"

赵西音笑够了，掌心攥紧手机，忽然说："爸。"

她虽然脸上还挂着笑，但神情分明是认了真。

赵文春应了声："怎么了？"

赵西音想了想，告诉他："如果周启深今年在北京，那咱们仨一块儿过年好不好？"

赵文春表情平静，含含糊糊地"嗯"了一声。

"还有，"她抬起头，"赵老师，过完年，您把户口本拿给我吧！"

赵文春不迷糊，一下子听懂了她话里有话。其实也没藏着掩着，要户口本干什么？还能干什么？赵文春久久没有说话，赵西音的眼神始终坦然。父女俩对视，拉锯，一个在门口，一个在卧室，中间隔着不过两三米，却像一道鸿沟。不知道它是要被修复粘合，还是拉开成万丈深渊。

赵文春先吭声，问："你想好了？"

赵西音点头："想好了。"

"所以你自打决定回北京，就是打着与他复合的念头？"

赵西音摇头："不是。"

回来，是落叶归根，是真正看淡、看开，把自己置身于起点，不带偏见，亦不带偏爱，但凡周启深再冷淡一点，他们之间可能再无交集。偏偏那人也是痴情种。赵西音想到他，不自觉地又露出笑。

赵文春语气平平："这种事，不应让女孩儿来说，他要有心，就该主动给我一个交代。"

赵西音很认真地听，也很理解。这不过是一位父亲最本能的爱，有不舍，有担忧，有怀疑，有刁难，但再多再多，都没有希望女儿幸福多。

周一早上，周启深参加人力资源部的薪酬核算会议，再过一周就是农历春节，所有工作都要收尾，几乎每一天都有数个会议要出席。周启深审看了奖金发放明细，同比略有增幅，大头主要集中在业务部与工程技术部。批改几处后，结束了会议。

徐秘书随他进办公室，一路汇报："明天李部长那儿您去吗？"

"几点？"

“晚宴五点半开始，您四点半就要出发。”

周启深问：“结束后还有行程吗？”

“没有了。”

他点点头：“去。”

又汇报几项后，两人到办公室。周启深走去办公桌时，忽然身影顿了一下。很明显的一个动作，徐秘书暂停下来，疑问道：“周总，有事吩咐？”

周启深极轻地甩了甩头，又恢复如常，绕过桌子坐去皮椅上：“继续。”

公事告一段落，徐秘书笑着问：“周总，您今年在哪儿过年？”

“怎么了？”

“我家在郊区开了个农庄，如果您在北京，邀请您去做客。”

抬头看了他一眼，周启深心里明白了。徐锦跟了他快十年，论情分不比顾和平和老程少，作为一个秘书，徐锦最难得的是能摆正位置，做一个秘书该做的事。但对他的关心惦记在了心里头，知道他原生家庭不睦，与赵西音离婚后的这两年更是孤寡一人，阖家团圆没他的份儿。周启深前年三十夜都留在公司加班，不说过年，徐锦这是换个说法，变相抚慰他。

周启深颔首微微笑了笑：“不用，谢谢。”

徐秘书见老板心情好，也敢探寻八卦了：“周总与小赵这是好事将近了？”

周启深大方承认：“是。”

“那您这次办婚礼吗？”

周启深还真愣了一下，琢磨一番，点头：“办。不然对不住她父亲。”

徐秘书心想，得把这桩事牢牢记在小本本上，作为明年工作的重中之重，务必圆满完成。

“对了，”周启深说，“帮我约一下林医生。”

徐秘书皱眉：“周总，您又……”

“没，我咨询她一点事。”周启深平静地答。

苏颖过敏得在医院住一周，她也是奇葩体质，敏感，反应强烈，还持久。团里的彩排又耽误下来，换作别的人，估计早被问候祖宗十八代了，但剧组那边非但没有抱怨，还三番两次派高层过来慰问。这些消息，赵西音也是听团里人说的。

心怀愧疚，赵西音这天晚上还是去医院再次看望苏颖。她没事先联系，一个人悄悄地在病房门口徘徊。后来护士进去，边开门边说："请问你找哪位？"

门缝开了，苏颖听见声音，看见身影，叫她："进来吧！"

赵西音没动，把手背在身后，只探进脑袋，小心翼翼地问："苏老师，您对百合花不过敏吧？"

苏颖愣了愣。

赵西音绽开笑："我给您买了束百合花。"

苏颖嘴角露出一个很明显的弧度，神色也柔软了些："没事。"

赵西音高兴地推开门，这才看到病房还有一个男人。四十岁左右，身材高大挺拔，虽能看得出年龄，但也能看出气质。赵西音一直觉得，中年男人最难得的，是不油腻，不浮夸。眼前这位当之无愧。他只穿了一件深色高领羊绒衫，左手腕一块低调的棕色复古表盘，衬得他气度非凡。

他望着赵西音颔首微笑。

苏颖淡淡地道："我丈夫，老乔。"

赵西音立刻紧张得搓手："乔老师，您好。"

男人乐了："我真当之有愧，别这么客气，叫我乔叔叔就行。"

赵西音说："您没那么老。"

男人悦色浮于脸上。苏颖不同于平日高冷的美人形象，此刻竟温情脉脉，目光投向丈夫时，又柔软了几分。她看着赵西音："坐吧！"

老乔接过花，很自觉地出了病房。赵西音眼里的抱歉之意显而易见，放低态度，低着声音："对不起啊，苏老师。"

苏颖"嗯"了一声："你也不用太在意。"

赵西音摸了摸鼻尖，老实认错："我在改正了。"

“什么？”

“我开了微博，关注了好多娱乐号和杂志号，我也关注了您。”在苏颖的注视下，赵西音声音渐小。

苏颖扑哧一声，乐了：“现在开始恶补八卦了？”

赵西音眼神懵懂，怯色尽显，慢吞吞地点了一下头。苏颖温柔的样子，像三月春光里的冰山雪莲悄然融化。她说：“跳舞已经很苦了，不要再勉强自己做不喜欢的事。”

赵西音鼻音微重：“可是给您添麻烦了。”

苏颖面露不耐烦：“总道歉，有完没完了？你有这闲工夫，还不如回练功房压腿！”

得了，又变冰山美人了。

赵西音走的时候，苏颖不热情，她趴在门口又回望一眼，恰好对上苏颖的视线。赵西音灿烂一笑，一溜烟儿地跑了，苏颖独自在病房，终于也露出笑容。

按计划，团里过年都不放假，得和剧情组那边对接，做一些正式合拍的前期准备工作。赵西音是无所谓，反正家里近。那些外省的姑娘们就烦心了。

一起约会吃火锅的时候，赵西音问周启深今年回哪儿过年，说自己没假，得进组。周启深失落了一下，也就无所谓了：“我回西安。”

“你不陪赵老师啊？”赵西音笑眯眯地问。

“陪他？他又不是我爸。”周启深笑眯眯地答。

赵西音就扬了扬手机：“录下来喽，回去放给赵老师听。”

周启深劈手就去抢手机，没拿稳，扑通一声掉进了火锅底料里。周启深想都没想，本能地挡住飞溅的油汤，沸腾的油泼在手背，立刻起了水泡。

两人都傻眼了。周启深无奈道：“疼。”

赵西音担心极了，起身就要去医院，却被周启深一把拽住，坏笑着说：

“你给我亲一亲就好了。”

三分情欲七分坏，分明就是个臭无赖。赵西音的手搁他腰上，拧了一把，嗔怪：“活该你一个人过年。”

就这样，过年的安排差不多定了，周启深回西安，初三回北京，赵西音留在北京工作。结果过年前两天，团里临时接到通知，剧组那边出了一桩意外，一个副导演被道具给砸伤了脑袋。颅内出血，有些严重，人还躺在 ICU 没出来，这事儿上了微博热搜，为避风头，遂决定年后再开工。就这样，赵西音空出了一周假期。

周启深昨天晚上的航班飞咸阳机场，走之前，他还挺有心地去了一趟赵西音家，礼物装了一车，包括从博物馆拍下来的一套乾隆时期的笔洗。赵文春识货，拿着端详了很久，问他多少钱买的。

周启深没告诉他真实的价格是七位数，只轻描淡写地说几千块而已。那些年货礼物占了半个客厅，赵文春嘴上说浪费，眉眼都笑开花了。

一月末，大年三十。

赵家习惯晚上吃年夜饭，但今年赵老师却中午开席：“晚上我和老同学有聚会，一块儿喝喝茶，听听戏，看看春晚。你姑姑也是，说回美国办事，能赶回来一块儿过年，这下又放我鸽子，什么北京太冷，临时决定去夏威夷度假了。真的不靠谱。”

“啊？您就让我一个人在家哪？”

赵文春把一盘红烧大猪肘端上桌，十个菜齐活了，热气蒸腾地往上冒，寓意十全十美。他呵呵一笑：“你再给我装。”

赵西音眼神躲了躲，仍硬气：“我装什么啦？”

“你机票还要藏多久？下午六点飞西安，怎么，我不出去找老朋友，你陪我看春晚？”赵文春佯装失落，“姑娘大了，不由人了，老父亲都得靠边站了。”

赵西音没再否认，垂着头，脸上带笑。赵文春“哎”一声叹气：“知道你放心不下他，去吧，早点儿出门，年三十不好打车，注意安全。”

赵西音抬起头，欲言又止。赵老师忧愁道：“知道了知道了，会替你保密的。”

赵西音花高价抢了一张商务舱的机票，心疼得能滴血。五点钟出门，走之前，她给赵文春包了个红包，攀在他肩上撒着娇：“赵老师，岁岁平安，长命百岁哟！”

赵文春拍拍她的手背：“爸爸会的，爸爸还得看着我家妞妞结婚生子，看她当个好妈妈。”

赵西音鼻子一酸，把他搂得更紧了一些：“然后你也当个好外公。”

“那肯定。”赵文春笑着说，“带小娃儿识《三字经》，给他讲成语，大点了就教他练字儿。西儿，你……你也养好身体。”

哽咽了，赵老师说不下去了。赵西音揉揉他的肩：“过年开心点，爸，那我走了哟！”

赵文春点点头：“去吧，初三带他一块儿回家。”

晚八点，周启深还在西安城区待着。

会所最大的那间包厢，金碧辉煌，灯影幢幢。一屋七八个人开了一桌牌，时而骂咧，时而欢笑，气氛热闹。

“周哥儿，你不去玩两把？”一个刺青男走过来，面相凶，但对周启深态度异常恭敬。

对周启深而言，回家过年不过是个形式，在周伯宁那儿妄想什么天伦之乐？他基本上连家都不会回，在这里耗着照样自在。

周启深横躺在长沙发上，坐没坐相，睡没睡相。仗着腿长，直接搭在对面沙发扶手，双臂枕在脑后，衣摆往上露出一截腰线，隐约可见人鱼线的始端，两条渐深的弧。周启深咬着雪茄，拿手机玩着游戏。

刺青小哥给他递了片西瓜。周启深没接，手机丢给他：“替我两把，我上个洗手间。”

刚出包厢，手机就响了。就听“哎哟”一声叫，正玩得高兴呢！再看屏幕上显示的名字，刺青哥立刻往门口跑，边跑边吼：“周哥儿，‘老婆’来电！是嫂子！”

周启深在走廊上，十分不满这大呼小叫，觉得刺耳："二十五六的人了，能不能沉稳点？"

刺青哥吐词清晰地重复一遍："嫂子打给你的！"

周启深眉目松动，表情软下来，但语气仍是不满："是不是还要给你个喇叭？"

对方立刻嘿嘿憨笑。

周启深接过手机，按了接听，踱步往窗边去："西儿？"

他脚步顿住。

"嗯？什么？"周启深脸色骤变，"你说你在哪儿？"

几秒后，他拔腿就往电梯跑，欣喜若狂："别乱走，我来接你！"

赵西音在咸阳机场打不着车，大巴车票也卖光了。她出机舱时就隐约觉得不太对劲，一股细细的热流在双腿间流淌，跑去洗手间一看，果然直觉灵验了。

她月事一向不太准，上次都是一个多月前了。赵西音回回都是第一天疼得不行，本想打车到西安城区再给周启深惊喜，眼下也不再逞强，眼巴巴等着人来接。

大年三十，道路顺畅，周启深把车开成了飞机，二十分钟就到了。赵西音见着人，明眸皓齿地笑了起来。

周启深仍不可置信，表情有点凶，隔着五六米远，伸手指着她，那副又无奈又高兴又牙痒痒的模样儿，特别有喜感。赵西音以柔克刚，笑盈盈地望着他。坐在椅子上也不起身，慢慢冲他张开手。

周启深先是走，然后小跑，最后百米冲刺般地朝她靠近。

"啊——"赵西音被他揽入怀抱。他力气大，抱着人就往上提，赵西音直接从椅子上飞了起来。

周启深抱得紧，胸腔的气儿顺不过来："赵西音，你现在胆子越来越大了。"

赵西音忍着笑："那你开不开心？"

《百年好合》独家宠爱小剧场

Bai nian hao he

咬春饼 ○ 著

非卖品

1. 丈夫

生下小儿半年后，赵西音重返舞台。

除了《霓云奔月》，苏颖又编了新的曲目。按她的个性，自然是没日没夜地操练赵西音。

全国巡演于八月底开启，就当一切有条不紊时，赵文春突发心脏病。而杭州场的演出在即，赵西音知道消息时，是在演出结束后。

她吓得魂飞魄散，连夜飞回北京。

此时赵老师刚做完手术，一切安然无恙。

她从主治医生那儿了解到，其实赵老师在手术前的发病情况十分严重。而后听护士们说起，说一直陪着病人的那位男士真是十足耐心，跑上跑下，没离开过老人半刻。

术前备皮插尿管时，病人全身紧绷不得放松，好几次都没成功差点哭了出来。周启深陪着赵文春，全程握着他的手，说笑话逗老人家开心。

护士问赵西音："他是病人的亲儿子吧？"

赵西音忍着泪："他是我丈夫。"

后来见到周启深，眼泪是再也忍不住了。赵西音抱着他哭，周启深被撞得连退两步，笑着说："爸爸没事了，别哭。"

赵西音抬起头，泪眼蒙胧地望着他，刚欲说话，就被周启深打断——

"不许说谢。"

知她所想，周启深摸摸她的头，"我是你丈夫。"

是丈夫，是你此生退路。

可以给你蓬松柔软的小幸福。

也能当你无坚不摧的主心骨。

2. 家规

又是一年秋。

周一一小朋友即将成为一名小学生，小周周也将步入中班。孩子们长大了，有自己的小机灵了，时常做些啼笑皆非的事。

忘了具体缘由，总之某一天，终于成功将赵西音气哭。

周启深从集团回家，望着紧锁的卧室门一脸阴沉。

周一一小朋友知道错了，又后悔又害怕，

大眼睛巴巴望着爸爸。周启深倒没责怪女儿，而是一眼严厉看向儿子。

小周周刚三岁，奶气未消，不由往后退一步。

周启深严肃道："去给妈妈道歉。"

小周周泪眼啪啪，"可是姐姐也惹妈妈生气了。"

周启深："可你是男孩子。"

小周周眼神迷蒙。

周启深弯腰俯身，平视于他，郑重道："在这个家，不管是谁，永远不可以欺负里面那个女人。"

小周周和小一一叩响了卧室门，稚嫩真诚地抱住赵西音道歉。

女儿亲她右脸，儿子亲她右脸，齐声大喊："妈妈对不起！"

赵西音破涕为笑，哪儿还气得起来。

小周周在她耳边重复了刚才周启深说的话，"男子汉是用来保护妈妈的——爸爸说，这是家规。"

赵西音一愣，眼神掠向门口，与倚靠在门框的周启深四目相接。他那双英俊多情的眼睛，微微向下弯，笑起来的模样还是那样温柔好看。

3. 像谁

又是一年夏。

小周周四岁了，小一一那天因为考试没考第一名，在校车上闷声闷气地低着头，心事重重的模样。老师问她怎么啦，她不说。还有三个路口就到家时，她终于憋不住，探出脑袋，可怜巴巴地对司机说："福伯伯，您可不可以停车啊？"

老师纳闷："为什么呀？"

小一一"哇"的一声大哭："我要离家出走。"

这事儿被周启深和赵西音知道后，夫妻俩哭笑不得。小一一缓了好几天才重新展笑颜。

赵西音说："闺女的性格跟你一模一样，自尊心强，有点儿钻牛角尖，年龄小小的，把自己逼得这样狠。"

周启深细听，啧，不似好话。

赵西音忧心忡忡，"男孩子倒也罢了，吃点苦不算什么。姑娘家的，这么争强好胜，以后过得很辛苦。"

周启深睨妻子一眼："你也知道啊。"

赵西音顿了顿，后知后觉，这是拐着弯地说她呢。

周启深一记咱俩半斤八两的眼神，甚至隐约透着几分满意。他们成长环境不同，人生轨迹不同，但性格里的某一部分，是重叠的。

赵西音佯装不满，不开心都写在脸上。周启深从后拥住人，下巴轻轻抵靠她肩头："女儿像我，多好。悍一点，以后不会轻易被坏小子骗走。"

赵西音恍然大悟，点头附和："也是，不犯她妈妈的错误，不走她妈妈的老路。"

周启深一愣，换来赵西音一脸得逞的坏笑。

他感慨，女儿像谁，已经不言而喻了吧。

4. 哥哥

周一，是周启深工作最忙的一天。早上八点开总经理例会，在一个重点项目的问题周启深的鼻尖冰凉，挨着她温热的颈间：“开什么心，你要担心死我。”

“既然这么不受欢迎，那我回北京了。”她作势推他。

周启深不解恨，竟在她脖子上不轻不重咬了一口：“你敢。”

赵西音觉得疼，更觉得这姿势别扭：“你放我下来，我不舒服。”

周启深一顿。赵西音小声说了一句：“我生理期到了。”

他的表情霎时复杂，半晌憋出一句：“这样啊……”

赵西音被他逗笑：“你干吗啊？苦大仇深的。”

周启深一声轻叹：“本来想干点什么的，这不是干不了了嘛！”

赵西音是真不太舒服，不跟他贫。周启深把人稳稳放下，脱了外套就往她身上罩：“怎么穿这么少？”

赵西音手指尖冰凉，不好意思地掩了掩长线衫下的纱裙：“新年，想漂亮一点。”

周启深点点头：“知道了，这是特意给我看的。”

两人依偎着，有说有笑地上了车。周启深没马上开车，将暖气开到最大，始终没松开她的手，摸她的手指，焐热，差不多了，他才猛地倾身过去，压着姑娘亲吻。

舌尖乱抵，唇齿相依，喘不过气了，赵西音呜呜地推他。周启深记着她的身体状况，没敢太野蛮，静静抱了一会儿，等自己呼吸平稳了，才转动方向盘，说：“你休息一会儿，我带你去吃饭。”

赵西音瓮声瓮气道：“我不想吃饭，我吃不下。还有，周启深，你是不是不在家里，不然怎么到得这么快？”

周启深“嗯”了声：“我就在城区。”

“大年三十，你不回家？”

周启深面色淡淡的，不说话，但一脸抗拒。恰遇红灯，车子停稳，赵西音悄悄地伸手越过中控台，轻轻捏了捏他的手背：“周哥儿，我是来陪你过年的，你就打算让我住酒店哪？”

周启深心软了：“酒店比家里舒服。”

赵西音气笑了：“那你不直接留在北京行了，回西安干吗？你是不是不想去给赵老师拜年？”

“别在你爸面前说我坏话。”周启深反应挺强烈，“好不容易扭转点印象。”

红灯剩余十来秒。

两人安静了七八秒。

赵西音忽然叫他：“周哥儿。”

周启深微微一颤，然后说：“陪我回家一趟吧，我想给我妈上个香。”

从城区往西开，一小时车程才到周启深老家。一段稍蜿蜒的公路，道路渐窄，村里大都是二层平房，红灯笼高悬，地上满是燃尽的鞭炮纸屑，偶尔几声狗叫。临近零点，也有不少人出来准备放礼花。

周启深的车很醒目，这村里也来不了几辆。好多人都惊呼：“呀，启深回来过年啦！”

周启深滑下车窗，倒是很客气地与人打招呼：“您新年好。”

“一个人回的？”

“爱人也回来了。”

边说，周启深边往后靠了点，没遮没掩地让出了空当儿。大家伙儿都往副驾瞧，赵西音笑容甜美地和他们打招呼：“您新年好。”

车慢悠悠地继续往前开，赵西音瞪他：“乱说什么呢，谁是你爱人？”

周启深无辜道：“我爱的人就是爱人，我哪里乱说了？”

赵西音无语。

OK，您挺有道理。

周启深又痞笑着问她：“那我呢，是不是你爱人？”

赵西音觉得怎么回答都得上他的当，干脆一把转过他的脸：“专心开车。”

周启深悦色浮于脸上，好像到这时，才真正有了过年的感觉。

到家，门锁着，屋里亮着灯，门口能听见电视声。周启深没有钥匙，干巴巴地站着。他的眼睛融入这黑夜，不见一丝光亮。赵西音轻轻敲门，一声，两声。

“谁啊？”先闻其声，脚步渐近，然后“嘎吱”一声，门开了。

赵西音笑得又乖又灿烂：“周叔，您新年好！”

周伯宁裹着一件黑色棉袄，眼底一年四季都是潮红，他显然愣住了，在看到周启深时，脸色又暗了下去。周启深脸色不比他好看，硬茬茬的一根刺儿，从头到脚都是冷的。但伸手不打笑脸人，赵西音还在这儿呢，大过年的，周伯宁到底没发疯，只站在门口让出一个人的道儿，对赵西音说：“嗯，进来吧！”

老房子在四年前翻新过，一切都很新，虽大，但空荡荡的。电视里放着春晚，茶几上除了一瓶酒，一碟花生米，其余什么都没有。周伯宁去了厨房，半天没出来。周启深牵着赵西音的手，很用力地握紧，轻声说：“坐吧，你休息一会儿。”

赵西音拉拉他的手指头：“没事儿，我陪你。”

周启深去偏厅，墙上挂着一张黑白照片，是他母亲年轻时非常模糊的一个正面照儿。周启深给她上了炷香，闭目，双手合十，举香高于头顶，十分虔诚地鞠了三个躬。

赵西音坐在客厅，安安静静地看着。

结婚的时候她就问过，既然你在找妈妈，为什么还要给她设个牌位，这不是很矛盾吗？周启深神色宁静，冷漠得不带一丝感情。他说，母亲既然逃离这个家，这里就是她心死的地方。

死了，就是再也不会回来的人。

这样的家庭，永远不回来是对的。那是赵西音第一次看到周启深内心的绝望与阴暗，让她心疼，也更了解这个男人了。

周伯宁常年饮酒，落下痛风的毛病，半天才端着两杯茶，一瘸一拐地从厨房走出来。赵西音赶紧接过，顺带接了周启深的那杯。气氛沉默又尴尬，赵西音从包里拿出红包，十分懂事地递给周伯宁。周伯宁看了她一眼，收了，然后问：“晚上住不住？”

赵西音下意识地看向周启深。周启深什么都没说，只牵起她的手，上了楼。出乎意料的是，二楼卧房竟收拾得干净整洁，被子和床单都是新换的，桌椅没有一层灰。赵西音想着，其实周伯宁每年都准备了这些，还是期盼着周启深能回家过年吧！

楼上有浴室，周启深蹲在地上帮她拿衣服。他人很细心，甚至分得清她行李箱中卫生棉哪包是日用的，哪包是夜用的。他把洗漱用品整整齐齐地递给她："水开热一点，楼上洗手间没有防滑垫，你小心些，洗完就出来，别老在里面玩水。"

赵西音抗议："我哪有玩水？"

"以前占着浴室泡澡能泡一个小时，你不记得你晕过一次？"周启深轻哼一声。

赵西音霎时脸红了。怎么不记得，那次泡澡泡晕乎了，直接睡着了，还是周启深把她给抱出来的。他被她吓着了，又气又心疼："老公对你不好？不好你跟我说啊，我改正，你别搞婚内自杀！"

赵西音笑得拿脚踹他，春光一片，两人眼神一对，就十分默契地滚在了一起。

原来一点一滴，他都记得。

都洗完澡后，赵西音裹着棉衣，有点不自然地站在床边。周启深正擦着头发，一身宝蓝色的绸质睡衣像湖中的水色。他不着正装的样子，多了一分痞气劲儿。那种与生俱来的，不加收敛的，本性流露的气质。

一眼看穿她所想，周启深说："你要不想，我去隔壁房间睡，这楼后面是座山，山腰上只有一户人家，空房子，很久没人住了，你用不着害怕。"

赵西音："……"

周启深又睨了她一眼，眼神如正人君子般坦荡荡："你生理期，我晕血，想做什么也做不了。"

赵西音登时就笑出了声，边笑边骂："你闭嘴。"

周启深也是眉目含春风，丹凤眼尾一上扬，眼睛就带了光一般，特别抓人。他躺去床上，拉着她："西儿，来。"

赵西音乖乖躺到另一边。周启深把她揽入怀里，焐热了的手掌贴在她的小腹上。两人都是浑身一颤，为这久违的依偎与温情。

“还疼吗？”

“没事呀，老毛病了。”赵西音说，“第二天就不会疼了。”

沉默了一会儿，周启深哑声道：“我是说，那年，那年……”

赵西音明白过来，他说的是那个孩子。与其耿耿于怀，想问不敢问，倒不如开诚布公。

“当时我手术没做好，自己也不懂这些，糊里糊涂地过了几个月。后来一直在季医生那儿吃药，已经好很多了。周哥儿，你别总拿这事梗在心口，你的情绪，我感受得到，也会受感染。我已经走出来了，不想再走回去了。你明白吗？”

周启深久久没说话，只是掌心一直按在赵西音的小腹上。良久，他答应：“从此以后，我都不会再让你一个人。”

赵西音用指尖戳他的胸口：“这是你应该做的。”

两人对视，都笑了起来。周启深真正放松时的笑容其实是很好看的，眉形如剑，眼睛狭长，很有男人味。赵西音用手指沿着他的下巴描绘形状：“周哥儿，你长得真好看。”

周启深心满意足地笑了笑：“嗯，像我妈。”

赵西音微微怅然：“这么好的孩子，怎么你爸爸就不喜欢呢？”

乍一提起周伯宁，周启深没什么明显的情绪，他目光盯在某一处，淡淡地说：“他跟任何人的关系都不好，是一个十分自我的人。小时候的事儿我不太记得住，只知道他总是对我妈动手，有一回，我母亲的半边脸颊几乎陷进去了。”

赵西音愣住了：“他……他怎么下得去手？这是违法的！”

周启深语气始终平静：“没什么下不去手的，他一直就这么狂躁。后来我妈跑了，他变本加厉地把火气都撒我身上。刚去漠河的时候，我的身体素质是所有人里最差的，因为营养不良。第一次吃食堂，我还问指导员是不是免费的，然后我一口气吃了七碗饭，有个人在一旁笑得像傻子。”

赵西音：“嗯？”

“那是我第一次见顾和平。”

赵西音随即莞尔，枕着他的胸口，安安静静的。

“周伯宁好吃懒做，偷钱、偷酒被抓到过几次，次次被打得半死。同龄人也看不起我，说我是小偷的儿子。我当时恨透了他，我跑去火车站，挑那种看起来像人贩子的人，问他们要不要男孩儿，把我卖去哪里都可以。”

周启深说起往事，平和极了。或许是受过太深的创痛，疤痕厚得没了知觉，怎么蹂躏都无所谓。

赵西音眼睛湿了，不敢说话，不敢安慰，怕一开口就会哽咽。

“我高三参加过西安市的联校统考，拿了第一，南方有两个大学想来特招，我拒绝了。因为我觉得，我能上顶尖学校。”周启深说到这儿，终于面露怅然，“可惜了，没缘分。”

赵西音颇有为他平反的气势，一下支起身子，大声说：“没上大学怎么了，你依然做得这么好，比好多斯文败类强多了！”

周启深挑眉：“你还跟过哪个斯文败类？”

赵西音也挑眉：“你当我两年旅游白玩儿的？青海的大强哥，甘肃的小强哥，多着呢！”

周启深细细一想，当了真：“还有联系？”

赵西音扑哧一声，乐了：“这醋你也吃！”边说，边去戳他硬实的胸。

周启深握着她的手，脸色变了：“别乱戳。”

赵西音大着胆子看他，眼睛轻轻一眨。馨香满怀，体温灼灼，周启深呼吸都有些沉，低声问：“真是生理期啊？”

赵西音咬了咬唇，用脚尖在他小腿上来回勾。周启深真扛不住这样撩拨，语气不由凶了些：“吃死了我收拾不了你是吧？不许再动！睡觉！”

说罢，他一把掀过被子，不算温柔地把赵西音罩得严严实实。她想冒头，就被他按住脑袋不许抬。赵西音这招以前没少玩，仗着他拿她没法，作天作地地撩人，回回逼他去洗冷水澡。

周启深不是什么圣人君子，三年独身，此刻还能为她打坐蒲团，清幽闭目已是够客气的了。

赵西音趴在他怀中，红着脸，很小声地说了一句话。

周启深一怔。

这一晚，过了很久，久到赵西音都有些后悔了，打定主意准备半道撤离时，就被已经入迷的男人一把按住。赵西音现在是真有些害怕了，方才的得意扬扬只剩一地鸡毛，她带着哭腔："周哥儿，我手疼。"

周启深的表情沉醉不复醒，大冬天的，从额头到背脊，薄汗浸透了衣服。

小村镇不比城市禁放烟火，零点至，炮仗噼里啪啦，烟花一个接一个地升空。五颜六色，并不精美，但够响，够飒，够纯粹，真就有了过年的气氛。

周启深低声说："小西，我们复婚吧！"

滚滚红尘，响声震地。

赵西音说："好。"

第七章 我只要你周全

一个奔波劳碌却无比安然的年三十。

后半夜，外面仍时不时有鞭炮声，周启深本就睡眠不好，难得在赵西音怀里合眼，仍会被突然的炮声惊得皱眉。

赵西音便守着他，鞭炮响时，就轻轻捂住周启深的耳朵。他熟睡的模样眉眼柔和，没有防备心。赵西音拍拍他的肩，温柔安抚："乖，睡吧！"

第二天，两人都醒得晚。他们家这窗帘不够挡光，赵西音往窗户一瞄，就知道已经不早了。周启深比她睡得还沉，摇半天才不情不愿地睁开眼。赵西音在他额头印了一个吻："周哥儿，新年快乐。"

周启深笑了笑，与她十指相扣。

简单洗漱后，赵西音在旁边说："你怎么回事呀？红包都不发，周老板也太小气了吧！"

周启深打开行李箱，拿了几十个红包出来。赵西音笑盈盈地伸出手，周启深却说："你的不在里面，带包了吧？放你那儿。"

赵西音脸色都变了，推他一把："臭人。"

之后两人打开卧室门，楼下叽叽喳喳的声音便听得十分清楚了。宽敞的客厅坐了好多人，老老少少都有。他们各谈各的，周伯宁就窝在一旁抽烟。

众人见到他俩，立刻都起身了，热热情情地招呼："哟，启深新年好！"

赵西音被这阵仗吓了一跳。周启深倒是习以为常，微微一颔首，看不出高兴，只偏头低声："发红包。"

她下来前偷偷看过，一千块钱一个。这里少说二十来人，襁褓中的孩子都有三四个。赵西音明白，都是来向周老板讨吉利的。

周启深在这方面好像特别慷慨，颇有以德报怨的大度心肠。知道她不适应，当完"善财童子"后，周启深就牵着她出了门。

上车后，赵西音犹豫了一下，早想问了："你之前不是说，会告诉家里，我俩离婚了。那他们看到我，会不会觉得很奇怪？"

周启深单手转了把方向盘，把车身摆正："不会。"

"因为我根本就没告诉过他们我离了婚。"他平静道，"赵西音永远是我老婆。"

赵西音愣了愣，藏住心里的甜，佯怒道："你要赔偿我名誉损失费！"

周启深点了脚油门，车速飙升："我说错了吗？你不是我老婆？"

赵西音撇撇嘴："至少现在还不是。"

周启深点头："但我是你老公。"

啊呸，赵西音就该知道，他脸皮最厚。

"我们去哪儿？"她问。

"市区转转，晚上带你和小六他们一起吃个饭。"

周启深在西安这帮朋友太能闹腾，也个个自来熟，看到赵西音就热情地叫嫂子。大家起哄让周启深喝酒，周启深愣是一滴不沾，说你们嫂子对西安不熟，不放心让她开车。

把众人酸的呀！

估摸这帮小年轻还得疯到半夜，周启深索性提早带赵西音离开了。

西安的晚上没有北京冷，大年初一在大雁塔广场有灯会，这边离得近，两人权当散步。赵西音问："所以你回家过年，都是跟他们一块儿吗？"

周启深点头，说："他们有心，只要我回西安，都会过来陪。"

赵西音"哦"了一声："那以前我跟你回来，你都很老实啊！"

周启深睨了她一眼，不冷不热道：“那时我是有家室的，总得做个好男人不是。”

赵西音掐了他一把：“看把你给能的。”

两人漫步古城街头，呼吸成白气，像烟状的薄云，气温虽冷，但紧紧握在一起的手，却那么温暖。石子路太长，两边是喜庆的红灯笼，明亮的光齐齐往上，在夜空上织了一层灯罩一般。

灯影幢幢，人影成双。

每一步，都走出了七情六欲人间烟火气。

周启深记挂她还在生理期，怕她辛苦，就带她去坐观光车。二十块钱的车票，从大雁塔北广场到南广场一个来回，正好能把灯展看完。售票的收钱动作倒是快，撕了两张票就让他们去排队。

慕名来看灯的人多，到他们时，前面那辆车还有空位，但只有一个。工作人员要他们分开坐，说一辆接一辆，也不会隔得太远。

其实赵西音无所谓，后边儿排队的还多着呢，刚想答应，周启深拽着她就往后面站，坚定地说：“咱俩不分。”

郑重其事，又满脸严肃，看笑了排队等车的人。

又等了五分钟，两人终于坐上同一辆车。

赵西音笑死了：“周三岁，你幼不幼稚啊！”

周启深一本正经道：“大过年的，分什么分，不吉利。”

赵西音戏谑道：“周老板，你是不是没少去烧香求姻缘？”

周启深不置可否，握着她的手说：“总之，你是我的了。”

两人游花灯，在熙攘的人群里亦步亦趋，观光车偶尔车铃轻响。回首望，来时路光影重重，人声鼎沸。看前路，依旧柔情万丈。

周启深打开手机：“西儿，看这里。”

赵西音从旁边的红灯笼上挪回视线：“啊？”

就见周启深打开相机，揽住她的肩，把头轻轻靠了过来。两人在相机取景框里依偎，画面半秒定格，照片就拍好了。

赵西音抢过来一看，愁眉苦脸：“周启深，你好心机，把自己照得这么帅，却把我照得像个小呆呆。”

周启深把手机抢回来，笑着说：“很可爱。”

说完，他就发了朋友圈。就这一张照片，没有任何文字。赵西音拦都拦不住，“哎”了一声：“你也照张好看点儿的。”

周启深挑眉说：“紧张啊？”

“你微信里那么多女的，总不能太丢人不是。”赵西音小声说。

听出是陷阱，周启深很有求生欲：“我微信从不加乱七八糟的人，跟以前一样。手机密码都没改，是你生日，不信你自己看，随时经得住组织检查。”

就这一会儿工夫，周启深的微信就炸了。他好友圈的人几十条信息地发：

“周哥儿真的过年了！”

“天！嫂子回来了，嫂子好。”

“周哥儿什么时候办婚礼，酒记得从我这儿批发。”

老程言简意赅，就回了句“呵呵”。

最后是顾和平：“周启深请进群发红包雨，别躲着不出声。”

赵西音看他还真发，十几个红包不带眨眼的，他们仨男人的群，老程把昭昭临时拉了进来，红包抢完，昭昭又退了群，真是一个冷漠的抢红包杀手。

也就发个朋友圈的工夫，观光车就到了终点，司机说可以下车了。赵西音一脸蒙：“这坐了不到三分钟吧？”

司机讲：“没事儿啊，回程也可以坐。”

赵西音无奈极了：“交智商税了，走路也用不着多久。”

周启深从后面环着她：“陪你走。”

“你走就走，手放哪儿呢？”赵西音无语。

周启深若有似无地触碰，装得道貌岸然：“手长，没处放。”

赵西音笑着躲：“周启深，你正经点！”

“昨晚你可不是这么说的。”

"走开！"

在一起了，那些痞坏就不遮不掩了。灯景甚美，赵西音忙着发短信拜年，低头不看路。周启深挡在她身前，拽着她的胳膊不让她被撞到。他瞄了一眼，她从不群发那些问候语，一个字一个字地敲，特正式地拜年。

亲朋好友轮完一圈，戴云心、小月亮、黎冉、小顺。赵西音犹豫了下，给苏颖也发了一条。这些是周启深知道的，之后她发的那些，他一个都不认识。

赵西音把他的脸往反方向推："不许看我隐私。"

周启深"哦"了一声："你的隐私我早几年就已经看过了。"

赵西音抡着拳头捶他，小声嗔骂："你浑蛋！"

正说着，她的手机来了视频。周启深也就嘴上调侃，其实很尊重人，拉开了些距离，也不打扰。赵西音说："我在西安，你看这灯，漂亮吗？"

她原地转了一圈，手机伸长。

又走到周启深身边，屏幕挪过来一些："不是一个人，这是我……男朋友。"

视频里的人是一个五十多的妇女，周启深没想到，便多看了一眼。赵西音很快就把镜头转开了，几句问候之后，挂了。

"她姓阮，我之前跟你说过的，那年在青海遇见的好心人，如果不是她好心载我一程，我真得冻死了。"

周启深"嗯"了一声："你们还有联系？"

"对，她人很好，就靠开车接客挣钱，还有个读高中的儿子。"赵西音说。

看完灯展，他们当晚就住在了城区。年初二，周启深一大早就叫她起床，说买了机票回北京。

赵西音还奇怪："不是说初三才走吗？"

周启深笑着答："我得尊重传统。"

赵西音听迷糊了。

"初二得去给老丈人拜年。"

赵文春当然喜不自胜，看到他俩高兴得不行："不是说明天才回吗？坐坐坐！"

他忙里忙外，又是端瓜子，又是抓糖的，还抽空给老朋友打电话："那啥，我中午不来了，没呢！我闺女回来了！"

赵西音忽然有点心酸，暗暗拧了一把周启深，小声说："早知道就不去西安陪你过年了。"

周启深知道她愧疚，承诺说："把爸接过来一块儿住，以后年年陪他。"

一顿其乐融融的午饭后，老程打电话让周启深带上赵西音出来聚聚。赵西音不忍心让赵老师一个人在家，周启深也不勉强。

到了京郊的园子里，顾和平和老程正钓鱼呢，湖面结了一层薄冰，钻开两个洞，两人玩得不亦乐乎。周启深对这种老年人活动没兴趣，抓了把鱼食有一搭没一搭地投喂。

顾和平看了半天他身后："你咋不带小西过来？"

"她在家陪她爸。"

老程问："你俩什么时候领证？"

周启深笑着说："总得等民政局上班啊！"

老程和顾和平对视一眼，彼此眼里都写着"你好可怜"。

周启深被他俩逗笑："有事没事？"

两人都不太想搭理他。

周启深挺惬意，一捧鱼食落水，拍了拍手心，忽然问："庄邱最近在干吗？"

顾和平说："做投资，到处拉人脉，哪哪儿的圈子都有他。我听消息说，他也想投资电影捧明星。"

周启深没说话，只沉默地点了根烟。原本钓完鱼，晚上是回市区吃饭，放松放松，但周启深说不去了，在西安折腾累了，回去休息。老程他们不作他想，嫌弃地挥手，让这个情场得意的人赶紧离开。

从庄园开车出来，走远之后，周启深给徐锦打了一个电话："联系一下祈律师。”

徐秘书应声：“明天上午可以吗？”

顿了一下，周启深说：“改晚上。”

次日，周启深下午五点多才办完事往约定的地点赶。他下车之前，从储物格里拿了两瓶药，里头就剩一次的量，他直接往嘴里倒。

侍者带路，一进房间，周启深又换上笑脸：“真不好意思了，过年还让您跑一趟。”

祈律师五十五左右，身材中等，但气质稳重，不管是否放假，只要谈工作，永远西装革履，精神体面。他也笑着说：“职责所在，应该的。”

周启深往沙发上一坐，下意识地掐了掐眉心。祈律师让人给他泡了杯菊花茶：“假期就不要忧思多虑，该好好休息。”

“回了趟西安，乏了。”周启深交叠着腿，喝了口茶，说正事，“东西拟好了？”

“好了。”祈律师打开笔记本，推到他面前。

那是一份《婚前协议书》的拟稿——

男方：周启深，身份证号码：610103198××……

女方：赵西音，身份证号码：110101419××……

双方感情真挚，达成共识，走入婚姻。特将婚前及婚后情况约定如下：

男方婚前实属京贸集团，任创始人、执行董事之职，持有股权比例70%。其名下：

教育机构两家；

北京市房产十套；

广州、深圳、武汉等各地房产合计十余套；

汽车 × 辆，车辆行驶证号列表如下：……

委托方正期货、中恒期货证券资管、基金资管。累计值为×××××万。

特此说明，协议内容所提“财产”范围不宜做狭义理解。

经双方确认，此协议约定的收入都视为夫妻共同财产。婚后，赵西音女士无条件共同享有周启深先生的全部财产，无论何时、何种情况，男女双方拥有平等处置权。并授权祈宇明律师团队提供必要的法律援助。

以上，公正有效。

……

周启深看完后，把笔记本还过去："可以，走流程吧！"

律师在职业道德上自然不会多加评议。但他与周启深是至交，于私，难免多提醒几句。

"知道你和小赵不容易，这么多年能再走到一起，是缘分，是幸事。但深儿，我做律师二十多年，什么样的夫妻都见过。当然，小赵很好，是好姑娘。但你这样做，掂量过轻重，明白背后的意义吗？"

周启深看着他，目光沉稳平静。

"你这十多年的奋斗、心血、身家性命以及日后几十年的发展，都折半送给了这女孩儿。人性善恶不一，世上之事也无永恒。我所说或许你不爱听，但人生苦短，结局既有功德圆满，也有好梦难圆。你这样破釜沉舟，是没给自己留退路的。"

语毕，安安静静。

周启深似是认真考虑，随后神情越发放松，他轻声笑，沉声答："看淡了，不过都是些身外之物。退一万步讲，以后就算我出什么事，小西也有安身立命的资本，足够她好好生活。她跟了我两回，她不容易。"

从今往后，平步青云也好，江河日下也罢，他只要她周全。

周启深看向他，郑重说："祈叔，我难得去爱一次，一次就这一个，我认了。"

祈律师见多了姻缘分分合合，但这一次，还是被这个年轻人所打动。从昨天接到他秘书的电话，到上一秒，周启深的态度始终平静。

来日未知，人心叵测，但他义无反顾，一锤定音。

祈律师审视他许久，忽然皱了皱眉："深儿，你没事儿瞒着我们吧？"

周启深乐了："能有什么事？我又不出轨。再说了，我看人的眼光一向比较准。这不，死缠烂打，还是没舍得放小西走。您放心，我和她肯定是奔着白头到老去的。”

对方笑了笑，在他肩上拍了拍：“办婚礼的时候记得给我发喜帖，现在不多说，到时候一定尽心意。”

周启深放下腿，也站起身：“您放心，份子钱一定少不得。”

晚上，赵西音咬着笔杆，盘腿坐在床上看舞蹈视频，一会儿按暂停，一会儿记笔记，没留意到赵文春在门口徘徊了许久。她抬起头，恰巧撞见赵文春纠结的表情。

赵西音一怔：“干吗呀，赵老师？”

“我看你在忙。”赵文春显然心里装着事。

赵西音关了电脑：“现在不忙了。”

赵文春“哦”了一声，然后走进来，挨着床边坐下，大有父女谈心的架势。他问：“你和启深定下来了吧？”

赵西音点点头：“嗯。”

“那……你俩什么时候复婚？”

“他没具体说时间，但在西安跟我提了一嘴，我也答应了。”

赵老师忧心忡忡：“你这孩子，怎么这么不矜持呢？”

赵西音咧嘴憨笑：“忘记了。”

“那你之后搬去他家住吗？”赵文春小心翼翼地问。

赵西音和他一对视，老父亲的眼神又不舍又闪躲。就这一下，她眼泪都快出来了。

“不搬，我就住这儿。”赵西音低着脑瓜子，瓮声瓮气地说。

“哎，说什么傻话。”赵文春摇了摇头，“嫁人了，迟早是要走的。爸爸也不是反对，就是有点舍不得。虽然你那两年在外面旅游也不怎么回家，但总算还是有个念想。就……有个盼头。盼着姑娘回家，你回来了，这才叫家。”

赵文春是笑着说这番话的，边笑边伸手将女儿的碎发别至她耳后。

“但嫁人了，就有另外一个男人来宝贝你了，爸爸心里有点空落落的，说来说去，还是怪周启深，这年轻人真不干好事，欺负我一次，还得欺负我第二次。哎，不然爸爸改主意吧，不准你嫁这男人了。”

赵西音点头，再点头，鼻子酸得根本不敢开口。

“既然复婚，爸爸有几句话一定要说，小西，你的脾气也要改，之前种种，你也有不对的地方。夫妻是互相体恤，是取长补短，是平平淡淡却又长长久久地过日子。知道什么是日子吗？柴米油盐，生活琐碎，生老病死，福祸共担。启深呢，性格是有多疑的那部分；你呢，是个大智若愚、很理想化的孩子。你试着理解他，站在他的角度，以后遇事，多考虑，多思量，不冷战，不争执。”

赵文春说：“求同容易，存异却难。可夫妻最重要的，就是求同存异啊！”

赵西音的眼泪一颗一颗往下坠，像无声的雨。

“同为男人，爸爸看得出来，启深是真的很喜欢你。他是个可怜孩子，从小无依无靠，如今能有这样的事业和成就，真的不容易。小西，给他一个温暖的家，你得相信，他这辈子都会感激你的。”

赵文春顿了顿，又道：“我给你备了一份嫁妆，都写纸上了，等整理好了再给你看看。”

赵西音破涕为笑：“又不是第一次结婚，无所谓。”

“那怎么行！”赵老师一下子就激动了，“结一百次也是我的宝贝闺女！”

赵西音拉长脸，愁眉不展道：“赵老师，您可说点好听的吧！”

赵文春也意识到似乎不太吉利，于是“呸”了一声，然后拿脚往地上使劲儿踩：“不作数，不作数。”

看着父亲近乎幼稚的举动，赵西音眼睛又酸了。

大年初三这天，赵文春父女俩跑外边给亲戚拜年。赵家这些亲戚城东城西分散得很，一天下来，赵西音累得够呛，赵老师倒是挺有劲儿，到家换了身衣服，又乐呵呵地和老邻居们听戏去了。

赵西音刚准备洗澡，手机响了，来电人让她大感意外，竟是苏颖。

接听后，苏颖言简意赅：“方便吗？下楼聊聊。”

赵西音裹着羽绒服就下了楼，过年车少，她一眼看到打着光的那辆Polo。苏颖自己开车，滑下车窗对她招了招手。

平心而论，以苏颖这样的咖位，开一辆十来万的车确实过于低调。但一想到她性格如此，好像也没什么不可能的。赵西音上了车，绽开笑脸叫人：“苏老师，您新年快乐。”

苏颖点了一下头：“新年快乐。”

这次过敏她还没完全好，赶着过年所以提前出了院。仔细一看，脸上还有颜色很淡的红印。赵西音又记起自己做错的事，方才的兴高采烈很快就消散了。

“进组后最多两个月，《九思》的舞蹈部分就能结束拍摄。之后你有计划和安排吗？”苏颖问。

“没想过。”赵西音说，“可能休息一段时间，或者回我朋友那继续帮她开网店。”

也不是没想过。所谓的机会倒是很多，张一杰和戴云心都抛出过橄榄枝，但赵西音就是犹豫不决。

苏颖问：“你不喜欢进娱乐圈？”

赵西音憨笑：“我太懒了，也不太会说话。”

这点苏颖倒是赞同：“你性格不合适。”

赵西音撇了撇嘴角，没否认。

“喜欢跳舞吗？”苏颖又问。

“当然。”赵西音肯定地答。

苏颖拿着手机回了条短信，边回边问：“那想不想来我的艺术中心？”

她神色如常，甚至语气都是平平静静的，像无意想起便顺嘴一提。没有功利心，没有明里暗里的谆谆告诫，没有极力渲染的高薪厚禄。

你喜欢跳舞，那你就来我这里。这就是理由。

“《霓云奔月》下半年起，要拓展全国巡演。从北京开始，天津、苏州、杭州、武汉、长沙、南宁。艺术中心也已接到国外邀约，如果对接顺利，也将安排国外巡演。”苏颖素以清高孤傲示人，但在谈及这些时，眼里的骄傲与自信显而易见。

她说：“你如果有兴趣，可以过来试一试。”

赵西音愣怔，睫毛眨了又眨，直勾勾地望着苏颖。苏颖被她盯得不自在，皱眉问：“我过敏还没好，不用这么看我。”

“不是，苏老师，我对这支舞一点也不熟悉。”赵西音说。

“不熟就学。”苏颖最烦听这种废话，直截了当，“我让助理把艺术中心的资料和合同模板发给你。你若来，刚开始工资肯定不会给你开很高，以后上座率不错的话，再给你分成。”

苏颖也是至情至性之人，丑话说在前头，是什么就是什么，从不天花乱坠画大饼。其实接触几次就知道，她是干实事的人，是真把跳舞当跳舞。

说完，苏颖按了车锁，赶人下车。

赵西音站在原地，目送车子驶远才迈步回家。

苏颖的助理办事果断，很快给她发来资料，还发了个卖萌的表情：“小赵，其实颖姐很欣赏你呀！”

赵西音抱着资料认真啃，又在网上找了相关的演出视频，凌晨两点多才睡着。周启深早上八点多给她打电话，她赖在床上眼睛都睁不开，迷迷糊糊“喂”了一声，然后又睡着了。

再醒来是上午十点，赵西音被睡神附体，坐在床边呆滞了五分钟还没醒过神。手机响的时候，她以为是周启深，慢吞吞地翻出来一看，醒过神了，是戴云心。

戴云心提着礼盒，倒是很有心地给赵文春拜年来了。对于女儿的恩师，赵老师向来尊敬有加。两人在客厅聊了许久，赵文春感激道：“小西能有今天，少不得您爱护照顾。”

戴云心亦客气：“是她自己努力，也很懂事。《九思》这部电影一拍，以后机会更多，舞台更大，我会帮您看着她的。”

赵文春说：“这个全看她自己，毕竟跳舞也不是非进哪个圈子不可，只要喜欢，到哪儿都能跳。她开心就好。”

戴云心坐了没多久就起身要走，赵西音很自觉地送她。

下楼时，两人一前一后。戴云心从包里拿了个文件袋给她：“我今年准备筹备一部电影，我希望你也参与进来，你永远是我最好的学生。你七岁跟在我身边学舞，十九年了。师父是真心为你着想，你值得更好的。”

赵西音愣了一下，打开文件夹，看了一眼标题。原以为会是舞台剧相关，但没想到竟是一部都市爱情片。

赵西音懵懂地问：“师父，您这是要转型啊？”

“舞台剧在市场上只是小众占比，做出来，很难有人买账。虽然受国内外电影节的欢迎，但叫好不叫座有什么用？投入这么多资金和精力，谁不想着赚……”

戴云心忽地收声，笑了笑：“小西，你很贴近故事女主角的气质，我会极力向制片方推荐你的。至于片酬，你放心，到我公司来，我不会亏待你，以后各种活动和广告邀约的机会都很多。”

赵西音安静了下来。

戴云心顿了一下：“怎么，不愿意？”

赵西音挤出一个笑容，没说话。

戴云心琢磨着，热情慢慢冷却。

出楼道，到车边，戴云心转过头，忽然问了一句：“是不是又跟周启深在一起了？”

赵西音：“嗯。”

戴云心说：“你们是哪种在一起？”

“复婚。”赵西音坦然答。

戴云心点点头：“但我给你提个醒，你拍《九思》这部片子之前，是与剧组方签过协议的。在拍期间，禁止传出个人恋情。”

赵西音抬起头，完全没想到这层。

“当然，周启深作为最大的投资方，也就任他所为了。但他毕竟不是圈内人，小西，你是要在这一行长长久久走下去的。这些事情一旦被有心人大肆宣扬，你的路人缘和业内对你的看法一定会大打折扣。”

戴云心说得有理有据，一板一眼：“你想担着背后有金主的声名走下去吗？小西，以你的业务能力，完全可以避免。不要因为一些可有可无的东西，对你造成诟病。舞蹈演员的黄金发展期就这么几年，现在是你最好的时候，你要掂量轻重，懂得取舍。”

戴云心是掐准了她心思，挑她最在意的、最想要的、最不甘心的点来攻心。说完，她也不多留：“我走了，你仔细考虑，我等你回信。”

奔驰驶远，卷起地上残留的落叶。

晚上，周启深接她出去吃饭，问她想吃什么，赵西音蔫不唧儿的：“不想出去吃。”

“好，那去超市买点菜，我给你做。”

赵西音拽着他袖子上的一个花纹装饰玩：“周哥儿，我想吃泡面。”

周启深笑了：“大过年的，吃什么泡面，我又不虐待你。”

赵西音抓着他一顿猛摇。

周启深按住她的手：“别摇，头都被你摇断了。”

赵西音可怜兮兮地望着他。

周启深抬手摸了摸她的头，无奈地妥协：“好，吃泡面。”

回梵悦，两人一人一桶康师傅。周启深这人有点洁癖，泡面之前就把自己卧室的门关得严严实实，不想串味儿。赵西音盘腿坐在地上，边看电视边大快朵颐，指着综艺里的那个女明星惊喜道：“是安蓝，我很喜欢她！”

周启深看了一眼，淡淡地说：“嗯，还记得唐其琛吗？”

“记得。”赵西音说，“你上海的朋友。”

“以后跟他吃饭的时候，不要提这个人。尤其是在他太太面前。”

赵西音一听就懂，“哦”了一声：“跟你一样，都和明星谈过恋爱吧！”

周启深挑眉：“如果你算明星，那我确实谈过。”

赵西音似是很认真地想了想，说：“我不想当明星。”

“我知道。”周启深从沙发上站起来，然后挨着她也坐在地毯上，“我家小西什么都不要当，做你自己就好。”

赵西音眉开眼笑，卷了一勺方便面送到他嘴边：“赏你的。”

周启深嫌弃地挪开脸：“啧，熏人。”

赵西音也就解解馋，年后就得进组拍摄，真不敢多吃。她回归跳舞后，体脂率一直维持在合适水平，这是基本的职业素养。泡面吃了五六口，就乖乖倒去了外面垃圾桶。回屋后继续看综艺，她这人有个习惯，看入迷的剧和综艺非得一口气看到最后。

周启深瞄了她好几眼，终于忍无可忍，拽着她的手强制性地扳过身子，不悦道：“眼睛不要休息？”

赵西音就把脸凑过去：“周哥儿给按按。”

周启深最受不得她撒娇，言听计从，食指围绕着她的眼睛画圈。起先还能有模有样，渐渐地，力道就变了。他的手指往下，沿着女孩儿的鼻梁、唇瓣、下巴一路烧火，最后停在锁骨处。

赵西音本能反应地搂住他的脖颈儿，周启深搂住她的腰，用力把人往身上带，声音似下蛊，说：“今晚不走了。”

赵西音心跳如擂鼓：“我没带衣服。”

“穿我的。”他说。

赵西音伸出一根手指：“那……再让我看一集综艺？”

周启深皱了皱眉：“还会讨价还价了。”

到底还是顺着她，在她屁股上不算温柔地拍了拍：“去吧！”

后来周启深去洗澡，赵西音估摸着差不多了，就去他卧室衣柜里找换洗的衣服。周启深的穿衣品位一向不错，衣服收纳得也整齐。赵西音随便找了件衬衣丢床上，顿了一下，又红着脸把白色换成黑色。

正胡思乱想，就听浴室里的周启深叫她：“小西，帮我拿瓶洗发水。”

他指挥得一本正经，赵西音不作他想，从储物房里找到后走去浴室门外。

“你开下门，我递给你。”

门锁轻声转开，打开一条缝。男人湿漉的手背缓缓滴水，赵西音递过洗发水，刚碰上，手腕就被狠狠拽住。

“嘭”的一声，门关紧，久旱逢甘霖的亲吻就落了下来。

热水飞溅，热气弥漫，温度一高，呼吸都沉了几分。水雾里，对视里，蒸腾的温度里，再多言语都是累赘，只这一眼，来时路，向远方，这一程先苦后甜，回甘无尽。

赵西音正准备好迎接时——

一切都静止了。

花洒没关，只听见水声哗哗啦啦。周启深埋头在她颈间，呼吸灼人。

赵西音不解：“嗯？”

他咬牙，一字一字道：“不许说话。”

赵西音愣了愣，总算反应过来。她内心五味杂陈，使劲憋着笑，指尖轻戳他的肩膀，轻声问：“周启深，你……就好了啊？”

周启深撩得太心急，自己本身就不是能克制的人。两人以前刚结婚那会儿，他放纵得没底线，赵西音这么冷淡的一个人，都生生被他带出了火花。

分离近二年，此刻他情不自禁。

赵西音不敢笑，只温柔地抱住他：“周哥儿，没关系。”

周启深真憋屈至极，眼睛红了，身上全是她抓的痕迹。

这叫什么？

雷声大，雨点压根儿就没落下来。

他深吸一口气，摸了摸她的脸：“你先洗澡，我出去醒醒神。”

赵西音小心翼翼垂下视线，周启深已经比她还快地扯了浴巾围在了腰间。

关上浴室门，只听见淅沥的水声。周启深赤脚踩在木地板上，一串湿脚印很快干了。他去了书房，衣服懒得穿，双手撑着桌沿，微微弯腰，背肌乍隐乍现。落地窗只拉上一层薄纱，隐约可见新央视大楼的轮廓。

周启深看着看着，自己先笑了，低着头，深深呼吸。

浴室是主卧那间，赵西音洗完澡出来，房间见不到人。她也不急着找，看到之前放在床上的那件黑色衬衣，下意识地抿了抿嘴唇。

周启深在书房静心，想着恢复一下心情再进卧室。却听见两下敲门声，他侧过头，赵西音的小脑袋冒了出来。她狡黠地眨眨眼睛：“周哥儿，你不来陪我睡觉吗？”

周启深笑了一下：“你乖，等我一会儿。”

“我不等了，我现在就要你陪我睡。”赵西音边说边推门，她穿着周启深那件黑衬衫，只敷衍地系了一颗扣，女孩儿皮肤白，黑白之反差，视觉上冲击力极强。

赵西音的眼睛很亮，像润了水，她朝他走近，每一步，眼中就是一圈涟漪。

周启深神色暗了几分，靠着桌沿懒散地站着，半干的几缕头发垂在额前，背后是黑夜，眼前是佳人。他夹在中间，生生感受到了压力，无形，却似刀光剑影，赵西音真要收拾他的时候，他毫无反抗之力。

赵西音搂住他的脖子，踮脚在他耳边轻声说：“周哥儿，我给你跳支舞吧！”

周启深一怔。

赵西音自七岁起，给那么多人跳过舞，唯独他没正儿八经地看过。她笑盈盈地向后退两步，捏着窄窄短短的衬衫下摆，屈膝行了个公主礼。

周启深笑容深了一些，负手环胸，挑着眉梢。

赵西音选了一首歌，音乐起，妖冶的女音瞬间渲染了气氛。那是一首爵士英文歌，赵西音和节奏融为一体，一个眼神勾过来，周启深就有点招架不住了。

他看到那件黑衬衫仿佛有了生命力，活了，软了。一会儿像春水，一会儿如艳霞，然后那粒敷衍的扣子自行松开，黑衬衣又成了起伏的山峦，又像是翻转的波浪。年轻的身体胶原蛋白满满，她慢下脚步，朝他走来。一步一步，像不知餍足的猫咪。

赵西音抱住周启深，与他十指紧扣，带着他，跟着音乐一起轻扭。

风情月意，春风一度。

第八章 女主人，该回家了

再醒来，天光已亮，周启深太久太久没睡得这么好。他翻了个身，仍不愿动，搂住赵西音也不让她起来。他健身很有科学规律，肌肉匀称，却不显壮实，刚刚好的三分性感。

赵西音被他的胯骨磕得腰疼，十分不满地挣了挣。周启深第一句话却是问："欸？赵老师昨晚没给你打电话？"

赵西音脸又烧起来了："没打。"

周启深"嗯"了一声："你爸比你好搞定多了。"

"喂！"赵西音立刻不满，翻过身与他面对面，"我哪儿不好搞定？别把我说得跟悍妇似的。"

周启深"哦"了一声，平静地道："昨晚是挺好搞定的。"

赵西音笑着起身，长腿一迈，十分灵活地翻坐在他身上。她假装去掐他脖子，周启深扯开被单往两人头上一罩，世界瞬间黑了，两人抱在一起，赵西音所有的抗议声都被堵在了吻里。

磨蹭到十一点，两人起床洗漱。周启深洗了个澡，边擦头发边站在门口看她："你今天不练功了？"

她的习惯，早晨起床后，随时随地能压压腿，劈个一字马。赵西音对着镜子愤愤道："腿根疼，劈不了。"

周启深点点头："也是，毕竟昨晚……"

赵西音瞬间明白过来，回头嗔怪："走远点！"

周启深笑得神清气爽，回卧室换衣服，也不再顾忌她，浴巾松开落地，他的内裤清一色的黑，西装裤套上，上半身的轮廓格外凸显。周启深原本想穿衬衣，手一顿，又改成了羊绒高领打底。

"你今天去哪儿？"赵西音倚在门边。

"去见个朋友。"周启深从衣镜里看了她一眼，"一块儿？"

"不了，我也有点事。"想了想，赵西音又道，"你知道苏颖吗？"

周启深今天没穿西装，一件短款的黑羽绒很休闲地披在身上。

"知道，对你不热情的那个。"他侧过头，"怎么，对你使脸色了？"

"没呢！"赵西音说，"她想让我拍完这部电影后，去艺术中心跳舞，学《霓云奔月》这一支舞，然后跟着她全国巡演。"

周启深问："你什么想法？"

"我还没想好呢！"赵西音努努嘴，"这边拍摄还没结束，先缓一缓吧！"

周启深"嗯"了一声："我不干涉你的决定，怎样都好。"

赵西音笑着跑过来，从身后搂住他的腰，脸在他背上左蹭右蹭："周老板你怎么这么帅呢！"

周启深被她蹭得有点站不稳，笑着说："以后都是你的。"

两人都收拾好了，临出门前，周启深从抽屉里拿了个东西，走去正在换鞋的赵西音身边，然后塞进她掌心："跑来跑去，不方便，这车你先拿来代步，开不惯我再给你换别的。"

是一辆崭新的奥迪。

赵西音拿驾照很多年，驾龄也不短，周启深对她技术还是有谱，独自上路没问题。两人都到这份儿上了，再推辞和划清界限实在没必要。赵西音大方地接了，还得意地晃了晃："以后换我来接你下班。"

周启深牵住她的手："荣幸之至。"

这辆新车也不知他什么时候买的，手续牌照一应俱全，赵西音适应了一程后，就提了点速度，开去了城郊苏颖的那座艺术中心。

而这边，周启深往相反的方向，去了城西。

“周先生，您这边请。”护士带路，上三楼。

整洁明亮的走道，两边分布着医生办公室。最当头，周启深推门进去，颔首道：“胡医生。”

此人清瘦，文质彬彬的模样，四十出头却看不太出年龄。他说：“启深，你坐。”

“检查报告出来了吗？”

“出来了。”胡医生从抽屉里拿出一个文件夹，翻到其中一页递给他，然后手指在其中一项上点了点。

周启深心里有数，抬起头：“你的建议。”

胡医生说：“先观察，如果你的不适症状持续加重，再做一次复查。”

周启深沉默了几秒：“好，我知道了。”

“这边走位再多一点，队伍不直，对，转过来，很好。”

苏颖在台下亲身指导，这批应该是年轻小演员的试场，模样稚嫩，但神情专注，跳得分外认真。苏颖一视同仁，又走回摄影屏前看效果。

“你觉得怎么样？”她忽然问一旁的赵西音。

“这里。”赵西音伸手在左边画了个圈，“这个站位的弧太圆了，而队伍前边，您看这个三角造型，很周正。过渡得有些不太自然。”

苏颖思索一番，站直身子喊话：“邹宇和肖甜，你们位置调整。”

这样一看，她点头：“确实好很多。”

赵西音随后安静地退到场边，不打扰她工作。几分钟后，苏颖走过来，递给她一瓶水：“考虑得怎么样？”

赵西音迟疑了下，问：“苏老师，我如果跟你签合同，有没有另行规定？”

“比如说？”

“就……合同期间不能谈恋爱，不能结婚之类的。”赵西音的声音越来越小。

“不会。”苏颖平静地回答。

过了两秒，她大概觉得赵西音这想法实在荒谬绝伦，又以一种“你长没长脑子”的眼神不耐烦地望向赵西音：“我又不要你演偶像剧，谈不谈恋爱关我什么事？你给我把舞跳好了，你想干吗都随便。”

赵西音鼓鼓腮帮子：“哦。”

苏颖是明眼看世界，心里门儿清，知道她这么问，肯定事出有因，直接道：“戴老师也找过你。”

赵西音一愣。瞧她的表情，答案便明明白白。苏颖睨了她一眼：“那你怎么不答应？”

“我不想演电影。”赵西音表情木木的，心里头装了事。

苏颖说：“戴老师如今风生水起，哪行哪业她都做得好。你是她的爱徒，她需要你的时候，你反倒投入我的阵营，想过没有，就不怕伤了你们的师徒感情？”

她语气平静，平静得甚至有些冷情。明明是抛出橄榄枝，却又好似一点都不在意，把其中的要害说得直白客观。意思很明确，你要来，就把轻重给我想清楚了，别到时候犹豫矫情，整一堆幺蛾子。

赵西音想了想，问：“苏老师，我是不是让您也为难了？”

“不为难。你来，我欢迎；不来，我也理解。”

苏颖态度始终如此，有傲骨，有自矜，超然物外。半晌，她又道：“我知道戴老师要筹备电影，算了，我也没太抱希望，当我没说过。”

赵西音却笑了笑：“苏老师，您特别像我姑姑。”

苏颖眼眸微转，神色又冷了两分：“你姑姑年龄多大？”

“五十二岁。”

苏颖脸都气绿了，扭头吩咐助理：“中午不许给她订盒饭，让她看着我们吃！”

赵西音后悔得咬舌，可怜委屈道：“对不起，我不是说您老。”

苏颖故作严厉，转过身，嘴角却扬起一抹极小的弧。

赵西音看完两场彩排，下午四点多才从艺术中心往城区赶。这辆车车身是珍珠白，开在路上很惹眼。前面十字路口的红灯等候时间稍长，黑色轿车里，司机拉了驻车挡。

今儿北京城天气好，暖阳明晃晃的，临近傍晚天光依旧大亮。庄邱刚电话谈完事，手机握在手心还是烫的。他滑下半边车窗透气，往外一看，眼睛定住。奥迪车里，赵西音低着头不知是不是在回短信，她扎着马尾，侧颜令人赏心悦目。

庄邱饶有兴致地看着，跷着腿，叠着手，眼神直接而赤裸。赵西音有所察觉，下意识地望过来，见到是庄邱，愣了一下。

庄邱把车窗完全滑下，笑眯眯地对她招了招手。

赵西音略一颔首，然后面无表情地关上了车窗。绿灯通行，小跑车“嗖”的一声驶出了好远。

“哇——”庄邱啧啧赞叹，然后重新拿起手机。

接通后，他口蜜腹剑，夹枪带棒地说：“戴老师，我刚从上万那边儿过来，您猜我见着谁了？”

这个地名戴云心自然熟悉，苏颖的艺术中心就在那块。她语气略有不悦：“庄总啊，见着谁了？”

“小赵同学啊！”庄邱笑呵呵地说。

戴云心哪会没有联想，沉默了几秒，倏地就把电话挂断了。

庄邱暗斥：“跟我摆什么谱。”

他秘书坐在副驾，回过头问：“别动气，戴老师还求着你给她电影投资呢，到时候给她点儿脸色看。”

庄邱嘁一声：“不急，我留她还有用。”

赵西音在路上给周启深打了个电话，他接得快，很轻地应了一声：“嗯？”

“你在哪儿呀？”

“公司。”周启深答完，又对旁边的人说，“项目书明天发去亚汇，让林总工程师与他们进行技术对接。”

赵西音立刻压低声音：“在开会啊？那我挂了哟！”

“没事儿，”周启深问，“忙完了？”

“是呀！”

“那你过来吧，等我一起回家。”

听到“家”这个字，赵西音不知不觉扬起笑，看着前路，连一直遇阻的红灯都变得格外可爱了。

到京贸，赵西音坐电梯上高层，然后悄悄推开他办公室的门。周启深坐在宽大的红木桌后，桌对面坐了四五个人，徐秘书则坐在周启深身后做会议记录。赵西音动作很轻，把存在感降到最低，周启深隔着距离，下巴对她抬了抬。

赵西音默契地比了个“OK”的手势，然后坐到五六米远的会客区，偶尔会往那边望去。

周启深脱了外套，贴身穿着深灰色的薄薄的羊绒衫，大部分时候，他听得多，话很少，但神情极其专注，并且习惯注视发言者的眼睛。桌上放了烟盒，但自赵西音进来，周启深便很自觉地把它收进了抽屉里。

老板不抽烟了，其他人也跟着掐灭烟蒂。赵西音玩了会儿手机，在艺术中心盯了一天，一闲下来，倦意就上了头。赵西音歪着脑袋，慢慢睡着了。

“现在最新机型只有我们能生产，垂直升降的最高高度为……”技术主管做汇报，周启深忽然抬了下手，示意暂停。他站起身，顺手拿起搭在椅背上的西装外套，在众人的目光下，走去赵西音身边。周启深弯下腰，动作很轻地把西装盖在她身上。

赵西音闭着眼，身子无意识地动了下，他立刻温柔地抚拍，等她睡踏实了，才重新回到办公桌前，示意技术主管：“继续。”

近六点，赵西音醒来时，别的人都走了。周启深坐在她对面，跷着腿，环着胸，也合眼养神。

听见动静，他睁开眼：“醒了？”

“好困。”赵西音揉揉眼睛，然后伸出手，“周哥儿抱抱。”

周启深笑了笑，起身走来，人刚在面前站定，就被赵西音搂住了腰。她的脸贴在他的腹部，鼻子痒，不停蹭。周启深“啧”了一声：“你别惹事儿。”

赵西音在他腰侧轻轻拧了一把：“周哥儿，你身上好香。”

周启深揉了揉她的头顶：“我家小西怎样都好，就是一撒娇，我就受不了。别人撒娇不过是要钱要礼物……”

赵西音笑嘻嘻地问：“那我呢？”

“要命。”

周启深弯腰，直接把人公主抱，赵西音搂紧他的脖子：“你干吗？”

他大步往外：“回家要命去。”

赵西音的笑声堵在了嗓子眼。

公司离梵悦近，半小时后便到了。从玄关开始，鞋子、外套、围巾、衬衫，丢了一路至主卧。周启深眼神深如海，气儿乱了，不言语，直接以吻封喉。

女孩儿的身体像洁白饱满的梨花，馨香动人。最后，赵西音抿了抿嘴唇，然后不算轻地在他身侧掐了一把，顺势离得远了点。

周启深“嗞”了一声：“嗯？”

赵西音还能维持镇定，一本正经地看着他，下命令道：“快，叫妈妈！”

周启深愣了一下，然后对她温柔地笑笑：“别顽皮。”

“还有一天就要回团里集合了吧？”他又问。

赵西音下意识地抱住他：“舍不得。”

“那你搬过来，我天天陪你睡。”周启深托着她下巴，亲了亲。

清淡的沐浴香窜入鼻间，赵西音把手伸过去：“周哥儿，我们是一个味道呢！”

周启深轻轻捏了捏她的腰：“乖。”

“这次回团之后，要和剧组那边对接合拍了，我听老师说，还要去青海那边取景，待上半个月。”

周启深问：“几号？”

"二月中旬。"

"没关系，我抽空来看你。"

初六，街边商家大都已恢复正常营业状态，抓着春节假期的小尾巴，车多人多，熙熙攘攘，前几天道路通畅的画面一去不复返。周启深开车去老程茶馆，堵了十来分钟才到。

"你开的是乌龟吧！茶都喝上第二盏了。"

周启深把车钥匙抛给他，人往沙发上一躺，枕着后脑勺闭目休息。

"周老板，玩虚了啊？"顾和平笑着说，"你别太过，伤身体。"

"那是你，不是我。"周启深悠闲道。

"你这人有病不是，非得自取其辱。"

老程用手肘捅了捅顾和平，又问周启深："后天春节假就结束，你去领证吗？"

周启深久久没说话，看着像是睡着了。小憩十五分钟，他才睁开眼睛，忽然说："和平，年后你帮我个忙。"

顾和平被他陡然出声吓了一跳，茶水烫了嘴："什么？"

"京贸十二月拿下的那个项目，你帮我盯一下，到时候我让法务部出个授权。"

顾和平在京这么多年，无论人脉还是能力，那都是靠得住的。他说："行啊。但你要干吗去？"

"不干吗，公司上班儿。"周启深说，"我事儿太多。"

顾和平猜了一番，他和小西复婚后，估计是想多花点时间巩固一下感情。失去容易，失而复得却太难了。

老程也是这么想的："跟小西去度蜜月？"

周启深笑了笑，没答。

顾和平凑到老程面前小声说："年纪大了，有危机感了，怕媳妇儿再跑了。"

老程眯缝了眼睛，阴森森地说："你指桑骂槐，取笑的是我？"

顾和平一愣，连连点头："你也算一个。"

赵西音回到家，赵文春正在练字，听见动静，头也不抬地问："舍得回了啊？"

赵西音倚在门口，吐了吐舌头："我明天就回舞团了，今天陪您。"

赵文春冷哼一声："晚上还不是要走。"

赵西音脸红了："不走。"

赵文春"啧"了一声："那今儿真是过年了。"

赵老师损人于无形，赵西音一溜烟就跑去了客厅。

"中午想吃什么？爸爸给你做。"赵老师写完字，笑眯眯地走了出来，问她。

赵西音还没来得及回答，手机响了。是舞团的老师，言简意赅，通知所有团员下午归队。得，人就是不能把话说得太满。赵西音既无奈又抱歉地望着爸爸："赵老师，对不起哟！"

赵文春尽管有再多不舍，也还是笑脸相送："没事儿，工作重要，去忙吧。"

赵西音走的时候给周启深发了微信。周启深电话打过来："我下午没事，我过来陪爸，你几点结束？提前说，我来接你。"

到了舞团，苏颖也在，原来只是让她们两个领舞过来临时开个会。

会议室里，孟惟悉陪同庞策导演晚几分钟到，后面跟着两个副导演以及戴云心。戴云心进来后，面色平淡，没跟任何人打招呼。而孟惟悉正低声与庞导交谈，做事稳重，面相如玉，只在落座后，眼神一瞬落向了赵西音。她低着头，应该是藏着手机在桌下发短信。十几秒后坐直身子，恰巧对上孟惟悉的目光。

浅浅相交，又淡淡移开。

这个会其实侧重于剧本内容的梳理，庞导亲自指导，尤其在赵西音的戏份儿上做了详细解读。这个过程持续了两小时，最后发了个通知，让苏颖和赵西音明天先飞青海。

电影的剧情背景在西北，大部分拍摄都要在实景地完成，暂定周期是十二天。庞策贵人事忙，先行离开，孟惟悉送他。一时间，偌大的会议室里，只有苏颖、赵西音和戴云心。

助理进来送水，很有眼力见儿地先给戴老师。但戴云心目不斜视，既不伸手，也无笑脸，不咸不淡地说了句："多谢，但不必。"

气氛瞬间变了。苏颖坐姿依旧端正，永远一副仙气缥缈的神情，虽笑，但笑容不达眼底："戴老师不喝就算了，拿走吧。"

戴云心看向她："我这人，自己有的，从不觊觎他人的东西。"

苏颖回看她："戴老师高风亮节，令人敬佩。"

"小颖，你那艺术中心在北京做得风生水起，我看好你，争取早日全国巡演。"

"这是必然。"苏颖说。

这一刹那，戴云心脸色异常难看。她本是不轻不重地提个醒，提醒苏颖以及旁边那个油盐不进的徒儿，你们私下接触，你苏颖的野心，我一清二楚。料想中的愧疚之色一分没见着，反倒让苏颖顺势而上，占了上风。

戴云心笑脸示人："拭目以待。"

苏颖亦不动声色："借您吉言。"

戴云心走后一秒，赵西音猛地起身。椅子被撞开，与地面摩擦发出一声尖锐的声响。她表情慌张地追出去，追到电梯口："师父！"

一声师父，终于还是拖住了戴云心的脚步。她转过身，深吸一口气："你还记得我是你师父？"

赵西音欲言又止："师父，我……"

"你扪心自问，你真正当我是师父吗？"戴云心眼有痛色，"我没有孩子，但我一直把你当我的亲女儿。我不求你替我养老送终，但我万万没想到，你竟把我的苦心辜负得这样彻底。"

一番话，至情至真，字字都是往赵西音的软肋上敲打。人最容易被旧日情分绊住往前奔跑的脚步，也最容易因一时心软而做出冲动的决定。

赵西音垂着头，眼睛通红。戴云心也不逼她，只诚实说："我和苏颖关系不睦，她这人心高气傲，我们在舞蹈领域上的分歧很大。我知道她也来找过你，但师父给你提个醒，舞蹈演员，要找到一条最适合自己的路。瞎混，几年黄金期转眼即逝，到时抱憾终身，是没有后悔药的。”

“用你的脑子想一想，你和她认识才多久？她会真心为你好吗？”言尽于此，戴云心没再多相逼，乘电梯离开。

赵西音愣在原地很久，心像一片无边的汪洋，扁舟浮沉，毫无方向。直到一只手伸过，给她递了面巾，赵西音这才回魂般抬头。

孟惟悉低声说：“擦擦。”

她脸上的泪痕明显，一个说谎躲避的理由都没有。

孟惟悉负手环胸，站在原地也不过分靠近，经过这几年工作锻炼，他的气质修炼得越发成熟稳重。他劝慰：“戴老师话是重了些，但也是为你好。”

赵西音小声啜泣，点了点头。

“她说这些话，你也大可不必有压力，按你自己的想法去生活。本心是怎样，那就怎样。顾忌太多，有时候反倒两边不讨好。”孟惟悉客观分析道。

他是聪明人，怎么会听不出戴云心话里有话。只是如今，于他而言，赵西音的事，都没有过分干涉的立场了。两人安静半刻。孟惟悉声音低了些，问：“和他复婚了？”

赵西音已憋回了眼泪：“还没去领证。”

孟惟悉以为自己能淡然，但真正从她嘴里亲耳听到时，心脏仍剧烈收缩，如一支裹着毒药的箭，刺得他哑了口，痛得只能沉默淌血。

孟惟悉看着面前心爱的女孩儿，她的容颜未变，像是一个做了很久的梦。他时时刻刻祈祷，这梦究竟什么时候才能醒。他下意识地抬起手，是想摸摸她的脸。

“叮”的一声，电梯门打开。周启深的眼神在看到孟惟悉这个动作时，倏地降了温。

赵西音兀自出神，对这电光火石间发生的事情一点都未察觉，见到周启深，她惊讶极了。赵西音这个表情，按周老板的解读，颇有好事被打搅的意思。

他重新看向孟惟悉，竟是换上笑意，一字字问："孟总这样单独跟我夫人在一起，是不是不太合适？"

赵西音知道他又误会了，急着要解释，就被周启深打断："下楼，在车里等我。"

赵西音迟疑。

周启深平静地重复："去车里。"

他的脾气就是这样，能发出火的，不叫事；态度越平和，反而是怒到极点。电梯指示灯开始跳动，周启深和孟惟悉对峙。

两人身高相当，气势乘风起。对视中，暗箭无声。

孟惟悉先开口，说："周哥儿似乎不太记事，对小西的态度怎么还是这样？如今你是情场得意，但弟弟也给您提个醒。失去过的，能回来；回来了的，也能再失去。"

周启深倒也不生气，只笑了笑："孟惟悉，你是巴不得我失意，还是想让小西不如意？"

孟惟悉近乎本能地回答："我希望她好。"比任何人都希望。

周启深笑意微微收敛："那你就该保持距离，她以前是我老婆，现在，以后，都会是我周家的人。"

孟惟悉看着他，不甚在意："这样的话总觉得似曾相识，说句周哥儿不爱听的，曾经我也是这样以为。"

绵里藏针，偏又语气淡然。孟惟悉如今的段位也是越发高明，总能不动声色地让人不痛快。周启深此刻的笑容完全消散，目光狂妄、自信："你有她的曾经，而我，拥有她的未来。"

孟惟悉眉梢颤了颤，眼神黯淡下去。

周启深向前一步，离他近了些："这些年你放不下，你认为是我抢走了赵西音。但孟惟悉，你想过没有，以小西的性格，是那种男人随便几句好话，就糊里糊涂跟他走的姑娘吗？"

孟惟悉目光笔直，显然不是。

“你还想过没有，你自己，你身边的人，当年又对她做过什么？”

孟惟敏锐地捕捉到了什么，微微拧眉：“什么意思？”

周启深看着他：“孟夫人——你母亲，你那些三姑六婆的亲戚，对小西做过的事，你说什么意思？”

孟惟悉的脸色刹那间白了，一直以来，他心存疑虑，却迟迟未被证明的猜测如今重提，无疑是平地惊雷。他顾不上理智，本能地抓住周启深的手臂，五指抠紧，如烧红的铁烙上去，呼吸也急促了：“我母亲说过，她没有和小西见过面。”

周启深冷笑：“那年小西才多大？孟夫人好大的气势，明面威吓，暗地恐吓，逼得小西连校门都不敢出。你那些姨妈、姑妈，天天给她发短信，家世悬殊，门第不配，再不跟你主动分手，便有的是法子上学校闹。但这些事，她告诉过你吗？让你有过半分为难吗？给过你一丁点压力吗？

“她没有。”

孟惟悉面色苍白，薄薄的嘴唇克制不住地颤抖。

“你没有能力做通家里的工作，也没有勇气带她远走高飞。你一边心怀侥幸，一边享受她的喜欢。凭什么天下的好事儿都让你得了去？”

“我没有！”孟惟悉猛然发怒，大声道，“我知道我母亲有偏见，但我努力过！！我努力过！！！”

“你努力什么？努力减少她们之间的碰面，努力不在一方面前提起另一方，这就是你所谓的相安无事？孟惟悉，从头至尾，你都没有真正替小西考虑过。”周启深目光升温，像烈焰熔炉，把对方残存的坚持与执念烧成灰烬，“不是我横刀夺爱，而是你，你没有真真正正想和她有未来。”

孟惟悉最后一丝力气，在这句话里消失殆尽。

周启深平静地看向他：“或许你身不由己，但人这一辈子，总会有为错误买单的时候。你有过，我也有过。错过机会的是你，不是我。”

如果这是一场定输赢的最后决斗，那么此刻的孟惟悉，无疑是重伤落败的那一个。周启深什么时候走的，他没有察觉，只知道自己回过魂时，外面天色已黑。

新年末尾，长安街上的喜庆点缀依旧红艳。国旗屹立于寒夜，被街灯映射出温暖的颜色。彩旗、灯笼，伴随光亮笔直延伸，扎根于黑夜尽头。

孟惟悉开车回家，颜品兰惊喜于他的早归，兴高采烈地嘘寒问暖。孟惟悉停在玄关，眼眸明亮而冷漠。被他这目光震慑住，颜品兰莫名有些心慌："惟悉，你这样看妈妈做什么？"

孟惟悉没有任何情绪，平平静静地问："你找过小西，对不对？"

"找过啊，就你上次躲着不见我们，在京郊园子里的时候，我是找过她，希望她能劝劝你。"

"她二十岁那年。"孟惟悉目光笔直，"你找过她，对不对？"

颜品兰瞬间沉默了。

孟惟悉背脊发凉，一层一层的冷汗往外冒，光站着就用尽了他的全部力气。这些年的执拗、坚持、偏执，好似都放空。他脚步踉跄，喉咙干涸得能尝到血腥味。

颜品兰察觉他不对劲时，晚了。

孟惟悉直接倒了下去。

一时间，孟家大乱，所有人惊慌失措地围了上来。孟惟悉眼前一片空白，下意识地去扶鞋柜的边角，他手心汗湿，摸到了，没力气，又滑落在地。他闭上眼睛，生生忍住了泪。

他忽然明白，原来，大梦一场，始终要醒。人间世，哪有那么多人会在原地等待。

到梵悦，暮色降临。

赵西音低头不吭声，沉默地跟在周启深身后。两人从车里起，就一直是这状态。周启深情绪不佳，赵西音心里也梗着疙瘩，她有点难受，也有点委屈。

周启深按了密码锁，门开了，她站在身后半米远，却一动不动。

周启深侧过头，静静看着她。赵西音鼻音重，像是极力忍耐下一秒要落下的眼泪："我回去算了。"

周启深没动作，只说："进来，我有事要跟你说。"

门关好，周启深径直去卧室，很快又走回客厅。他手里拿着一个文件袋，然后牵起她的手，坐到沙发上。

"这里面，是我各地房产的证本。具体多少我记不太清，大概三十多套，待会儿你自己数一数。

"户口本、股权信息，还有一些投资的红利明细，杂七杂八的，你凑合看看。

"家里备用的车钥匙、房门钥匙，在我保险柜的第三层。"

赵西音抬起头，一脸茫然。周启深情绪淡然，枕着沙发靠背，唯独牵着她的手一直没松开。他说："这个家，包括我，以后都归你管。女主人，你该回家了。"

赵西音反应过来，眼泪"叭叭"地往下掉。周启深看笑了，指腹温柔地摸了摸她脸颊上的泪："我就当是喜极而泣了。"

赵西音往他怀里一靠，呜咽得停不下来，打着嗝断断续续说："呜呜呜……我忘记告诉你了……我明天上午的飞机。"

周启深皱眉："去哪儿？"

"青海。"

"……"

"半个月。"

"……"

赵西音没敢误事，明天真得走，晚上不能留在他这儿。走到电梯口了，她又忽然折回来，猛地抱住周启深。

"周老板。"她认真道，"你乖乖等我回来，回来后，第一时间来机场接我，第一时间去民政局，第一时间领证。"

周启深愣了一下，眉眼舒展，笑得真真儿俊朗。

他答应她："好。"

送她回家，两人告别。赵西音行李没收拾，一顿整理，忙活到一点钟。第二天是早上十点的飞机，剧组说会安排车辆来接。

次日，清晨七点。

她披头散发地刚刷完牙，就听见一阵敲门声。赵老师还在厨房忙着做炸酱面，一声吆喝："小西，开下门。"

赵西音边扎头发边跑过去，门一开，吓得后退一步："你……你怎么来了？"

周启深一只手撑在门板上，一只手牵住她就往外："跟我走。"

"喂喂喂！我鞋没穿呢！"赵西音硬生生被他拖下楼。嫌慢，周启深干脆打横将她抱了起来。

"周启深！"赵西音有点生气，"你发疯啦？！"

周启深三五步走出楼道，打开车门，把人往里一丢，言简意赅道："你的鞋、衣服都在里面，你换一下。"说完，他坐上驾驶座儿。

赵西音一脸蒙："干……干什么去？"

周启深发动车子，转动方向盘。

她真急了："我十点的飞机呢！"

周启深说："办完事后，我直接送你去机场。司机半小时后来你家，帮你把行李带过去。动作快一点，不会耽误。"

赵西音说话都结巴了："去……去办什么事？"

周启深说："领证。"

他提前做了准备，风风火火地照了张照片，周启深把两人的身份证和复印件一并递过去："谢谢。"

那人笑着递过两份《申请复婚登记声明书》："如果没有问题，请双方签字。"

周启深看都没看，直接签上自己的名字。他看了一眼赵西音，催促道："快签，不然赶不上飞机了啊！"

赵西音木呆呆的，跟机器人似的也签了名。声明书被递回去，工作人员又说："麻烦将你们当时的离婚证给我。"

赵西音终于有了思维：“我……我没带。”

“在这里。”周启深拿出两本深红色的本儿。

“怎么在你那儿？”

“那天我陪爸的时候，顺便问他要的。户口本、你的身份证，都在我这儿。”周启深平静地答。

录入系统要些时间，周启深看了两次手表，然后握紧了赵西音的手。

红戳钢印盖上去，红本递了出来：“恭喜你们！”

周启深一并拿过，十分淡定地说：“好了，送你去机场。”

赵西音：“……”

走出民政局，她的脚步还是飘的，像云，又像棉花糖，一切太快，太不真实。剧组那边的电话催了两次，着急地问她还有多久。不用她发话，周启深自觉加快了速度，登机前五分钟，终于送达机场。

司机早已帮忙办好了值机手续和行李托运，周启深把车横停在路边，牵着她的手快步奔跑。

“机票、身份证都拿好，注意身体，注意安全。”周启深抱了抱她，眼里的不舍那么多。

赵西音眼泪无声地流，抓紧他的衣服，不想撒手。

周启深低声骂了一句：“去他的半个月，我一天都不想等了。”

无声的眼泪更汹涌，赵西音把人抱得更紧了。

“那边很冷，记得多穿衣服，记得照顾好自己。”顿了一下，周启深低头吻了吻她的额头，“记得想老公。”

赵西音是红着眼睛登机的。剧组安排的是头等舱，苏颖早到了，最后一分钟才看她上飞机。两人座位在一起，她皱了皱眉：“你又是怎么回事？”

赵西音拿纸巾擦了擦泪，瓮声瓮气地说：“风大，吹的。”

苏颖“呵”了一声：“第一次出远门？”

“没有，去过好多地方的，中国大部分城市我都去过。”赵西音吸了吸鼻子，鼻音仍很重。

苏颖不懂小年轻这些莫名其妙的情绪，她昨天睡得晚，合眼休息，懒得再搭理她。真是越大越没出息了，分别的时候，竟然像个小朋友舍不得爸爸妈妈一样，赵西音一想到周启深的拥抱，竟然就有些想念了。

赵西音偷瞄了一眼苏颖，戴着眼罩，呼吸均匀，一动不动，应该是真睡着了。她悄悄打开包，把结婚证稍稍拿上来一些，掩在包里偷偷看。

是小红本呢！

就是事发突然，这张证件照也太敷衍了。她当时没完全准备好，木讷地看着镜头，"咔嚓"两下就完事儿。目光有点凶，笑得也不自然，跟谁拿枪在背后抵着她的腰逼迫似的。旁边的周启深倒是表情管控到位，俊朗得很。

"心机男。"赵西音心想。想着想着，没忍住，一个人又笑了起来。

"你今天吃错药了，还是忘记吃药了？"苏颖悠悠出声。

赵西音吓得赶紧把结婚证塞进包里，惊魂未定地转过头："苏老师，您……您醒了啊？"说完，她故作镇定地继续压了压包。

"不用遮了，我看见了。"苏颖睨了她一眼，"结婚了？"

赵西音眨了眨眼，都这样问了，再藏着掖着多做作，于是大方承认："是啊！"

她笑容憨，眸子像水，既温柔且明亮，离天空近，好像借了太阳的光芒，浑身熠熠生辉。这样的幸福感很能感染人，苏颖语气也变得柔和了一些："所以你到得这么晚，就是去领证？"

赵西音笑意更深："是呀！"

苏颖挑眉，摇摇头："真会玩。"

赵西音抿着嘴唇，收着笑，臭男人是挺会玩的。

"别耽误正事儿，工作时不能分心。"苏颖正色提醒。

"一定一定。"赵西音连连点头。

苏颖嘴角微微上扬，把眼罩重新戴上："你笑吧，不用偷着，都是过来人，我理解。"

赵西音扑哧一声，真乐了。

同一时间，北京。

周启深在机场没走，等赵西音的那架航班起飞后，他才回到车里。他把结婚证放在方向盘上，拍了张照丢到“铁三角”群里。

一分钟。

两分钟。

五分钟。

竟没一个人回复。

周启深便一个个打电话，先是老程：“你微信卸载了？”

“不是，我只是有点惆怅。”

再是顾和平，周启深一顿骂：“你微信卸载了？”

“喂？喂？信号不好，挂了啊！”

老程和顾和平俩人一伙的，正疯狂捶桌偷笑呢！

不到半小时，果然，周启深那辆白色路虎就杀到了门口，他进门就是一脚踹：“都有病是不是？”

老程咬着烟：“十足嫉妒，真不想分享你的喜悦。”

顾和平甩锅给老程，理直气壮道：“不关我事儿，老程让我这么干的。”

周启深脸色阴晴不定，这会儿反倒不生气了，笑得眼梢飞翘，拿出红本儿挨个儿炫耀：“哥的结婚证，怎么样，喜庆吗？”

伸到老程面前：“程儿，摸摸，摸摸看，沾点喜气。”

又递到顾和平跟前：“和平，知道这是什么吗？这仨字认识吗？烫金工艺，精致吧？”

顾和平真服了：“周老板，你又不是头婚，搞得这么纯情做什么？”

老程冷不丁地补刀：“四舍五入也算奔四的人了。”

周老板往沙发一坐，跷着腿，如沐春风。

老程问：“你媳妇儿呢？”

“青海。”

“舍得让她走？”

“哪里舍得。”周启深想起就发火，“什么破戏，成天折腾。”

“拍电影不都这样，有朝没夕的，夏天拍冬天的戏，冬天穿泳衣，随叫随到。”老程嘁了一声，“你这无名邪火发得可真不讲道理。”

顾和平坐过来：“你和小西复婚了，同意她以后进这个圈吗？”

“她开心就行。我自己也忙，没资格要求她。再说了，她跳舞这么多年不容易，让她单方面妥协，真不是男人会干的事。”周启深从小经历坎坷，骨子里也有戾气。却偏偏侠骨柔肠，在大是大非面前很讲道理。

老程掐灭了烟，挺客观地摊开一个问题：“你别把自己的人设立得这么大公无私，你这态度意味着什么，你清楚吗？小西如果决定在这个圈子发展，没个三五年成不了气候。”

周启深点燃烟，打火机“咔嗒”一声轻响，烟雾里，他没说话。

“不管哪家公司，合同一签，什么活动邀约都来了，甭管你愿不愿意。这几年，你俩生孩子这事儿肯定也得耽误下来。小西无所谓啊，二十五六岁，花儿似的。你呢，四五年后就是三十七八，恭喜恭喜，老来得子啊周老板！”

周启深一声嘹亮的京骂，自个儿都被说笑了。顾和平贱兮兮地补刀：“四十身体素质下降，苦了孩子，委屈了小西，到手的老婆又得飞了。”

周启深怒骂：“我是掘你们祖坟了还是把你们打得满地找牙了，神经病吧一个个！”

未婚大龄单身男的仇视，既犀利又无情。晚上，顾和平攒了一个局，把在京的这些至交好友都叫了过来，KTV和棋牌一应俱全，鸡飞狗跳，闹起来没羞没臊。

周启深是能玩的，也是会玩的主。这次却一改常态，就窝在牌桌上大杀四方。顾和平的渣男脾性这辈子都没得治了，到后半场，又不知从哪撩了个小妹妹回来情歌对唱。

听见声音，周启深转头看了一眼，皱眉问一旁的老程：“他和黎冉掰了？”

“没听他再提过，估计黄了。”

没什么黄不黄的，顾和平渣得彻彻底底，没救了。对待感情的唯一原则，就是保全自己，全身而退。周启深再了解不过他的德行，心想，这样也好，趁早止损。

但唱了两句，顾大公子不知又发了什么疯，找借口支走了那个姑娘，然后独自坐在沙发上抽闷烟。手机屏幕划亮又按灭，灭了又按亮，他重复数遍后，“嘭”的一声巨响，竟是黑着脸，把手机给砸了，然后起身：“我出去透透气。”

纸醉金迷，钟鸣鼎食，这样的花花之夜，几家欢喜几家愁。周启深是静了心，有了归宿，牌不玩了，坐去沙发上给赵西音发微信。

“老程给我办了个庆功宴。”

“他们都玩得疯。”

“我不一样，我老老实实地想你。”

靠抹黑他人来突显自己的男人，也是幼稚到了极点。周启深哪哪儿都舒坦，再肉麻的话好像都能信手拈来了——

“老婆，我会乖。”

不知哪边的朋友嚷了一嗓子：“周哥儿，你的表情太浪了！”

周启深咬着烟，笑得如他们所愿。

第九章 一生热爱

在青海的第五天。

《九思》以唐朝为背景，苏颖和赵西音这一对电影里的师徒的戏份儿，都是在青海的丝绸之路上完成的。当然，那边风沙漫天，不适合实景拍摄。剧组设置在格尔木市，离玉珠峰不是很远。

晚上休息是在镇上的宾馆，条件一般。白天拍摄就乘车一百公里往南。冬季，这边的气温较低，风沙大，刮着脸疼。

苏颖是敏感体质，皮肤很脆弱，被这环境一“摧残”，经常眼红、流泪、发炎。沙砾被风带着刮皮肤，她带妆一天再卸妆，脸一碰就红一片。尽管如此，几天下来，苏颖没一句抱怨，连唉声叹气都未有过。

还没轮到夜戏，晚上时间自由富余。赵西音发现，苏颖也不太喜欢社交，不用拍戏时，就一个人在房间，门都很少开。这天，她犹豫再三，还是敲响了她的房门。

过了十来秒，门才慢慢吞吞打开，见着是她，苏颖没什么表情，手机举在耳畔还在讲电话。

“我真没事，眼睛只是发炎，又不是瞎了。你大惊小怪做什么！我说没事就没事！你敢来，我就跟你离婚。”

苏颖神色不耐烦地挂断电话，然后看赵西音一眼，又恢复了平静：“我丈夫，烦得很。”

“什么事？”苏颖问。

赵西音把药膏递过去：“这是我爸爸给我买的，防过敏的草药膏，您睡前擦一次，第二天皮肤会舒服很多。”

苏颖接了：“谢谢，坐吧！”

赵西音规矩地坐在沙发上，一时无言。苏颖边看药膏的成分，边问：“有话跟我说？”

赵西音抬起头：“苏老师，那天您跟我说来艺术中心的事，我想好了。”

苏颖看着她。

“对不起，我还是决定不去了。”赵西音心一横，一口气说完。

四周静悄悄的，空气流速都放慢了些。

几秒之后，苏颖平静地说：“知道了。”

从她房间出来，赵西音站在门口很久没迈步。她垂着头，盯着走廊的地毯，灰褐色的梅花图案污垢残存，不甚好看。盯久了，视线就模糊了，跟她此刻的情绪一样，湮没于三心二意里，没有着落点。

次日，有一场师徒合舞的戏要拍。因原始剧情是以梦境穿梭，颇有几分追溯历史的唯美意境，所以提前在拍摄地搭建好了背景墙。今天风沙大，吹着那架子摇摇欲坠。

赵西音骨架小，又得穿着薄纱罗裙，纵使腹部、腿上贴了五个暖宝宝，仍然冻得瑟瑟发抖。开拍在即，却不见苏颖，一旁副导演说：“等一会儿吧，颖姐有人过来探班。”

正说着，苏颖就从远处走过来，衣袂飘飘，面若冰霜，真有几分仙女下凡的意境。再后来，赵西音看到了工作人员中突然多出的一副面孔。

苏颖的丈夫很低调，一身黑大衣，儒雅英俊，站在人群后注视着妻子。大概是看姑娘们穿得实在单薄，所以不快地全程皱眉。可当舞跳起来时，风沙与严寒都成了配角。苏颖姿势大气磅礴，赵西音则温婉动人，一静一动搭配。每一次身姿旋转，每一个舞步跳跃，如乘风去揽月，偷得寒冬梅花一缕魂。

拍摄很顺利，两遍就过了。

助理们拿着棉衣给她们披上，拿来热水和保温炉。赵西音的鼻子被冷空气吹得疼。大家各自忙碌，谁也没注意到背景墙慢慢往下倾斜。

赵西音正要下去，一阵劲风呼呼刮过，有人尖叫："小心！"

背景墙不受力，直接扑了下来。赵西音呆住了，身体太冷，反应更加迟钝。眼见着就要砸上她了，有人迅速冲过来，用力把她推到了一边！

"砰！"

一声沉闷的重响，赵西音身后的男人一声闷哼，是苏颖的丈夫老乔。苏颖惊慌失色地跑过来，跪在他跟前："你……你有事没事啊？"

"没事，没砸到。"

老乔站起身，又问赵西音："你怎么样？"

赵西音惊魂未定，不停地道谢、道歉："谢谢您，对……对不起啊！"

苏颖扭过头，却是冲剧组发了脾气："这墙谁扎的？非得出人命是不是？！"

赵西音怕有人乱说苏颖耍大牌，赶紧拉住她的手："苏老师，您别……"

苏颖横眉冷对，气势真真儿威严："惯的！"

老乔在一旁看着妻子，笑意温柔宠溺，感情浓烈谁看谁知道。回到镇上的宾馆，赵西音于心有愧，又向他们道歉。

苏颖一反常态，挑眉说："道歉不接受，除非你来我的艺术中心跳舞。"

赵西音愣了。苏颖表情缓了缓，冷哼："骗你的。"

赵西音默不作声。

老乔温和道："小赵，别放心上。今天这种情况，谁都会出手相助。小事一桩，过了就过了。"

苏颖拧过头，凶他："你少说话，给我躺好休息。"

赵西音和苏颖离开房间，两人裹着大衣，去宾馆外面走了走。西北的夜空天高云淡，不似北京高楼林立，仰头看，大部分时间只能看到很小的一片天。

苏颖轻声说："老乔是个热心人，这事儿你不用放心上。换作任何人，他都会相救。”

赵西音“嗯”了一声，双手插兜，又走了一段路。架不住好奇，她问：“苏老师，您什么时候结婚的？”

“二十岁。”苏颖坦然道。

赵西音震惊了：“这么年轻！”

苏颖笑了一下：“觉得合适，也还喜欢，就结了。没想过年龄，也没考虑过所谓的事业，结不结婚，我都会跳舞，想通之后，又有什么区别？”

苏颖看了她一眼：“说说你，怎么会突然领证？”

赵西音脸上笑意淡淡的：“也不是突然，我其实结过一次婚，离了，这次是复婚。”

苏颖脚步一顿，也动容了：“你先生做什么的？”

“他在黑龙江待了三年。老家是西安的，退伍后就留在北京发展。现在做生意，反正成天瞎忙。”赵西音抿嘴笑了笑，话说得谦虚。

“你这样突然复婚，戴老师没意见？”

“她？”

赵西音想了想，也没否认：“师父是不太同意我在这个当口儿结婚。”

苏颖不咸不淡地说了一句：“以我对你师父的了解，她眼里容不得沙子，不喜人忤逆，你就不怕她生气？”

“比起怕她，我更喜欢我老公。”赵西音摇摇头，“我老公不容易，我不想再让他一个人。这种感觉很奇妙，睡觉的时候，会想他有没有贪凉不盖被子；吃饭的时候，会想他有没有应酬，会不会喝多了酒；看到好看的景色，第一时间想跟他分享。心里有了牵挂，也有了盼头。我特别喜欢他，特别特别喜欢。”

寒风拂面，呵出的白气薄薄散开。赵西音说这些时，眼里像有星星，光芒闪烁。

苏颖只觉她说话有趣，半开玩笑半认真地问：“‘特别喜欢’是哪种喜欢？”

赵西音很快答：“想和他同床共枕，想和他生儿育女，想给他一个家，想与这个人共度余生百年好合。这辈子非他不可。”

本该酸溜溜的话，被有情人一说，却是至真至性。苏颖看着她，一时忘了收回目光。

赵西音眨眨眼，似是不好意思：“怎么了，颖姐？”

苏颖淡淡一笑：“看到你，想起了我丈夫。”

赵西音脑子转得不快，竟分不清这是夸她还是损她。气氛正轻松愉悦，她手机上来了视频请求提醒。周启深每天这个点都会跟她视频，默契使然，赵西音突发奇想，忽地扬了扬手机：“颖姐，看看我老公吗？”

苏颖的视线低垂至屏幕。

赵西音自然而然地按了接通。

画面出现，画质清晰。却是周启深裸着上半身，骚出天际的一张俊脸，慵懒地站在主卧落地窗前，沉声低求一般的语气：“小赵老婆，今天老公给你讲《燃情一百亿，总裁的契约爱人》好不好？还是你想听《悍夫的甜妻》呢？”

……

……

赵西音反应过来，火急火燎地赶紧挂断，手机像烫手山芋，恨不得丢回北京。苏颖正了正脸色，真诚地感慨：“你老公，嗯，很特别。”

赵西音现在只想找个地洞钻进去：“他平时工作压力大，在家就放松些，其实人很好，也不是经常这样不正经。”

苏颖蹙着眉，稍稍设想一番，提醒说：“不经常，已经很让人印象深刻了。”

赵西音扑哧一声，笑了起来。两人又并肩走了一段才沿原路返回。

苏颖说：“知道了你这么多秘密，就不怕我发个微博告诉记者？”

赵西音摇摇头：“不怕，我知道您的私事儿也不少，我要是记者，会更喜欢报道您吧！”

苏颖愣了愣，跟她对视一眼，都轻轻笑了。

“小赵。”宾馆门口，苏颖忽然叫她的名字。

“嗯？”

“以前不太喜欢你，是我的偏见。没这个缘分合作，我还是祝福你一切都好。”苏颖的态度始终不咸不淡，但眼神对视时，能感受到其中的真诚与平和，“或许有些话你不爱听，但我还是想告诉你，人心易变，没有那么多‘想当然’和‘你以为’。”

顿了一下，苏颖直言不讳：“与戴老师签合同的时候，一码归一码，别感情用事，找个专业律师，慢慢把条款过一遍。她若真是为你好，一定足够理解和支持。”

说完，苏颖就回了房间，而赵西音站在原地久久未动。

拍摄第七天，按计划安排，团里参演的其他舞蹈演员飞抵青海，开始群戏的拍摄。赵西音成天在拍摄地，冻得快要晕倒了，还是岑月主动找到她，上来就是一个大大的拥抱：“赵西瓜！你瘦啦！”

赵西音人都站不稳了：“哎哎哎，扶着本宫一点。”

岑月裹得特严实：“我天，这儿这么冷，你们已经拍了这么多天了？”

赵西音拿手背去凉她的脖颈儿，岑月“哇”的一声惊叫，跳着跑开：“你个臭西瓜！”

俩姑娘你追我赶，吵吵闹闹的。跑远了，跑离了人群，就剩她们，两人默契一笑，站在水塘前丢石子儿。赵西音蹭了蹭她的肩：“跟你说个秘密。”

岑月凑过耳朵。赵西音从大棉袄的口袋里拿出手机，然后点开相册：“当当当，我结婚啦！”

“天，这么突然！”

“也不是很突然，达成共识很久了。”赵西音美滋滋的，自己看了又看。

“是周哥儿？”

“嗯。”

岑月鼓掌：“他好厉害耶！”

幸福好像就是这样，藏不住，总想分享给亲近的人。岑月看了她好一会儿：“赵西瓜，你现在浑身带着光，特别美。”

赵西音迎着风，做了一个张手跳跃的动作，身姿轻盈，像要飞的燕：“我一直都好看！”

岑月嫌弃：“臭屁。”

不再闹，赵西音问：“这次除了舞团，还有谁来了？”

“挺多人的，年后第一次过来工作视察吧，估计也就走个形式。”岑月告诉她，“那个很帅的老板，还有戴老师也来了。”

赵西音愣了愣，才反应过来是孟惟悉。至今再想起他，赵西音心如止水。她不是会回头看的人，有些感情曾经真诚过，但时过境迁，人总是要继续向前的。

微微发呆之际，岑月又“哦”了声：“我看到戴老师跟一个男的走得很近，那男的三十多岁吧，以前在团里从没见过……”

与拍摄地最近的镇上相距二十公里的县城。

“这什么破地方，能不能有好点儿的酒店了？”庄邱脱了外套，撒着火气往床上丢，拿起枕头闻了闻，一脸嫌弃。

他的秘书八面玲珑，此刻也是无奈道：“真没法儿了，庄总。再往远去还有七八十公里，明儿您还要过去开会，赶不上。”

庄邱讲究惯了，发了一通邪火：“赶不上就不开了！”

秘书严肃地劝道：“孟总也过来了，他的面子您不能不给。”

“行了行了。”

庄邱不耐烦地绕过这茬，又问：“戴云心怎么还没来？她还想不想要这笔投资了？”

正说着，敲门声就响起。秘书笑了笑：“听见您的召唤了。”

开门，戴云心一身白色长羽绒，还戴了条宽大的围巾遮住了半边脸。庄邱立刻换上笑脸：“真不好意思了，让您受累跑一趟。”

他什么伎俩什么心思，戴云心当然心知肚明。但眼下她是有求于人，内外交困，不得不以笑脸示人：“我也许久没与庄总叙话了，正巧不是？”

庄邱笑意淡淡的，语气却亲切热情：“我知道戴老师那部电影遇到点资金困难，现在呢，大环境不好，国家政策管控也严厉，横店倒了多少公司，那都是人尽皆知的。”

这话说得现实，挑中戴云心里的那根刺，她讪讪地笑着，洗耳恭听。

“我那笔资金呢，闲着也是闲着。但毕竟几千万的投资，慎重点您也能理解吧？”

“当然。”

“但我回北京还没两个月，确实诚心想交戴老师您这个朋友。您是大师，是伟大的艺术家，我面儿有光。”庄邱话锋一转，笑眯眯道，“只要您愿意帮我一个忙，那么一切都好说。”

戴云心本能地回绝：“不行，谁都可以，唯独她不行。”

庄邱“哎呀”一声，大惊小怪道：“只是一起吃个饭，又不用娶回家当老婆。什么年代了，还放不开？ ”

戴云心皱了皱眉：“她不一样。”

“一样的我也看不上。”铺垫了这么多，庄邱的耐心已到极限，神色狠厉道，“戴老师，我是有诚意的，既然志不同道不合，那这笔投资就没得谈了。”

戴云心虽是声名在外，担着这剧那剧的舞蹈指导，但跳舞、编舞能挣多少钱。自己年龄也大了，早就不从事台前表演，攒着这些人脉，是想转型拓展领域。原本谈好的投资方，有两家临时出了变故，计划泡了汤。戴云心看不上庄邱，傲世轻物，嚣张跋扈，但也知道他兜里确实有几个钱。资金再不到位，后续的制作、档期都会受影响。

经过漫长的思考后，戴云心别开脸，咬牙答应：“一顿饭，就一顿饭。”

农历年后，天气阴晴不定，头一天还是雾霾弥漫，是夜大风一吹，次日又是湛蓝澄澈的天色。

赵文春明天就要回学校上班，趁着都有空，让周启深来家里吃饭。

“你多吃点鱼，羊肉温补，也多吃点。”赵老师慈爱善良，疼这些晚辈。

周启深食量大，吃得多，三碗饭后还能喝两碗汤。

“你明天什么时候的飞机啊？”赵老师问。

“下午四点多。”周启深说，“明儿上午有会议，实在走不开。”

“也行。我给小西买了两条围巾和手套，那边儿冷，你帮我带过去给她。”

赵文春说完，再三确认：“你真没告诉她你要过去？”

周启深笑着说：“真没，给她个惊喜。”

赵文春点点头：“好，好。来，再喝一碗汤，补补身体。”

周启深握着汤勺一顿，看着赵老师殷勤的模样，好像是嫌弃他身体有多不好似的。

看把老人家给急的。

青海。

赵西音刚结束一场雨景的拍摄，这真是遭了大罪，本就衣着单薄，还要在雨里起舞，风沙一吹，她整张脸都成了泥。苏颖也好受不到哪里去，在场边裹着棉衣打战。

赵西音到底不是专业表演出身，她的一个单独镜头十来秒，NG了十来遍。赵西音状态不好，也没经验，越往后越心慌。苏颖看了许久，刚要起身，一旁的戴云心先上前，安抚指导：“小西，别紧张，精益求精是很正常的流程。”

赵西音看到熟悉的人，情绪没那么紧绷了。她的嘴唇冻得直抖，妆发又上来给她补妆。戴云心抓紧时间道：“你眼神往外送出去，别当这是拍电影，就像我们日常的训练，不就伸腿、旋转、跳跃这些基本功吗？不难，有点信心！”

赵西音点点头，咬牙再来一遍。这一遍，终于过了。她快虚脱了，蹲在原地半天站不起来。戴云心拿着大衣搭在她身上，又是递热水，又是扶着她，守在片场一上午，十分关切。换了衣服，休息棚里开着电暖炉，把赵西音的脸衬得红扑扑的。

“喝点姜茶，待会儿再吃一颗感冒药。”戴云心叮嘱道。

赵西音心无旁骛一笑："谢谢师父。"

静了两秒，戴云心说："下午没有拍摄工作，我找人送你回宾馆，好好睡一觉。这雨一淋，保准得感冒。你身体本来就不太好，自己多注意。"

赵西音愁眉苦脸，说了句掏心窝子的话："拍电影也太难了，这一部结束，我再也不进这个圈子了。"

"懦弱，没志气。"戴云心满心不悦，"吃得苦中苦，方为人上人。从小教你的话都忘了？"

赵西音张嘴欲辩，被她打断："不许孩子气。走吧，送你回去。睡醒后收拾一下，晚上跟我去吃个饭。"

赵西音一愣："又……又吃饭？"

戴云心皱了皱眉："你现在陪陪我都不愿意了？"

赵西音心软，摇头否认："没有。"

下午一觉睡过去，还真被戴云心说中，赵西音醒来头疼欲裂——感冒了。戴云心掐着点来找她，赵西音脸都是白的，苦苦哀求道："师父，我不太舒服，改天再陪您行吗？"她真不是装，起身的时候，眼前一片黑。

戴云心狠心道："就今天，反正有车过去，不用走路。"

十分钟后，赵西音擤着鼻涕，晕晕沉沉地随她出门。她上车后还给周启深发了条微信："感冒了，好难受。"后面跟着一个哭泣的表情包。

那边没回复。车驶上路，摇摇晃晃的，她很快又睡着了。到了地方，车停稳，戴云心始终没有动。司机侧过头，狐疑地问："戴老师，您不下车？"

戴云心目光定在赵西音的睡颜上，像缠绕的藤蔓，有过几秒迟疑与纠结。她伸出手，还是把赵西音叫醒："小西。"

赵西音这才发现，竟到了市区。下车前，戴云心说："包就放车里吧，拿着费事。"

她们进了当地一家海鲜酒楼，上三楼，戴云心推开包厢门，早到的庄邱立刻站起身，笑脸投向赵西音。

周启深的飞机晚点二十分钟，到西宁已是夜幕降临。

他出廊桥就开了手机，未接来电和短信一条条地进来，最后看到赵西音半小时前给他发的那条微信。电话回拨过去，却是无人接听。周启深打了三个电话，依旧如此。冥冥之中的某种直觉，让他心里极不踏实。

周启深又打给秘书，问："青海这边剧组的工作是谁负责？给他打个电话。"

徐秘书办事效率高，不到三分钟就回复了："周总，我问了，剧组那边说，小赵中午就回镇上宾馆休息了。她今天淋了雨，应该是累着了。"

周启深发了一通脾气："谁想的馊主意，这种天还让人淋雨！哪家宾馆？"

徐秘书报了地方，说："前台电话我已经打过了，说小赵确实回来过，但下午五点左右，又出去了。周总，您先别着急，可能只是出去吃饭，忘了带手机。"

周启深干脆利落道："她生病了，不会无缘无故往外跑。"

赵西音不是那种喜欢蹦跶的人，平时好着的时候也不出去玩儿，更别提这种状态。

"舞团和她交好的，有一个叫岑月的女孩儿。"周启深沉声道，"找一下她。"

电话挂断，他等不及，直接拨给了顾和平。顾和平接得倒是快，习惯调侃几句，周启深不跟他废话："我现在在青海，把岑月的号码给我。"

听出了不对劲，顾和平立刻正了语气："出事了？"

周启深深吸一口气，绷着声音说："我联系不上小西。"

顾和平电话没挂，把岑月号码发给他："别自己吓自己，剧组那么多人呢，能出什么事儿。这样，你给个定位给我，真有需要，到时查车查监控什么的也方便。"

话往宽慰里说，但顾和平是真有心，也是真急了。某一瞬，周启深脑子里飞快闪过一个念头。沉默了一会儿，他忽然问："庄邱这几天在做什么？"

顾和平立刻找人问去，很快得到回复，犹如一桶冰水浇灌而下。

“我以为传他投资电影只是随便说说，原来他真的和戴云心接触过，他也去了青海！”顾和平慌了，把那人大卸八块的心都有了，爆了句粗口后骂道，“阴魂不散！对不住了周哥儿，这事儿是我疏忽了。”

周启深直接撂了电话，不怪他，怪自己。他连行李都不取了，直接往机场外跑。徐秘书安排的车是哪一辆他也没心思找，看到一辆小型面包车直接拉门上去：“去格尔木，多少钱我都给。”

上车才发现，司机竟是个中年女人，围着藏蓝碎花头巾，皮肤偏黑，常年高原日晒，两颊有些许红斑，但看得出五官很是精致。她还在吃面包，立刻收回塑料袋里，伸出手：“五百块。”

周启深打开皮夹，将一摞红色钞票递过去：“快点。”

他沉着脸，着急上火，太阳穴涨着疼。一疼，一缺氧，薄唇都没了血色。窗外景色一晃而过，与北京全然不同的画面。天色暗下来，车灯闪烁，像针扎在眼里。顾和平与他一直保持联系，微信一条条地发：

“庄邱做投资，认识不少人，受邀去青海。”

“戴云心要筹拍电影，他有投资意向。”

“他见过小西，但小西不知道你俩的关系。”

每多看一个字，周启深的惧怕就多一分。是他疏忽了，是他疏忽了！这段时间忙项目，根本无暇顾及庄邱。

顾和平最后一条信息：“周哥儿，孟惟悉也在青海。”

周启深想都没想，立刻给孟惟悉打电话。如意料之中，孟惟悉根本不会接。一遍，两遍，三遍，周启深不停地打。

终于，通了。孟惟悉却不说话，一贯沉默以对。周启深哑着声音，竟有了一丝相求的情绪：“孟惟悉，帮我个忙。”

顿了下，他说：“赵西音出事了。”

通话结束后，周启深头疼得实在要炸，屈着手指，靠着椅背闭目吐气。破旧的面包车隔音效果差，他顿时心浮气躁，却听到旁边的女司机忽然说话了：“那个酒楼在格尔木有两家，同名。你问清楚了没有，到底是哪一家？”

周启深睁开眼，侧过头。

女司机神情微闪，皱着眉头说：“问清楚，我知道地方。”

同一时间。

孟惟悉甩下剧组所有工作人员，甚至不算绅士地打断正在发言的一个女制片的发言：“抱歉，有事先走一步。”

他推桌起身，动作之快之大，碰倒了桌面上的半杯茶水而不自知。众人面面相觑，张一杰迅速跟上去：“孟总？”

孟惟悉拿出车钥匙一路跑，边打电话边发动车子：“我要戴云心的地址。”

四十分钟后，轮胎摩擦地面的刺耳声响起，一个急转弯，卡宴往右斜了一点。这动静在小城的黑夜格外惊心，酒楼大厅许多客人频频回望。庄邱的秘书见到孟惟悉从车里下来，脸色顿时一变。

孟惟悉冷眼进大门，庄邱秘书赶紧迎向前，笑得没事人一样：“孟总，您是过来办事儿还是……”

话未说完，就被孟惟悉一把掐住了喉咙，半截手指陷进肉里，留了三分余地给他说话。孟惟悉一字一字问：“赵西音在哪里？”

秘书喘不上气，眼白直往上翻，话磕磕巴巴讲不清楚，手往楼上指。孟惟悉心一凉，又觉得庆幸，还好，人还在酒楼，这儿不是能乱来的地方，至少证明她人身是安全的。

孟惟悉把人抡去地上，提脚踹上去：“人要出事，你们也别离开青海了。”

他上楼，刚从楼道转过弯，迎面就碰上了戴云心。戴云心刚从洗手间出来，见着人表情顿时慌乱：“惟悉？”

孟惟悉神色冷淡，不应不答，径直朝最里面走。戴云心下意识地去拦：“怎么了，这是？”

孟惟悉停下脚步，语气寒森森的：“戴老师，您不知道怎么了不要紧。周启深也快到了，他到了后，您就会知道究竟是‘怎么了’。”

正说着，楼梯响起急促的脚步声，周启深冷着脸，外套脱了，只着一件深灰色羊绒衫，大冬天的，他竟跑得满头汗。戴云心就在他跟前，周启深正眼不瞧，只隔空与孟惟悉略一颔首算是打招呼。

孟惟悉对右边抬了抬下巴，两个男人齐步往那边去。戴云心的脸色刹那间变了，愣在原地半天没动，反应过来后，才急忙跟上。

周启深先是拧门把，门从里面锁起来了。孟惟悉站在旁边，心一沉，他甚至能隐约听到里面传来的细微声响。

周启深面无表情，往后退开两步，然后冲过去，一脚把门锁给踹落。门板弹开，弹在墙壁上轰然如雷。屋里的景象让周启深一下子眩晕。赵西音红着眼睛，蹲在地上。庄邱站在她旁边，凶恶的表情还没来得及收敛，扯着她的头发用力往地上拖。

上一秒的咒骂犹在耳边："你装什么贞洁烈女，吃个饭也这么摆谱儿！真当有人给你撑腰啊？天高皇帝远，他还能从北京飞过来不成？爷也不要你干吗，就一杯酒，喝了，爷就放你走！"

赵西音犟着一根筋，不争不吵不妥协，沉默着跟他对峙。

庄邱想想真的晦气，就没见过这么油盐不进的女人。当然他还是心里有数，知道她是周启深的人，犯不上真来个霸王硬上弓。他不缺女人，最开始是真觉得赵西音漂亮，想一起玩玩儿。后来知道她和周启深的关系，想要征服和羞辱的成分更多。

某些人骨子里的贱性，就用来恶心人了。赵西音伶牙俐齿，又是清冷的个性，也没让庄邱讨着痛快。庄邱气死了，把门锁上，开始动起手来。赵西音头皮一阵疼，她人本就不舒服，差点晕过去。

这会儿，周启深和孟惟悉同时出现，庄邱人都傻了，揪着她头发的手也忘了松开。赵西音脸红，眼也红，连看到周启深时的惊喜和激动，都被这不正常的潮红给掩盖住了。

"还好吗？"周启深走过去，蹲在地上，揽了揽她的肩膀。

赵西音眨了眨眼，泪意一下子翻涌。

周启深神色温柔，笑了笑，用指腹轻轻刮了刮她的鼻子："这么呆，不认识我是谁了？"

赵西音点点头，声音哽咽，乖乖地叫了一声：“周哥儿。”

他极低地应了声：“嗯，老公来了。”

周启深把她被庄邱扯乱的头发慢慢整理好，一下一下，动作又轻又慢。他望着赵西音时，目光平静，嘴角始终带着淡淡笑意。从进门起，一直没有看过别的人一眼。

孟惟悉站在一旁，几番打量，微微皱眉，心里隐隐不安。戴云心向前一步，试图把事圆了，轻松道：“拍摄太辛苦，小西瘦了好多，我带她过来改善伙食。这不，碰巧遇上了庄总。有误会的地方，说开了，说清楚了就好。”

庄邱僵硬地扯了下嘴角，见风使舵：“周哥儿，孟总，我是欣赏小赵的，一起交流交流……”

周启深目光冷冷地看向他，打断他：“只是拽了她的头发？”

庄邱愣了一下。

周启深站起身，一派闲适，颇有几分亲近和解的意味，笑着慢慢踱步去桌边。

庄邱松口气，以为这是给他的台阶：“纯属误会，我手劲儿重了一点。周哥儿，你也知道，男人没轻没重。”

周启深安静地听。桌上的菜几乎没动，红烧海参、酱爆鱿鱼、蒜蓉虾，还有一盆牡蛎，旁边放了把小巧的开背刀。

周启深拿起那把刀，放在手里把玩。

孟惟悉察觉不对劲时，晚了。

周启深转过身，猛地把庄邱拽到桌子上。庄邱惨叫着跪倒在地。手背上只看得见刀柄，他不敢动，疼得号叫哭泣。

周启深蹲下来，扯住他的头发用力往后，平静地道：“再打我女人的主意，你试试。”

庄邱叫到后面都快没气儿了，眼睁睁地看着自己的手在流血。孟惟悉脱下外套，丢向周启深。周启深接了，沉默地往赵西音脸上盖，遮住姑娘的眼睛，然后打横将人抱起，径直走出了门外。

庄邱的秘书跌跌撞撞往里跑，他们走远了，听见楼上一声凄厉号叫：“我要报警，我要他蹲大牢！”

周启深面色不变，只对怀里的人说：“没事，别听。”

出酒楼，冷风呼啸。周启深衣着单薄，身子还是不由自主地抖了抖。赵西音搂住他的脖子，哑声说：“周哥儿，我自己能走。”

周启深顿了几秒，没勉强，把她放了下来。

“西西。”右后方忽然有人叫赵西音。

这个声音太熟悉了，赵西音几乎不敢置信，转头看到人后，喜悦刹那浮上脸庞。她走过去，那人下了车。周启深听见赵西音叫她：“斐姨！”

周启深蹙眉深究，这不是载他过来的那个女司机吗？她没走？竟还和赵西音认识？！

“我接到他，听到他提了你的名字，我怕重名，特意在这儿等着。”她的普通话不甚标准，但声音有辨识度，带点烟嗓。

赵西音自然而然地挽着她的手：“周哥儿，这就是我跟你说过的，那年我在青海湖旅游碰到的好心人，斐姨。这是我爱人，周启深。”

周启深神情柔和多了，对她微微点头。

阮斐笑了笑，鼻间的雀斑更加明显，她没有多看周启深，而是问赵西音：“要不要我送你？”

孟惟悉在一旁说：“我开车来的。”

赵西音下意识地看了一眼周启深，周启深竟松了口，说：“有劳。”

今晚不适合叙旧，这些缠缠绕绕的缘分日后再回想，只觉妙不可言。阮斐拍了拍赵西音的手，示意她快去。“你在青海，我们改天再见。”

卡宴掉头，然后提速上了马路。三人一辆车，周启深和赵西音坐后座，他全程沉默地握紧她的手。一小时后，到了下榻的宾馆。孟惟悉没熄火，坐在车里低头抽烟，周启深示意赵西音先下车。

两个男人独处时，周启深真心实意地道了谢：“我欠你这个人情，以后再还。孟惟悉，今天多谢你。”

烟雾缭绕，车窗滑下一掌宽的缝，夜风涌进来，卷走了残留的烟气。

孟惟悉没应声，半支烟的时间，他解开安全带，“咔嗒”一声脆响，像寂寥黑夜里的某个信号灯。他“嗯”了一声：“以后有你还的时候。”

卡宴尾灯消失于转弯处，周启深才转身迈步往宾馆走。他让赵西音先下车，倒不是私心。周启深分得清轻重，这里不比别处，这在剧组，人多口杂，不想让人无端揣测。赵西音早早给他发了房间号，听见敲门声，立刻把门打开。

一眼对视，门一关，两人便紧紧抱在了一起。周启深吻得凶，掐着她的下巴不让动，唇齿之间甚至隐隐尝到很淡的血腥味。动情时刻，却没如预料中继续，周启深猛地松开人，无意识地退了两步，然后直接坐在了床上。

他身体已到极限，扛不住了，像有两把电钻往太阳穴钻，耳边全是嗡嗡声。周启深眼前一片飞旋，背脊都直不起来，往后一仰，倒在床上沉沉闭目。

赵西音吓着了，爬过去坐在他身边，说话都带了哭腔：“周启深。”

周启深没睁眼，虚弱地伸手：“来，抱一会儿就好了。”

赵西音乖乖窝在他怀里，不敢动，不敢吱声，只有眼泪无声地流。

等这口气顺过来，周启深才开口：“我和庄邱在黑龙江是一个队，自那时就不对付，结了梁子。这次是我疏忽大意，只知道他回国。对不起西儿，又是我，又是因为我。我好像一直没能保护好你。”

赵西音泣不成声，摇了摇头。

“庄邱这人记仇，我如果早点盯着他，不至于让你受这么多困扰。”周启深懊恼自责，郁结之气难纾，头疼得更加厉害了。

赵西音止住了眼泪，把庄邱这个人串联到某些事上，醍醐灌顶。她忽然坐直身子，定定地问：“你之前在车库受伤，是不是他干的？”

周启深没承认，亦没否认。但赵西音看他的眼神，答案便呼之欲出了。她的泪痕干涸在眼角，五官渐渐收敛，情绪都淡了下去。

周启深望着她，头疼分散了他大半注意力，但他还是能察觉出赵西音的不对劲。果然，下一秒，赵西音的怒火倏地一下被点燃。周启深心一跳，抓都抓不住，他从未见过赵西音如此戾气逼人的模样。

“小西，你去哪里？”周启深撑着床垫坐起，但眼前又是飞舞的金星。

赵西音拉开门，赫然发怒。

戴云心的房间在楼上，赵西音上去敲门。声响太大，里头又迟迟不开，连楼下都能听见。有人打开门，却是相隔三间的苏颖。她皱眉，试图来拉赵西音。赵西音甩开她的手，一脚狠狠踹上门板。

几秒之后，门锁轻拧，戴云心打开了门。

师徒俩，一个冷静，一个决然。

如果说别的都可以忍耐，那周启深受伤那事儿，便是压倒赵西音的最后一根稻草。赵西音没有丝毫退却，看着戴云心说：“师父，你明明知道庄邱是什么样的人，为什么一而再再而三地让我去吃饭，去见面，去找各种借口开脱你们所谓的‘偶遇’？”

戴云心绷着脸，心虚了，但气势摆了出来：“你这是什么态度？你是过来兴师问罪的吗？”

赵西音目光灼热：“你说是，那就是。”

“好，我承认，我回回带你过去，确实是有私心。”戴云心不与之对峙，反倒大方认了，“这个行业优胜劣汰，竞争残酷，光靠跳舞，你跳死在舞台上都不一定有人记得。我年龄大了，跳不动了，但我背后还有那么多舞蹈演员等着吃饭，等着生活。我能怎么办？除了适应市场，我又能怎么办？”

赵西音愤愤然地答：“您怎么做，要做什么，我都理解。但您不能三番两次地骗我，利用我！”

戴云心呼吸陡然急促，眼神里真真有了几分伤心：“你不到七岁就跟在我身边，我毫无保留地培养你，结果就换来一句‘我骗你’。赵西音，你有没有心啊？”

赵西音忽然看明白了，每一次，每一次说到这些关键问题时，戴云心都会回归到这一句话上来。是感情牌，也是屡试不爽的利器。于情于理，大多数人都会为“感情”两个字让步。

赵西音心如止水，凉意从脑顶心直插脚底板。沉默数秒，她哑声说：“师父，一码归一码，错就是错，骗就是骗。您总提醒着我，让我记住您过去对我的好。但您这样要求我的时候，您自己又有没有做到呢？”

戴云心愣了愣，就听赵西音说：“情分与尊重，是相互的。过去和现在，也是不能混为一谈的。您想让我为您铺路，去讨好，去谄媚，去做一些我不喜欢的事。我不愿意，您就骗我。我不是三岁小孩儿了，您真以为我不懂吗？我已经很不开心了，您看不出来吗？师父，您就非要这样消耗我们之间的信任和感情吗？”

戴云心或许从未料到，向来淡泊名利、不争不抢的赵西音，有一天会说出如此犀利且让人无法反驳的话。她简单纯粹，也不懂迂回委婉，是非黑白总是分得清清楚楚。

戴云心这一刻恍然明白一个事实，从头到尾，如若不是顾着这点师徒情分，赵西音可能早就走人了。她以为的万无一失，不过是对方的配合演出。

这种认知让人力不从心，抓住最后的筹码，戴云心极力镇定道：“你既然回绝了苏颖那边演艺中心的邀请，以后肯定是跟着我的。一荣俱荣，一损俱损，我这么做，既为己，也为你。这是工作的一部分，哪行哪业都难以避免。你别把自己摆在太高的位置，你去问问孟惟悉，去问问周启深，就他们那样的人，不一样应酬饭局，四处张罗！你只想跳舞，哪儿有这么纯粹的事！”

惟草木之零落兮，恐美人之迟暮。戴云心说出了心里话，但说完并不痛快。她眼里有点点泪光，胸口起起伏伏。

安静许久，赵西音目光沉静，说：“师父，我当年出事的时候，您就说我理想化，刚愎自用。这么多年过去了，您不觉得，您现在的样子，更适合这个评价吗？或许您有您的道理，但庄邱是个什么样的人？这一次是吃饭，下一次是不是要陪睡了？”

戴云心张嘴欲辩：“怎么可能！”

赵西音轻声道：“您不能自欺欺人。”

道不同，不相为谋。是独木桥还是阳关道，人生进行到某一时点，总会水落石出，择路前行。赵西音转身要走，像一个仪式，走了，便不会再回来了。

戴云心忽然惊惧，下意识地想去抓她，但又没了勇气和立场。她立在门边，大声喊："世上没有完美的事！既然如此，你不要跳舞了啊！还答应进组干什么！！"

赵西音停住脚步，先是低了低头，然后微微侧身，淡淡地说："机会我自己把握，选择我自己做，想怎样生活，也由我说了算。您说这世上没有纯粹的事，但我想试一试，不撞南墙不回头。如果撞到了，我就努把力，把墙撞破，总有路能给我走。"

赵西音下楼的时候，看到周启深竟然站在楼道转角口。她愣了愣，还没反应过来，就被他牵住手。两人回房间路上，许多人听见之前的动静，都悄悄探头出来看热闹，一见着人，立刻偷偷关上门。

"不怕被人知道？"周启深笑着问。

赵西音丢去一记白眼。

"我又不是什么大明星，就算是大明星，不一样要吃喝拉撒谈恋爱。"她嘻嘻笑，捏了捏周启深的脸，"我跳着小破舞，打工赚钱养你这个老白脸。"

周启深却一把抱住她："乖，想哭就哭吧！"

赵西音瞬间收了笑，鼻子发酸。故作轻松都是假的，周启深太了解她。几十年的师徒，今天算是彻底闹掰了。搁谁身上都难受，何况赵西音这么重感情的人。周启深是真心疼她。

赵西音压下情绪，倒是很安静，抱了他一会儿，仰起头："周哥儿，你头还疼吗？"

"疼。"周启深与她抵着额，一说话，灼热的呼吸便交织在一起，"吓的，可能还有点缺氧。没事，我睡一会儿就能好。"

赵西音眼里满是心疼。

周启深给她一个安慰的笑："小西，答应我，难受别憋在心里，想发泄，想说什么，都跟我说。”

赵西音努了努嘴，三分真心七分撒娇：“周哥儿，好累哟！”

“那就不跳，明天回北京，安安心心当周太太。”

赵西音又把头摇成了拨浪鼓，看笑了周启深，他问：“为什么？”

灯光暖黄，发出的光亮毛茸茸的一团。房间小而旧，但无碍温情缠绵。一天折腾，赵西音的面容与眼神皆已疲惫，但她目光里，像有星星之火闪烁跳跃。

赵西音看着周启深，轻声说：“因为一生热爱，回头太难。”

第十章 悍妇与娇妻

次日，周启深起得晚。醒来时，赵西音已经不在房间了。

一觉之后，他头疼症状缓解，人跟重新捡了条命似的。拉开窗帘，阳光万丈，连日的阴雨风霜终于告一段落。

拍摄地在三十公里外的沙地，周启深来得匆忙，行李都落在了机场。好在徐秘书办事周到，早就安排好人去取，并一大早差人给他开了辆普拉多停在宾馆外。

周启深吃了碗当地的炮仗面，这才悠闲地开车去片场。到时，正好在拍苏颖和赵西音的戏。

赵西音画着精致的唐妆。涂了胭脂，贴了额黄，眉心还画了花钿。她穿的是红色戏服，薄纱轻飘，身材婀娜。周启深以前一直觉得，赵西音只是爱跳舞。但现在，他忽然觉悟，这样的女孩儿，应该天生归属舞台。

周启深非商务装扮，但气质仍有极强的存在感。一身黑色羽绒服，偏休闲的款式，手上还戴着同色系的羊皮手套。候场的舞蹈演员们三五成群窃窃议论，偶尔面红羞怯，一眼秋波投望。

估摸着时间，为避免非议，周启深提前十分钟先行离开。基本上到了这里，赵西音和苏颖的主要戏份儿就已收尾，后续只有几场与主演同框的戏，戏份不重，但人还是得在这儿。周启深最多空出三天假期，公司还有一堆事要处理，明天下午就得返京。

赵西音从片场回来，让周启深收拾一下，说：“带你去个地方。”

一路往西，走了几十公里高速后，到了相邻的县城。

“她姓阮，单名一个斐。我叫她斐姨。她是我在这边旅游的时候认识的。她救过我，我们一直有联系。啊，对了，年初一晚上在西安，就是她跟我视频。”

赵西音记性好，轻车熟路地找到了阮斐的住处。房子很旧，但整洁。两层自建楼房，一楼是门面，二楼住人。两人是约好的，阮斐正在忙着张罗午饭。她在家不戴头巾，半长的头发很利索地绾了个髻。阮斐不是保养得宜的女人，能看出年纪，但脸型与五官精致，倒也能想起“岁月厚待美人”这句话。

阮斐待客热情，笑容未断过：“西西，招呼你爱人坐吧！”

周启深轻轻抬了抬下巴，对赵西音说：“你去陪她，我休息会儿。”

赵西音蹦蹦跳跳去了厨房帮忙，叽叽喳喳的说话声没停过。

周启深不自觉地笑了笑，然后踱步打量了一圈屋子。二十来平的客厅，家具有些年头，右面墙壁上挂着很多照片和奖状。

周启深先是看到奖状——

阮北临。

最多的是数学方面的荣誉。

记起赵西音的话，这个人应该是阮斐的儿子。从母姓，大概率是与男主人离异。视线往左，孩童三岁，七岁，十岁，应该就是他本人。周启深目光落到最后，十六七岁的少年，浓眉大眼，鼻梁高挺，挂着淡淡的微笑，少年老成，很是英俊。

看到这张照片时，周启深微微地皱了下眉。阮北临的眉眼精神，五官神韵，都有种莫名的熟悉感。

午饭，阮斐做了许多菜，以肉食为主。她也很豪迈，荤素不忌，用海碗装饭还能吃两碗。周启深偶尔打量她，目光停留久了些，被阮斐抬头捕捉到。她大方一笑，眼角纹路深刻。

周启深沉默地扒着饭，赵西音看得出来，他心里头装了事。

阮斐下午还要出去跑车拉客，赵西音和周启深吃完饭后就告辞。回程换赵西音开车，不同来时，周启深沉默了半路，终于问起："她的丈夫是做什么的？"

"斐姨吗？"赵西音说，"我也从未见到过。"

"阮北临是她儿子？"

"啊，对，刚上高中，成绩可好了。怎么了？"赵西音疑惑地问。

周启深正了正脸色："没事。"

赵西音随之附和："我上次见她儿子是去年，本人比照片更好看，特别沉稳，看着眼睛大，其实跟你一样，也是单眼皮。"

周启深平淡地说："嗯，我看到照片了，是个帅小伙。"

回宾馆，周启深不太舒服，在床上躺了一会儿。赵西音给他擦药，指腹温柔地按压太阳穴："你睡吧，我给你收拾行李。明天下午一点的飞机吗？"

"嗯。"

"我赶不过来，那你一个人走？"

"没事。"周启深握着她的手，放在嘴边亲了亲，"还有几天结束？"

"一周。"

"好，我在北京等你回家。"

赵西音犹豫再三，还是提起那个人："你把庄邱的手弄伤了，他会不会……会不会找你麻烦？"

周启深轻声说："放心，我来处理。"

赵西音忧心忡忡，但他都这么说了，也不好再提。

周启深这一觉睡得沉，醒来是晚上十一点。赵西音趴在他身边睡着了，手边还有一本书。周启深一动，她也惊醒了，睡眼惺忪地望着他："唔，醒了啊，头还疼吗？"

周启深眼眸深深，颇有几分饱暖思淫欲的意味。他摸了摸赵西音的脸，似笑非笑："夫人。"

赵西音红着脸，没失去理智："这儿隔音效果不好，隔壁放电视我都能听出今天的《新闻联播》是哪位主播念新闻。"

周启深勾着她的后脑勺往怀里压："那就忍着。"

次日，赵西音四点就要随车出发去拍摄地，这场戏要配合主演，赶上晨曦时的天色。周启深知道她要早起，所以昨晚克制着，动作也温柔。等她忙完，已错过午饭点，周启深应该已经登机了。赵西音拿到手机，看到他半小时前发来的微信：

"记得吃饭饭。"

"记得想哥哥。"

"记得要乖乖。"

字里行间，灌了蜜糖。片场人来人往，这么多天都熟了。路过的摄影大哥顺口问："小赵跟谁聊天这么开心哪？"

赵西音把手机按在心口，笑眯眯地说："一个幼稚鬼。"

首都机场。

飞机落地许久，后面的旅客陆续下了飞机后，周启深才站起身。在原地站了一会儿，空少走过来关心地问："周总您好，您需要帮助吗？"

周启深抬了一下手："不用，谢谢。"

出廊桥，开了手机，未接来电提醒好多个，大部分是顾和平的。周启深没当即回拨，上车后闭目休息了一会儿，迈巴赫转上机场高速后，才给顾和平打电话。

顾和平接听得快，差点没给急死："周祖宗，您总算有信儿了。人到哪儿了？直接过来茶馆，我和老程都等着。"

周启深刚要应声，手机提示赵文春来电。

"等会儿，我接个电话。"周启深按了接听，听了几句，立刻吩咐司机改路线。

赵文春在家等他，热茶刚好凉到合适的温度。周启深上楼急了，呼吸微喘，进门后扯了扯领扣："爸。"

“对不起啊，让你跑一趟。”赵文春没料到他来得这么快，抱歉之余，还是下定了决心。

“你们复婚了，就是一家人，是这一辈子都得一起走下去的人。我老了，过了今天不知道明天的事。小西呢，是个犟脾气，有些话，她不见得会听。但交给你，我放心。”

赵文春去了卧室，出来时递过一个酒红色皮质记事本，边角磨损了，看着有些年头了。中间三页有折痕，整整齐齐记满笔记。

“这是我给小西留的所有东西，家里存折的密码，我的工资卡和密码，房门备用钥匙放的地方，这套房的产权证。我早些年在昌平，还给她盘了个小店面，按现在的市价，应该能翻个七八倍了。”赵文春说起这些时，眼角透着藏不住的骄傲。作为父亲，能给女儿留下这些安身立命的东西，是他为数不多的小骄傲。

周启深翻到第二页。

“哦，上面还有一些现金数，包括我退休后的一些津贴、奖金、补助，每月都会按时发放，到时小西也能有个对照和参考。我的医疗本、户口簿，放置的地方我都写下来了。”

第三页。

“这是小西成年后，陆陆续续给我的钱。一千、三千、五千，都有。”顿了一下，赵文春颇为得意，“我家小西是很棒的对不对？都说她没个正经工作，那又怎样，和黎冉一块儿捣鼓淘宝店，赚得不比他们少。”

周启深勾了勾嘴角，淡笑浮上脸庞。最后，赵文春又从茶几下的玻璃隔层上，拿出一个铁皮盒。这是很多年前装糖果用的那种包装盒，上面红红绿绿的图案已经褪了色。

打开，是一摞旧照片，照片都已泛黄。那是赵西音刚出生时，那时，妈妈还在，丁雅荷抱着她，赵文春搭着妻子的肩，幸福的一家三口；两岁，赵西音扎着“冲天炮”，脸巨肥；六岁，初显容颜的小姑娘正在压腿；十二岁、十六岁、二十岁……每一个阶段的赵西音，都有一张照片留下。

赵文春把铁盒交到周启深手里，托付的不只是照片，更像馈赠生命里最宝贵的一枝玫瑰。

周启深下意识地接稳，赵老师却忽然很用力地抠紧了他的手。老人的手掌精瘦，一使劲，瘦骨嶙峋，越发分明。一老一少的手交握在一起，僵持数十秒。

赵文春极力稳住的情绪，在这一刻有点绷不住，他的声音开始哽咽：“对我女儿好一点，因为我比你更爱她。”

说完，赵文春松了手，用手背擦拭眼泪。

周启深是一个缺乏父爱与家庭温暖的人，并不容易被亲情打动。但这一刻，他感同身受，竟有了些许怅然与懊悔。懊悔在过往的岁月，做过一个得到却不珍惜的坏人。辜负的不只是心爱的女人，还有真正希望他们好的亲人。

“爸，我会的。”周启深沉稳地应声，庄重地许诺。

从家里出来，再到老程茶馆时，已是一小时后。顾和平扭头看他一眼，掐了烟，无奈道：“您是真不着急，还是假淡定？出了这么大的事儿，就没一点想法？”

周启深往长沙发上一躺，左手搁在眼睛上，挡住了光线。

“你和庄邱在青海闹的那阵仗，圈子里都知道了。我真是服了，自己哥们儿唱了主角，我们竟然是从别人嘴里得知的消息。周老板，你现在风生水起，什么都能一个人扛，不要我们了是吧？”

周启深搭在眼睛上的手往下挪了点，露出一丝目光，带着笑，看着顾和平。

顾和平真无语了：“别对我放电，我对你没兴趣。”

老程也皱了皱眉：“你应该告诉我们的。”

周启深坐了起来，手肘撑着膝盖，拿起老程的烟抽了一支。过了瘾后，他说：“算起来也是家事，说和不说，结果都一样。”

老程他们瞬间明白了，周启深是顾着赵西音。这事儿一传播，难免对她评头论足，搁在以前也无所谓，赵西音现在还在组里，挺敏感的一个时间点。老程太了解周启深，若非如此，庄邱不会只是伤了一只手这么简单。

“庄邱回北京后，一直在城东住院治疗。他的右手伤得重，一直对外放话，说手筋是被你挑断的，让他落了个残废。”顾和平没开玩笑，认真道，“庄邱这人没什么品行，在北京还是实打实地有点人脉。庄家现在虽不如从前，老爷子退位，但接他班儿的还是老爷子一手培养的自己人。庄邱再不受待见，自家人失了脸面，也不会坐视不管。”

周启深抽烟，烟雾缭绕里，看不真切表情。

“那小子放了话，就等着报仇。”后半句，顾和平欲言又止，几番掂量后不敢吱声。

周启深目光无畏且坦然，平静地道：“想让我坐牢是不是？”

安静许久，老程宽解：“不至于。”

周启深笑了笑：“庄邱没这么蠢，我知道他的底细，他也该知道我的。真要搞我，就不会这么早放出消息。你们想过为什么吗？”

顾和平愣了愣。

周启深说：“保我容易，一旦保了我，他又有由头去挑别的事儿。和平，你二叔的履历完善得也差不多了，这个关头，我不愿他担这个风险。”

局势复杂，哪行哪业的明争暗斗都无法避免。眼看你高楼万丈起，也能千里之堤毁于蚁穴。周启深是有先见之明，万事小心。如果只牵扯他自己，什么都无所谓。

顾和平偏偏无法反驳。于公于法，这件事都是周启深有错在先，往大了说，是蓄意伤人，还不知道庄邱要怎么个闹法呢！

周启深似乎早有预料，反应特别平静：“估计不是今天就是明天。”

顾和平骂了一声：“周哥儿，您也太冷静了。”

周启深把剩下的半截烟抽完，摁熄烟蒂，落向他的目光郑重许多：“不许告诉小西。”

老程立刻反驳：“那不行，咱们担不起这个责任。”

顾和平赞同：“以前管不着，现在不一样，她和你领了证，是你法律意义上的伴侣。不告诉她算什么意思？出于好心，实则自私。退一万步讲，你真出个什么事儿，小西被动知道，她岂不是更难过？”

周启深十分坚持：“她在青海拍戏，就这几天了。知道了又有什么用，只会两边耽误事儿。让她安心拍完。”

老程和顾和平异口同声：“不行。”

二对一，杠上了。

对峙数秒，周启深垂下视线，神情变得无奈，他沉声说：“就当我求你们了。”

周启深的预料十分精准，次日上午，他被警方带去西城区一个分局内协助调查。极简短的问询之后，警方告知，当事人庄邱，提供确凿证据，验伤证明，合规合法，欲以故意伤人罪对其进行起诉。几乎同时，周启深的律师团队第一时间接手，并由祈律师本人担任周启深的辩护律师进行调查取证。

周启深住城东，偏偏被传召去了西边。庄邱真是司马昭之心路人皆知，他的根基就在西边，这是打定主意不让周启深好过。

周五，距事发相隔两天。

孟惟悉返回北京，司机候在机场，人一上车，坐在副驾的关谦立刻汇报：“孟总，周启深这次，可能真的有点麻烦。”

孟惟悉眼神冷淡，肩上的寒气未消。

“庄邱和他不对付已久，多少年的恩仇积怨了。这几年周启深是一家独大，顺风顺水，庄邱拿他没辙，好不容易才抓着这个把柄。我打听过了，庄邱做了安排，周启深那边也不是省油的灯。”关谦言简意赅说重点，“但这事，从一开始周启深就落了下风。就是耗，庄邱也想把他给耗死。”

孟惟悉久久不吭声，端坐着，若有所思的模样。

他在青海就听到北京传来的消息了。他也留意过赵西音，表现正常，应该是不知情。而庄邱的心思，孟惟悉一猜一个准，真想把周启深怎么着，不至于。论实力，姓庄的和周启深不在一个层次，真要闹大了，庄邱自己也大伤元气。纯粹就是添堵，摆周启深一道儿，泄泄心头之恨。

关谦汇报完毕后，等着孟惟悉发话。原以为，以这俩祖宗的爱恨情仇，孟惟悉应该助庄邱一臂之力，彻底让周启深不痛快才是。但车往公司开的这四十分钟里，他没有一句话表态。

下车前，才突然说："联系祈宇明，我要见祈律师。"

当天下午，西城某拘留所。

顾和平和老程终于得以见周启深一面。

之前倒也不是见不着，而是周启深一直不愿见。顾和平上来就是一顿流畅的京骂："样儿大了你！特本事了是吧？！面也不见，话也不传，怎的，您是想羽化登仙还是真想判个十年八年蹲去平顶山啊？！"

周启深被他说乐了，眉梢斜飞，精神倒是惬意得很。老程看着他，没换制服，穿的仍是自己的衣服，除了瘦些，仍是那副英俊模样，没有半分落魄萎靡气质。

老程丢了支烟过去："抽吧！"

周启深只闻了闻烟味，就放下了。他先是看向顾和平："不见你们，有我的考虑。"

"你考虑什么？"顾和平一听就来气，"我要你考虑什么？不就是不想连累我们，不想我们麻烦吗？周启深，是我们平时太惯着你、哄着你了是吧？十几年的兄弟白当了对吗？"

周启深笑而不语，微微动容。

"笑什么！"顾和平恨不得踹死他。

老程嫌他聒噪，掏了掏耳朵："你能不能安静点？耳屎都给震出来了。"而后目光落向周启深："没人为难你吧？"

"为难个鸡毛。"顾和平说，"你看他脸色，皮肤比之前还要好。"

周启深笑出了声，意气风发，轻松恣意，没事人一个。顿了顿，他说："最多一礼拜。"

老程认真地问："有把握？"

“嗯。”周启深淡淡地说道，“我让徐锦联系了和庄邱有业务来往的几个主要公司。庄邱目前的所有供销链以及渠道，都由京贸出面，重新签订合同。货源一断，他撑不了多久。”

顾和平心领神会：“他手上有个桥梁钢材的项目还等着审批，你放心，他不一定过得了审。”

老程摁熄还剩一半的烟，平静地道：“庄邱在会所乱搞的照片，过几天就会寄到庄老爷子手里。他既然这么喜欢惹事，就好好去处理一下家里的事。”

周启深没什么反应，胜券在握的从容不足以让他分心，只问：“小西那边呢？”

“你放心，派了人去青海暗中护着。她这两天早晚都要拍戏，工作量大，无暇顾及其他的事。”老程办事稳妥，知道这是他最在意的一件事。

顾和平提醒他：“她还有三天就能回北京。你能在她回来之前出来吗？我没跟你开玩笑，她在青海还能瞒得住，一旦回北京，我上哪儿给你圆谎去？”

周启深想了想，道：“能出来。”

他又笑了笑：“以后小西无论做什么，你们都帮着点。她是个好姑娘，也麻烦不了各位什么。梵悦那套房的备用钥匙，改天我让徐秘书给你们送一把，放着，万一以后有个紧要情况，有备无患。”

顾和平和老程相视一眼，都纳闷儿。

“和平，你与京贸一起承接的那个项目，以后徐秘书若有要请示的事项，如果我不在，你务必多费心。”周启深事无巨细地交代，“老程，我年前在深圳买的那套海景房，有空帮我盯着点，我已经交代祈律师等手续齐全后，办理过户。”

周启深不紧不慢地说完，然后往椅背上一靠，背脊放松了些。老程冷哼一声，不买这账：“你又不是不出去了，别急着当甩手掌柜。”

周启深笑意更深，微抬下巴，有几分真假难辨：“这不是以防万一嘛！”

顾和平“呸”了一声：“就不能说点吉利的？”

此行聚首不易，待不了太久，十分钟后，老程他们离开。顾和平开车，上车后，一个没发车，一个没催促。车窗关上，车内安安静静的，只有海洋精油的淡淡香气。

老程先开口："你有没有觉得，周哥儿刚才那番话有点像……"

顾和平答："托孤。"

周启深被扣押的第三天。

祈宇明晚上过来了一趟，周启深还略感意外，祈律师一般只挑白天对接。临时匆忙，周启深披了件黑色大衣，袖子虚垂着，像披风。坐下后没等祈宇明开口，他说："明天给我带包烟。"

说了牌子，祈律师皱眉："这烟辛辣冲鼻，你平时不抽。"

周启深掐了把眉心，倒也不隐瞒："我头疼，太淡的不止疼。过来什么事？"

祈律师说："有个人下午来找了我。你一定想不到。"

"是谁？"

"孟惟悉。"

周启深蹙眉："他？"

"事发当时，在场的有五人。孟惟悉说，如果需要，他可以帮你提供一份证词。"话说一半，祈宇明收声，目光微凛，一切尽在不言中，然后伸出手，屈指在桌面上慢而轻地敲了三下。

周启深自然就明白了。

孟惟悉愿意配合，作为目击证人，证词的重要性不言而喻。

祈宇明笑了笑："庄邱估摸也想不到，孟惟悉会和你一条战线。孟总下午还说了，戴云心你也不必顾虑，他自有办法说服。庄邱没有任何胜算。"

祈宇明早年就是做刑辩闻名，什么案子没见过，最擅长绝地反攻。他只问了周启深一句话——是暂时只明哲保身，伺机而动，还是让庄邱也尝尝这牢狱之灾。

周启深冷漠地答："留着，秋后算账也不迟。"

走流程还需要一段时间，按现在的进展，周启深完全能在赵西音回北京前全身而退。这是他妥善的结果，风平浪静，一切就当没发生过。

他的手机留在徐秘书那儿，不知是天意还是人为，赵西音收尾这几天的工作量竟然陡增，白天黑夜地赶场，多余的时间只顾补觉。

人一忙起来，压根儿没空顾及其他。与周启深的联系，也就两次微信。徐秘书受周老板托付，千难万难也得扛下来。这不，刚以为松了口气呢，还计划着日程安排：明天周启深能从看守所出来，已经交代，下午回公司开例会；后天上午安排司机去机场接赵西音。

时间衔接真正完美。徐秘书拿着老板的定制手机慢慢欣赏，铃声大作——赵西音三个字赫然出现于屏幕。

邪了门了，他手一抖，误打误撞地按了接听。赵西音轻悦的声音透着兴奋："老公！猜猜我在哪儿？！"

徐秘书："……"

"我提前回北京啦！马上到你公司！！"

徐秘书现在有点想死。他硬着头皮，清了清嗓子："小西，是我。"

赵西音显然也愣住了："徐哥啊。"

"对不起，周总的手机放在我这里。"

"他人呢？开会吗？"赵西音声音仍是带着笑，"没事儿呀，我去公司楼下等他。"

别等，徐秘书马上自杀。

人都回了北京，这事儿能瞒住就真是过年了。赵西音多敏感，一听徐秘书这态度，就猜到了不对劲。她没为难徐锦，而是直接打给了顾和平和老程。一先一后，问同一个问题——周启深哪儿去了？

杀得人措手不及，顾和平和老程根本没串好口供。

一个结结巴巴地说："周哥儿去天津出差了。"

一个犹犹豫豫地答："大概去洗脚城搞足疗按摩了吧！"

赵西音当即肯定，周启深出事了。

顾和平和老程见到人，到这个份儿上，再瞒也没意思了。老程心一横，干脆把前因后果都告诉了赵西音。

“周哥儿只是被拘留了几天，这也是正常程序。小西你别着急，已经处理好了，他明天就能回来。”

赵西音愣在原地，一张脸白得没了血色。

次日大早，在祈宇明的陪同下，周启深办完所有手续，离开看守所。老程的车已候在外头，见着人后一脸欲言又止。周启深莫名其妙：“你俩这是怎么回事，不是很想我出来？”

顾和平“哎”了一声，叹气：“周哥儿，跟你说件事啊。”

“你媳妇儿吧，昨天提前回了北京，到处找你人。她太机灵了，那眼神一望着我，我都觉得自己是个渣男。我和老程没瞒住。”顾和平满目同情，“就……跟你先交个底，小西知道你的事儿后，没闹没哭也没骂你，就说了两句话。”

周启深脸色难看到极点，嘴角微微发颤，问：“什么话？”

“她不相信你今天能放出来，以为我们骗她的。她要卖了你们之前的那套婚房，说多少钱都卖，然后用来赎你。”

周启深：“……”

“还说了，”顾和平，“把你赎出来后，就跟你离婚。”

周启深：“……”

为辨真假，周启深让徐秘书去查了查。随便在一个房产网站上精准搜索，真的能搜到那套房子，而且远低市价，一夜而已，就有十几人关注了。顾和平一看，感慨道：“周哥儿，一口价我全款，成吗？”

周启深脸上一个大写的“滚”字：“那是我的婚房！”

老程笑道：“你先别发邪火，想想怎么哄你媳妇儿吧！”

车上，周启深就给赵西音打电话。她没有接。顾和平问：“送你回梵悦？”

周启深想了想，说：“回壹号院。”

他猜得没错，赵西音真的在这个家里。周启深按了密码，门锁应声而开。屋子久不住人，空气带着些许沉闷。好在这里有保洁每周定期清扫，所以仍然干净整洁。卧室亮着灯，暖黄的光亮从窄窄的门缝透出，恍若前生旧梦。

周启深轻轻推开门，就看到赵西音站在衣柜前，床上堆满了衣服裤子和一些杂物。地上两只行李箱已经塞满了东西，赵西音仍是忙碌不停。

“小西。”周启深叫她。

赵西音置若罔闻，视他如空气，一鼓作气地把衣柜里的东西往外搬。周启深走过去，拽住了她的手腕。

“你放开我！”像是触动开关，赵西音奋力挣扎。

周启深自然不放，语气轻松，俊脸挂笑：“我这不是安然无恙地回来了吗？这咱俩的婚房，你真舍得卖啊？卖就卖吧，我买，买了再转户给你，成吗宝贝儿？”

赵西音别过脸，长发垂至肩头，像漆黑的半面扇子，恰恰遮住了眼鼻。

周启深向前一步，伸手想抱她。赵西音倔强地一躲，维持着这个姿势，不妥协。等周启深发现不对劲，扳过她的脸时，才发现赵西音已经泪流满面。无声，憔悴，压抑，她的目光清冷，被水光一润，全是心碎的样子。

周启深心慌了，也心疼了：“小西。”

赵西音一把推开他，冷静地质问：“所以你眼里，我们究竟是什么呢？”

周启深掷地有声：“是夫妻。”

赵西音目光如刃：“哪种夫妻？只能同甘，不能共苦？”

“不是，这事儿出得突然，在我能力范围内可以解决，我不想让你分心和担心。”

“能力范围内。”赵西音低下头，重复咀嚼这几个字，然后一声苦笑，“所以你的认知里，我们之间只用这个标准来衡量，对吗？”

周启深心一沉：“不是这样的。”

“就是这样的。”赵西音句句质问，步步紧逼，字字见血，“因为你能解决，因为你有能力，因为你习惯独自面对，因为我是你爱人，所以你以你的方式来爱人。这些是你理所当然的借口。你把我抛掷于你的生活之外，你追求一个完美丈夫的形象，并且觉得这是为我好——周启深，这不是为我好，这是你的自私，是你根本就没把我当成要过一辈子的人。”

周启深脸色铁青，胸腔一团火焰，要烧起来，要据理力争，要义正词严地反驳。可话涌到喉咙口，又神使鬼差地落回肚里。他不想承认，这一刻，他品尝到这份最真实的回应，竟是自己的两分心虚。

赵西音看着他，眼里的光锐利而直接，像一面照妖镜：“这一次是进局子，你有能力解决。那么下一次，如果你生病，你有钱可以解决。你碰到麻烦，你有人脉可以解决。你碰到爱慕者，你有智慧可以解决。所有的‘你有’‘你可以’，都是对我隐瞒，把我推向你生活之外的理由……周启深，我根本不是这样的人，是你把我当成了这样的人！”

赵西音蹲在地上，头埋在手臂间，再也忍不住地失声痛哭：“婚姻不是各自为营，而是守望相助，你懂不懂啊！”

周启深脚步有些踉跄，太阳穴跟针穿刺一般疼。他好像明白了，明白上次婚姻失败的根本原因，明白赵西音昔日的步步远走究竟是为何。

这一次，赵西音没有让他哄，甚至没有给他辩解的机会。她看穿本质，直剖灵魂，让两人之间的讳莫如深敞开在阳光之下。走的时候，赵西音已然收敛情绪。她的沉静与周启深的心慌意乱形成鲜明对比。

关门前，她顿住身影，头却未回，一字一字说：“周哥儿，我们分分合合两次，也不是不会有第三次。”

落锁声“咔嗒”一声，像利刃收鞘，铿锵有力。

到家，赵文春正在练字，见她一个人回来还觉得惊讶，下意识地往后望了望：“启深没跟你一块儿啊？”

赵西音拖着行李箱，滑轮摩擦地面的声音沉闷。她含糊地应了声，然后走过来看赵老师写的字——

最是人间留不住，朱颜辞镜花辞树。

今天走到哪儿，好像都离不开哀伤失落。赵西音放下纸，嘴上仍是夸赞：“赵老师不教书，去摆摊儿题字，也是一门好手艺。”

赵文春乐了：“成啊，卖不出去的都给你们小两口。”

乍一提那个人，赵西音的情绪明显淡下去。她低了低头，说：“爸，我累了，先睡一会儿。”

赵文春看出女儿心情不佳，琢磨着，难道是又吵架了？果然不多久，周启深的电话就打到家里，听语气倒是如常，只问赵西音到家了没有。放了心，也便不再说别的，赵文春忧心忡忡地叫住他：“你俩怎么了？”

周启深说：“没事，爸。”

跟赵西音的答案一模一样。

下午五点，赵西音才睡醒。她跟赵文春说不在家吃饭，然后出门去了趟望京。

苏颖的住处在这边一个高档小区内，看着其貌不扬，但安保服务极其出色。到时，家里香气四溢，她丈夫正在厨房掌勺，一副家居好男人的模样，与平日的精英形象大相径庭。

苏颖向来有话就直说：“你又生病了？脸色怎么这么难看？”

赵西音情绪怏怏的，也不故作精神：“家里出了点事。”

“需要帮忙吗？”

“不用，谢谢。”赵西音低了低头，一说到这个问题，就神情茫然。

苏颖问：“拍摄结束了，等后期出来，再配合一些工作，这边也算完成任务了。我想问问你，以后有什么打算？”

赵西音：“不知道。”

“是不知道，还是不想告诉我？”

赵西音沉默了一会儿，抿了抿嘴唇。苏颖的橄榄枝鲜艳热情，一直没有放弃希冀。在青海，赵西音和戴云心决裂的事，她自然也一清二楚。不是乘人之危，也没有沾沾自喜，相反，苏颖还觉得无限唏嘘。

“想听实话？”苏颖问。

赵西音看着她，半晌，点了下头。

苏颖笑了笑：“我总觉得，你不会再跳舞了。”

赵西音一愣。

“但我还是希望你斟酌考虑。我想让你知道，跳舞不一定非要上大荧屏，不一定非要被更多人所知道。这些是果，而不是因。热爱是很纯粹的一件事，你想开了，有些事就不那么难了。”

苏颖的眼里，是她难得一见的安宁之色，一番话说得推心置腹：“你可以恋爱，可以结婚，可以在事业和生活之间找到平衡，这都不冲突。别让‘你以为’，反倒成为制约你的枷锁。”

苏颖真诚地道：“小西，我希望你加入。我也会让你相信，《霓云奔月》，会成为中国最好的舞台剧。”

赵西音沉默了会儿，抬起头，忽然问：“颖姐，你和乔总结婚这么多年，没想过要孩子吗？”

这个问题过于直接，甚至有些无礼。但赵西音目光澄澈，还带着些许懵懂未知，就这么笔直地望着向你，竟不会觉得有多唐突。

苏颖笑得温柔，偏了偏头，很平静地反问了一句：“你怎么知道，我们没孩子？”

赵西音登时瞪大了眼睛。苏颖也不隐瞒，坦然道：“我二十岁嫁给老乔，二十一岁就给他生了个女儿，现在十三岁，在美国上学。”她好像一下子明白了赵西音的顾虑，说：“你怎么还不明白？我让你来艺术中心，不是让你来给我赚钱的，我也不会要求你几年内不许结婚生孩子，哪怕你现在要生，我也可以等。赵西音，你要知道，‘选择’与‘决定’，也是女人一生中很重要的能力。”

醍醐灌顶，赵西音忽然就释然了。

苏颖冷哼一声：“你爱来不来吧，真当我求着你似的。”

赵西音笑了，嗯，这很苏颖。

这天下午，她就跟着苏颖去了艺术中心。两个来月的重心都在《九思》剧组，苏颖是闲不下来的性子，立刻投入了工作。苏颖问赵西音：“你要不要学学《霓云奔月》？”

赵西音脱了外套，单手拎着往舞台跑，手指一松，外套随意落地。她里面穿了一件纯色羊绒打底衫，衣摆扎进裤腰，衬得两条腿越发修长。她双手背在身后，在台上笑盈盈地对苏颖说：“我早学会了。”

而后，乐声起。赵西音真把动作记得一清二楚，流畅的完成度看得众人叹为观止。苏颖喜怒不形于色，始终平静，只在转身时，嘴角轻轻露出一丝欣慰的笑。

正月十五元宵节一过，北京的天就往回暖的怀抱撒丫子狂奔了。也不知是不是今年气候不正常，三月春寒，也比往年要暖和许多。

周启深这几天哪儿都没去，甚至吃睡都在公司。办公室连着一间小小的休息室，生活用品和换洗衣物一应俱全。徐秘书知道他和赵西音正冷战，所以平日做事万分谨慎，生怕触到了雷点。

以他近十年的经验来说，周启深实在算不上是好脾气的掌舵者——经常开会开到焦头烂额时开始情绪暴躁。创业之初，与副总和技术员拍桌子，踹凳子，起分歧也不是没有过。但硝烟过后，依旧心平气和地继续开会。

周启深年轻时，没完没了地应酬，那时还是无名小卒，赔笑敬酒是常有之事。最严重的一次，是喝到酒精中毒，直接从饭桌拖去了抢救室。

徐秘书一直觉得，在周启深身上，看到了人生的百态与辛酸苦辣。唯一的一抹甜，可能就是赵西音陪在他身边的时候。

一刹那分心，周启深已很不满地敲了敲桌子："你听见我讲话了吗？"

徐秘书颔首："抱歉，您说。"

周启深脸色沉了沉，十分忌讳下属在工作时分心。他从抽屉拿了个牛皮文件袋出来，递过去："这件事，你亲自去办。"

徐秘书打开一看，里面只有两个透明薄膜袋，没写名字，只标注了A和B。

他隐约猜到周启深的意图，抬起头。

周启深抽着烟，跷着腿，烟雾缭绕里，眼神沉静而空旷。

在找生母这件事上，他一直没有放弃过。哪怕无数次的失望已将他的心百炼成钢，但这一次，徐秘书总觉得有不一样之处了。

领命后从办公室出来，正在清扫卫生的保洁阿姨忽然叫住他："欸，徐秘书。"

徐锦驻足，客气地道：“您好。”

这个阿姨专门负责这一层的清洁，因为人稳重，不乱嚼舌根，所以周启深办公室的卫生一直由她清扫。她犹豫了一下，操着不怎么标准的普通话，告诉他：“早上我去整理老总的休息室时，看到桌上有好多个空药盒，都是外文我也看不懂。”

徐锦皱了皱眉，一瞬后又恢复微笑：“谢谢您关心，是周总每天都要吃的维生素。”

阿姨离开后，徐锦频频回望身后紧闭的办公室，越发不踏实了。

赵西音最后还是与苏颖的艺术中心签订了聘用合同。为期一年，底薪五千，到约后再视情况双向选择。

她开始回归正常的作息时间，朝九晚五，生活平淡。赵老师唯一的不满意，就是这小两口儿不知又闹了什么别扭。

说冷战，也不太像。周启深回回开车在楼下等，接她上班。赵西音也不拒绝，没事人一样与他同乘。可再多的交集，也没有了。两人相敬如宾，赵西音这一周就住在家里，周启深也从不上楼坐坐。

赵文春一问，就是俩字：“他忙。”

敷衍得明目张胆。

两人像是陷入一个怪圈，看到了出口，却拧不动门锁。

周五跳完舞，艺术中心的小姑娘们有说有笑，闲聊着周末的计划。十八九岁的女孩儿像花儿一样，说着自己的异地恋男朋友，说他们恋爱的不易，周五从广州飞来北京，周日再回去，一趟就是一个月的生活费。说起心爱的人时，女孩儿脸上熠熠生辉，像小太阳。

赵西音听着听着，偶尔也会弯起嘴角。

黄昏之际，窗外天光温情缱绻，一扫冬日阴霾，能嗅到春天的气息。耳边是细碎温暖的恋人絮语，眼前是好光景。赵西音淡淡地看着，像被薄纱笼罩，时间都悄声放慢脚步。

旁边的小姑娘真挚热烈地表达心中爱意：“喜欢就是喜欢呀，想到他，就满满的能量，好像拥有一轮只属于自己的小太阳。不管春夏秋冬，它永远会温暖我。”

旁人打趣儿：“那夏天岂不是热化啦！”

“那我也甘之如饴。爱情本来就是想和他同生共死呀！”

又有人笑着问：“你才十九岁，万一以后会遇到更好的呢？”

“遇到了再说。至少他是我十九岁时遇到的最好的！”

像银铃摇晃，晃动了赵西音连日来的苦闷心情。她站起身，一股抑制不住的冲动在推着她向前走。

小姑娘们叫她：“呀，小西姐，你回家吗？”

赵西音僵硬地点了点头，脚步越来越快，出了艺术中心，她已开始一路小跑。坐上出租车，赵西音报了地方，车轱辘一动，她的心脏随之跳跃。傍晚大片晚霞晕染在天边，分明就是夏天的感觉。被烧红的光照耀眼睛，赵西音再一低头时，眼底的潮热一波一波往外涌。

她骗不了自己，真的，真的真的好想他啊！

“运输费用可以按比例由我们承担，这一块由徐部长去跟高总协商。内培细则还需要再完善，由徐秘书牵头，以人力资源部为主……”

五点半，会议已近尾声。周启深做完最后的总结，十分准时地宣布散会。徐秘书和两个高层留下，商榷其他未尽事宜。

办公室的门敞开透气，周启深抬头的时候，正巧看到赵西音站在门口。他一愣，随之与她对上视线。赵西音眼巴巴地望着他，很懂事地站在原地，没再向前。

周启深扭头对众人说：“今天到这儿。”然后性急地推桌起身。

正是下班的点，来往的员工众多，频频往这边好奇地投来目光。周启深没穿外套，一件黑衬衫扎进皮带，身姿挺拔，大步流星。他脸上带着笑，不同于工作时的严峻，像换了个人一样。只看侧面，都让好多女同事惊奇不已。

“你怎么来了？”周启深是真始料未及。

赵西音却忽然搂住他的脖子，将人结结实实地抱住。周启深没站稳，下意识地搂住她的腰，连连后退好几步。

赵西音将头埋在他颈间，轻声说："周哥儿，想你。"

周启深浑身过了电，一层一层的战栗经久不消，他有点慌，从慌张里渐渐品尝出喜悦。他故作镇定，声音染上笑："怎么想的？"

"听到团里的小朋友们聊自己的男朋友。"赵西音声音有点哽咽。

周启深乐了："吃酸了吧？"

她"嗯"了一声："我没有男朋友。"

周启深亲了亲她的头发："但你有老公。"

赵西音没说话，鼻尖在他怀里揉得通红，极力憋回了眼泪。

周启深牵起她的手："先进来。"

行政部一堆同事正从右边出来，见到大老板如此柔情的一幕，个个呆若木鸡，等反应过来，立刻默契地齐呼："周总好！"

周启深略一颔首。大家的目光又似有若无地飘向赵西音，这位……该怎么叫啊？

周启深沉声道："赵西音，我太太。"

不愧是行政部的精英金领，个个淡定稳重，没表现出丝毫吃惊，反倒点头，齐声对赵西音道："周太太好！"

赵西音脸如红烧，仍极力维持镇定不失体面："你们好。"

周启深没什么表情，只是牵着她的手更加用力，十分高傲冷酷地带她进了办公室。

众人瞠目结舌，进电梯后炸开了锅："周总这是官宣了啊！"

"我没听错吧，周太太？什么时候结婚的？"

"复婚吧，我听徐秘书说过。"

"好有气质！身材好好哟！我晚上不去吃火锅了，我要去健身房刷脂，呜呜呜！"

看到周启深和赵西音十指相握的手，徐秘书和另两名高管便十分默契地离开。徐秘书还很体贴地带上门，并说："周总请放心，不会有人进来打扰。”

赵西音抓心挠肝，怎么觉得徐哥这话有点让人想入非非？周启深拽着她的手一扯，赵西音就稳稳坐在了他大腿上。

感受了两秒，他低声道：“轻了。”

赵西音亲了亲他的鼻尖：“你也瘦了。”

周启深捏着她的手在嘴边亲了亲：“想你想的。”

赵西音扑哧笑了：“不嫌肉麻啊！”

“真不说假话。”一下午会，周启深嗓子有点哑，声音一压低，格外性感，“知道我又做错了事。不敢再跟你说‘对不起’，说多了，我都觉得廉价。但西儿，我没有那样想你，你一直都很好，你做得比我好。我不想让你担心，是我用错了方式。哪怕你不爱听，我还是要再说一遍。老婆，对不起，我以后会改的。”

赵西音心有戚戚焉，一下子也心酸了，哽着嗓音说：“我也有错，沟通的时候没有好好说话，没有注意方式。其实我每一次跟你吵完架都好后悔。”

周启深笑着说：“后悔没多骂我几句？”

赵西音鼻音重：“后悔沟通的方式那么多，为什么偏偏要选吵架。”

周启深亦动容，抱紧了她：“没事儿，是我做错了。我该骂，该挨打，周启深罪该万死。”

赵西音被他逗笑了，轻轻捶了一把他的肩：“我又不是个悍妇。”

周启深轻松地“嗯”了一声，挑着眉梢，语气忒不正经：“你是娇妻。”

第十一章 心中烙印

周六，周启深要去银行办事，起得早。他刚从衣帽间出来，赵西音也起了床。

“今天休息，不多睡一会儿？”他正系领带，几根手指在深蓝色之间翻转，微仰下巴的模样，分外性感。

赵西音跑向前，在他下巴上轻轻咬了咬：“周老板，好帅。”

周启深刚得意，她又伸出手：“快，水军打钱。”

周启深佯装失望：“应该还是帅的吧，我每天都护肤。”

赵西音笑得在他怀里乱蹭。

周启深问：“你去哪儿？要不要我送？”

“我找黎冉和小顺。”赵西音说，“自己开车吧，也方便。”

“行，注意安全，有事打我电话。”

两人出门，反方向。半小时后，赵西音到了季芙蓉医生的诊所工作室。季芙蓉还在忙，隔着门对她点了一下头：“到外面坐会儿。”

赵西音抬手比了个 OK，坐在椅子上，闻着消毒水的味道有点晕。十分钟后，病人离开。季医生很关心赵西音：“有一段时间没来找我，我还庆幸呢！”

赵西音说：“是好很多了。季姨，但我这一段时间又不太舒服。”

“怎么了？”季芙蓉皱眉，“肚子又疼了？”

“偶尔，但也说不上是疼。”赵西音苦恼道，“闷闷的，还有点胀痛。有时候走路走远些，感觉更加明显。”

“不是以前那种疼吗？”

“不是。”赵西音摇了摇头。

审视数秒，季医生嘴角挂着淡淡笑意，没多说，只从医药柜里拿出一盒东西递给她。

“你去测一下，不会用的话，看看说明书。”

赵西音彻底愣住了，接过时，手甚至微微发抖。季医生鼓励道：“没事儿，小西，我们逐一排除，万一是好消息呢！”

二十分钟后。

赵西音看着那根显色已非常明显的验孕试纸跟被雷劈了一样。为确认，赵西音翻来覆去看了好多遍，还百度了一下示例图。两者一对照，一模一样。

见她久不出来，季芙蓉担心地敲门。门锁拧开时，赵西音一脸惊慌失措地看着她。不用问，就这个表情，季医生便知道了结果。看了一下验孕纸，她了然于心，笑了笑，说：“恭喜你了，小西。”

赵西音仍觉得不敢置信：“我这两个月……不会的啊！”

季医生低头写病历：“你再仔细想想。”

仔细想想，赵西音记起来了，他们年后那次，从公司一路亲昵着回梵悦。后来去青海，前前后后一个月，再到回北京和周启深冷战了这个把月，那时间也很久了。

赵西音越想越荒谬：“不会这么准吧！”

季医生听笑了：“没有准不准，只有缘分到没到。”

“不是，季姨，您知道的，我这方面一直不太好，月事也不太准时。而且我从年前到现在，一直在跳舞。”赵西音说起这些，自己都觉得要窒息了，“就算真怀了，以我的工作强度和环境，也会被‘蹦’掉吧！”

“胡说。”季芙蓉不满意地打断她的话，放下手中的病例和钢笔，“每个人的体质不一样，有一怀孕就得卧床保胎的孕妇，也有整个孕期坚持健身，甚至参加半程马拉松的孕妇。你对自己没信心，但不能对小宝贝没信心。妈妈不许说这样的话哟，宝贝会听到的。”

赵西音全程都是蒙的。季芙蓉看她这反应，不免起疑，试探着问：“小西，你是有难言之隐？”

季芙蓉联想到什么，万分可惜道：“也没关系，如果你不想要呢，也可以帮你安排手术。但季姨要提醒你，你上次小产后伤了底子，当时我就告诉过你，以后怀孕的难度可能会增加一点点。如果这次再不打算要，就真的很可惜了。”

赵西音慢三拍，听明白了，立刻大声道：“要！我要！！我要的！！！”

气势之宏伟，惹得门边的护士们以为有医闹。季医生真心实意地笑了：“保持心情平和，我再给你做两个血检，看看血值情况。还有，你现在怀孕了，就不适合再跳舞了。”

总之，后面的一切，赵西音都像木头人，医生说怎么做，她就照着做。那些血检值、指标，她一个都看不懂，只记住了季医生欣慰的一句话：“很顺利，小宝宝很给力。”

回去的路上，赵西音数度摸了摸自己平坦纤细的小腹——她真的怀孕了啊！

要说多喜悦，还真没有。这事儿来得太突然，根本不在赵西音的计划之中。她一直以为自己不易受孕，所以唯一没采取措施的那次，确实揣着侥幸心理。再者，她拍摄《九思》期间，几乎天天练功压腿下腰，在青海更是风霜雨雪里穿梭，每天穿着薄纱夏服在戈壁滩上迎风起舞，人都冻成冰块了，想想就不寒而栗。

赵西音忧愁的同时，扑哧一声又乐了。她低头看了看肚子，既无奈又感慨，这小皮猴儿还挺结实，真跟石头缝里蹦出来似的。

随之而来的，是无限惆怅和忧思。一是担心小皮猴儿的健康，自己这么成天蹦跶，他真的OK吗？二是才和苏颖的艺术中心签了合同，虽说从未规定舞蹈演员不能结婚生子，但这个时间卡得也太巧合了。就算苏颖不说什么，赵西音自己都觉得于心有愧。

想来想去……都怪周启深。

一百万遍将此人从头至尾羞辱完毕后，赵西音心里又冒出一丝甘甜。

正想着，就收到了周启深的微信。他说，今晚有点事，得和高层去南边的一个实验基地，估计得很晚才能到家了。

赵西音在屏幕上打了一行字，想了想，又给删掉了。

还是当面说吧，她决定。

回到梵悦，赵西音洗完澡趴在床上撑着眼皮到零点，实在是熬不住了，闭眼就睡了过去。不知过了多久，感觉到身边的被褥轻轻凹陷，背后抵住一个温暖的怀抱。这种熟悉感越发催人深眠，赵西音循着温度，往那团热气里拱了拱，睡得更加踏实。

第二天晨光大亮，赵西音一睁眼，就看到周启深竟已醒来，没下床，靠着床头回邮件。他视线未离开屏幕，嘴角却是微微上扬："周太太，以前怎么没发现，你睡觉还打呼噜啊！"

赵西音在被窝里伸长腿，用脚趾头去夹他小腿上的肉，愤恨道："你才打呼噜呢！"

周启深放下笔记本电脑，低头就在她额上亲了一下："我又不嫌弃你，你把这屋顶打翻了，也是我周启深的老婆。"

赵西音哭笑不得地踹他一脚："闭嘴。"

周启深哈哈大笑，搂住人想一顿亲，赵西音伸手一推，推开他的脸："臭臭的，你昨晚没洗澡吧！"

"洗了，香的，不信你闻闻。"胡言乱语一通瞎扯，赵西音知道他什么德行，这就是"发浪"的前奏。她刚想拒绝，周启深反倒自觉收了手，把握着分寸，人平静了不少。

"晚上有空？"他忽然问。

"怎么了？"赵西音仰起头。

"攒个局，我请老程他们吃个饭。"周启深说，"你也一起。"

"嗯？"赵西音疑惑，"是有什么事吗？"

周启深笑了笑："没事。咱俩复婚这么久，都没正式告诉过他们。和平和老程对你都有心，以前没少帮着你削我。于情于理，咱们夫妻俩都得答个谢。"

赵西音能理解，于是欣然答应："好呀！"

周启深手机响，他边下床边接，听内容是在谈公事。赵西音把被毯往上扯了扯，半边脸陷进去，眼珠滴溜溜地转。

周启深过年之后的这两个月，好像变得格外忙碌。刷个牙的时间，他又接了两通电话。他已换了正装，是要出门的架势，一只手握着手机，另一只手在系领带。

赵西音走过去，微微踮脚帮他系。周启深搂了搂她的腰："我白天都在郊区，下午四点司机来接你去吃饭好不好？"

赵西音有点感慨："周哥儿，你今天有点不一样。"

"嗯？"

"变得格外温柔，这不是你的风格啊！"

周启深摸了摸她的脸："知道了，这是换着法子控诉我以前做得不好。"

赵西音扑哧一声乐了。

"你今天回爸爸那儿？"周启深赶时间，没腻太久，牵着她的手走到玄关，边换鞋边问。

"爸去学校了，我去找小顺和黎冉。"赵西音的小拇指勾着他的小拇指，轻轻晃着，不肯撒手。

周启深握了握她的手，什么都没说，直接抱住了她："好了，乖，我尽量早点回来。"

赵西音是真舍不得，眼睛巴巴望着，好似能冒出水来。

周启深犹豫了半秒："那我今天把工作推了。"

"去赚钱！"赵西音立刻翻脸，"不许偷懒。"

周启深笑得浓眉斜飞入鬓，刮了刮她的鼻梁。赵西音飞快地亲了亲他的下巴："路上小心，晚上回来，我有件事要跟你说。"

周启深出门后，赵西音没多久也出了门。

四月天凉，临近中午，黎冉总算忙完发货，她和小顺都热得一脑门的汗。

“每次打包发快递就和上战场一样。”黎冉拿着破纸板扇风，看了眼在沙发上睡得正香的赵西音，“小祖宗，你九点过来就一直睡觉，你昨晚是通宵了？”

赵西音酣眠刚醒：“没呢，春困。”

黎冉挨着她身边坐下，拍拍她的屁股：“过去点儿。问你啊，拍完那个电影，你真打算就这么算了？”

赵西音“嗯”了一声。

“不后悔啊？这么好的机会，多少人想进娱乐圈都得潜规则呢！”黎冉恨铁不成钢，“你就是没志气，安于现状。放宫斗戏里，两集死的那种。”

赵西音乐得咧嘴憨笑：“你个高才生还卖情趣内衣呢！好意思说我。”

黎冉龇牙咧嘴：“情趣内衣怎么啦？去年双十一，我店铺的销量在同类商品中排第十呢！”

赵西音用脚尖蹭了蹭她的腿，一脸谄媚地笑：“把你的大腿给我抱一抱。”

“走开。”黎冉“嘁”了一声，“找你家老男人去，他那才是名副其实的镶钻大腿。”

这聊天内容，一旁的小顺都听不下去了：“你俩还能再恶心点吗？中午都不想吃红烧猪蹄了。”

赵西音不乐意了：“你指桑骂槐别以为我听不出啊，不许说我家周老板。”

小顺酸得一身鸡皮疙瘩，默默远离。

赵西音又问黎冉：“你和顾和平现在是什么情况啊？”

黎冉丢了一记白眼：“没情况。”

“别诓我。”赵西音不满道，“顾和平自个儿都承认了。”

黎冉立即挺直背脊，神色紧张：“他承认什么？”

“承认和你谈恋爱呀！”赵西音眨眨眼。

“你听他胡说八道，他个神经病。”黎冉嗤之以鼻，一副瞧不上的嫌弃表情，“他的名号在这片地方都是响当当的，随便问个圈内人，都佩服顾大公子的红颜知己遍布全国各地。”

赵西音“哎”了一声：“哪有那么夸张，和平哥是爱玩儿了点，但还是有分寸的。”

黎冉“哼”了一声：“他有个屁分寸。”

赵西音多机灵一人，对这二人又再了解不过，黎冉反应越激烈，就越是有什么。抵挡不住赵西音澄澈明亮的目光，黎冉败北，终于不再否认：“在一起了一个月，现在分了。”

“原因？”

黎冉低了低头，遮住眼里的怅然，冷静地答：“不是一路人。”

中午小顺点的外卖，还给每人要了三瓶冰镇蜜桃饮料。小顺去门口拿了外卖，走过来时绕到沙发后，伸手用冰饮料瓶身蹭了一下赵西音的右脸颊。

赵西音被凉得浑身一颤，扭头怒视他：“别闹，我怀着孩子呢！”

她语气太自然了，小顺以为她说笑，“嘁”了一声：“你怀着哪吒吧！”

赵西音双手搭着小腹，嘻嘻笑道：“没骗你，真怀着呢！”

“等等，”黎冉惊呆了，“你……你怀孕了？”

赵西音憨笑，不语，微仰着下巴，眼里的得意与幸福藏不住。黎冉张大了嘴巴，半天忘了闭。小顺吓得直接撒手，把那瓶冰镇饮料丢到了地上。赵西音乐极了：“你们干什么啦？”

两人齐声惊呼：“也太快了吧！”

从这一刻起，赵西音在这儿的待遇完全就变了。小顺特狗腿，开着面包车出去拉回半车水果，一个劲地让她吃。赵西音笑死了：“喂猪呢！”

黎冉撑着下巴，一直盯着她肚子看，啧啧称奇：“简直不敢置信。你家周老板乐疯了一定。”

“我还没告诉他呢！”赵西音努努嘴，“他今天忙，晚上再跟他说。”

人间四月芳菲尽，太阳温暖的午后，已隐约可嗅见初夏的气息。赵西音在黎冉这儿待了一下午，好友之间天南地北地聊天，自然惬意。四点半，司机准时来接。黎冉和小顺各自站一边，夸张地扶着赵西音的左右手，点头哈腰：“恭送皇后娘娘。”

吃饭的地方在紫竹院那边，本可以提前到，哪知路上连遇两起交通事故，硬生生拖慢了车速。迟了五分钟，赵西音远远就瞧见周启深等在门口。他换了衣服，穿着一件杏色的风衣，立领笔挺，衬得身材颀长。

车停稳，他走过来开车门，把赵西音牵了出来。

“我迟到了。”赵西音用食指抠抠他的掌心，弯眼笑了笑。

周启深捏捏她的手：“没事儿，让他们等。”

他们一进包厢，顾和平和老程就拍着桌子鬼喊鬼叫：“哟哟哟！这谁呢！哪家爸爸带着女儿啊？女儿谈男朋友了吗？哥哥给你介绍个青年才俊。”

周启深剑眉斜飞，面上带笑。相比较以往，他今天的反应实在算是慈悲。只把赵西音的手牵得更紧了一些，然后直截了当道：“虽然都是熟人了，但还是郑重介绍一下，赵西音，我太太。”

赵西音笑眼弯弯，也很大方地和大家打招呼：“周启深，我丈夫。”

“嘁。”顾和平对着老程叹气，“这饭不用吃了，狗粮都得吃撑了。”

老程感叹：“我就应该把昭昭带来的，免得他们俩口子这么嚣张。”

服务生上菜，都是徐锦点的。他在周启深身边这么些年屹立不倒自然有原因，跟周启深要好的朋友，他们的口味和喜好都记得一清二楚。菜品不多，但道道猜中心意。他记得赵西音喜欢吃甜食，很体贴地点了一份西米花生羹。

顾和平笑着说：“周哥儿平日对我最凶狠，小西，以后帮哥哥撑腰，收拾这个暴脾气。”

老程随之附和：“我那茶馆都快被他喝垮了，回回赊账。小西，你来评评理，程哥小本买卖真不容易。”

赵西音也不说话，只往周启深身边靠了靠，偏着头，笑容俏皮。

得，一看这模样，向着自己老公的。

顾和平是个能侃的，把气氛炒得火热。但他其实看出来了，周启深今天好像不太一样。

换作平时，这男人只要兴致大开，保准比他们还疯，还能闹。但这顿饭，周启深吃得很沉默，也不是寡言，就是那股状态，淡淡的，很含蓄，心里头装了事。

顾和平特意激将，怂恿着要和赵西音喝酒。他心里有数，小西是能喝的主儿。周启深果然伸手夺过酒杯，也没废话，仰头一口喝尽，然后才淡淡地说："别闹她。"

赵西音自然也察觉出了他今日的不对劲，下意识地去握他的手，在桌面下，两个人十指紧扣。周启深侧过头，眼神爱怜疼惜，给了她一个浅笑。

饭局近尾声，周启深已经放下碗筷很久，忽然开口："和平，法务部出的授权书你收到了没有？"

顾和平不疑有他，用热毛巾拭拭手："收到了。"

周启深将视线投向徐锦："我跟你聊的那个项目的相关工作，以后你就请示他。"

这事之前就提过，徐锦不意外，点头答应。

"老程，你上次让我带的东西，明天我让司机送到你茶馆，够你用一阵了。"周启深语气沉稳，不急不缓，像是早就计划好了一切。

赵西音感到不安，侧过头看着他。

这种感觉怎么形容？

近在咫尺，却远于江湖。

她莫名心慌，甚至下意识地去抓周启深的手。男人的手背手心都是热的，不躲不藏，任她握着。

沉默几秒之后，周启深转过头，先是看着赵西音："我这段时间可能不去公司了。"

徐秘书先皱眉，以为自己没听清："周总？您最近的行程安排是不用出差的。”

“不是。”周启深停顿半秒，说，“我要休个长假。时间不定，多则两个月，顺利的话，七八天差不多。”

赵西音急着追问：“你干吗去？”

周启深抿了抿嘴唇，看着她的眼睛，如实说：“西儿，我不瞒你，我明天要去一趟医院，做个手术。”

话音刚落，顾和平和老程都惊了，等反应过来后，顾和平“咣”的一声竟砸了酒杯子：“你说什么呢！什么手术？谁做手术？你能不能别开这种玩笑？！”

老程冷静一些，拐着弯地劝慰：“周哥儿，这玩笑不能开。小西在边上呢，别吓着她。”

周启深始终平和，将视线从赵西音脸上挪开，看向他们：“我前阵子头疼得厉害，去做了个复查，医生说我脑子里可能长了个东西。很小，具体不详，做了 CT 应该没大问题。但为保险起见，医生建议我做个微创刮除，顺便做个活检。”

说完，他又看着赵西音，很用力地握着她的手。她没什么表情，或者说近乎木讷呆滞，连眼神都是放空的。早有预料，周启深知道这样的情况无法避免，与其不断解释，不如诚实相待。他弯了弯嘴角，用指腹轻轻擦去她嘴角的一滴汤汁。

“原本不打算告诉你，怕你担心，怕你难受，也怕耽误你跳舞。但那天你跟我说的话，说我们是夫妻，要同甘共苦，别总用‘我可以”当推开你的借口。”他凑过脸，压低了些声音，“老婆，我在改，我以后会听你的话。”

赵西音愣愣地盯着他，眼神好似没有着力点，万物虚空，寂寥无声。

顾和平最先按捺不住，一脚踹开椅子，走到周启深跟前恨不得揍他一拳：“你把话说清楚了！长东西，长什么乱七八糟的玩意儿！那是脑袋！周祖宗，你别吓我了成吗？！”

周启深丹凤眼上扬，笑着只差没举手投降：“真是小手术，没骗你，我要骗你，我以后生不出儿子。”

这毒誓发得逼真，顾和平的怒火被浇凉了一半，结了冰似的，一层一层冻起来。再把之前种种迹象联系在一起——他固执地坚持要给他授权，再三交代徐秘书有问题向他请示，还有那天在看守所，周启深一番“托孤”言语……

他知道，周启深此刻讲的是实话。

这场饭局，没能善终。沉默，压抑，在座的谁都不吱声。良久，周启深的目光本能地落向了赵西音。

赵西音还维持原来的姿势与表情，平平静静的，情绪没有一丝起伏。周启深忐忑不安，顾虑重重，这一瞬，他忽然后悔了。

后悔……是不是做错了决定，是不是应该继续瞒着她。他刚想叫她的名字，赵西音身体颤了颤，像是被人点中死穴，思维全死了。

她胃里火烧一般，燎遍四肢百骸。她呼吸急促，已经压不住喉咙间的涌动，最后推开椅子跌跌撞撞地站起身。周启深反应快，也站起来，迅速把人抱住。赵西音趴在地上，脸色苍白如纸，捂住嘴，竟止不住地剧烈干呕。干呕止不住，胃部痉挛，抽得她小腹也跟着跳。

腹部升起的异样感瞬间拉回她的理智，她有意识地双手搭在腹部上面，然后强迫自己平静下来。所有人都吓住了，周启深刚想把她打横抱起，赵西音推开他的手，自己撑着膝盖站了起来。

从头至尾，赵西音都没再说一句话，垂着头，安安静静站在原地。在场都是有眼力见儿的人，面面相觑。老程打破僵局：“吃得也差不多了，走吧，早点回家。”

周启深开车，赵西音坐副驾，回梵悦的全程，都是扭头看窗外。四月的北京之夜，暖意已尤为明显，车窗滑下半边，车内循环着自然风，静得只剩呼呼风声。到家后，赵西音沉默地换鞋，沉默地走去厨房喝水，玻璃杯的水满得已经溢出，她浑然不觉。

周启深按了停止键，轻轻去拉她的手：“小西。”

赵西音没挣，任他握了一会儿后，还是把手抽了出来。一晚上，她都是这样的状态。该做的事一样没少，洗澡，看手机，连开着电视机只听声音这个习惯，都如常照做。周启深数次想跟她说话，都被她置若罔闻的态度给逼了回去。

只得作罢。

等他洗完澡出来，电视关了，卧室的灯暗了，赵西音应该是睡着了。季节一回暖，连窗外的城市霓虹都变得亮堂许多。周启深双手撑在窗棂两边，静静看了会儿窗外的夜色。

是做错了吗？

或许在感情里，善意的谎言亦不可缺。

周启深微微侧头，余光感受到主卧的漆黑。好似心也跟着一块暗下去，既无力，又心疼。

他在过年之前就做过一次检查，那时医生建议，如有不适再复查。想不到临近过年时，他的头疼病症开始加重。从西安回来后，医生就直接建议他做手术了。

周启深看得出来，赵西音一片赤诚之心，是很想很想复婚的。他不是没想过，再拖一拖，拖到做完手术，确认无误之后，就一辈子不放她走了。可每一次对上赵西音期盼的眼神，他都觉得罪该万死，再多让她等一秒都于心不忍。

复婚吧！

他想。

那份搭上身家性命的婚前协议，是他能给的最大诚意。如果出事，至少赵西音还有路可退。

视线可及的新央视大楼，楼面的LED光影效果迅速切换，从暗紫骤变明黄，亮光刺目、扎眼。周启深被晃得短暂眩晕，这一瞬间的失衡，他脑子里陡然冒出了后悔的念头——

自己是不是太自私，她本该无辜，如今却要被迫背负这么多压力和桎梏。

一支烟的时间。

周启深的头疼症状从昨夜起就没歇停过，这一刻已到极限。估摸赵西音已经熟睡，他悄然进去卧室，只开了一盏亮度极低的夜灯。

灯光的颜色像旧时的红烛，灯影映在淡灰色的墙壁上。周启深从最下层的抽屉里拿出两瓶止疼药，旋开盖子刚要倒，就听赵西音的声音幽幽响起："会死吗？"

周启深手一颤。

她重复道："会死吗？"

这语气太过平静，像暴雪前压低的天空，只等一道西风发出号令就将雪花肆虐。

周启深回头一看，才发现赵西音已经泪流满面。

"小西，"他的心狠狠揪起来，还要被左右拧转，多了几分不知所措。他慌忙爬上床，小心翼翼地把人搂在怀里，跟哄孩子似的一遍一遍解释，"医生说大概率是良性的，而且很小，发现得也很及时。这种情况很多人都会有，有的疏于体检，熬着熬着也没事，就是头疼时难受得厉害。"

周启深一本正经地说："我是痛觉比一般人敏感，要换作别的人，十有八九都不会当回事。"

半真半假，哄她开心的成分更多。赵西音揪紧他的衣领，呜呜咽咽的哭声忍了一晚上，终于崩溃倾泻了。

"你个骗子，你个骗子！"她语不成调地低骂，带着哭腔，带着委屈，"你为什么要瞒我这么久？为什么不早点告诉我？为什么非要自己一个人扛？你以为你是英雄吗？你个臭狗熊，周启深你不是人！"

周启深听笑了，饶有闲心地取乐："一会儿狗熊，一会儿不是人，我到底是什么物种来着？"

赵西音的哭声更大了，握着拳头打他的肩膀。

"我……我……"情急之下，她连自己都骂，"我就是个傻子。"

周启深不乐意了，把人搂过来，亲了亲她的脸颊："不许骂自己，你要不乐意，骂我是猪是狗都行。"

她呜咽："不用骂，你就是！"

“行了，最后一晚，明儿我就得去医院。让我看着老婆漂漂亮亮的样子。”周启深哄她，拍拍她的背。

“什么最后一晚！”赵西音气死了，“你能不能说点吉利的话？”

“好好好。”周启深假装打了自己一巴掌，“让你害老婆担心。”

赵西音到底舍不得，抓住他的手，然后盖在了自己脸上。哭声渐息，逐渐安静。赵西音维持着这个姿势没有动，半晌，周启深感受到指缝间的流淌的热潮。像烧红的铁，在他心口留下烙印。

这是赵西音今晚最后一次哭，之后，她恢复如常，顶着红透的眼睛帮周启深收拾东西。

衣服、裤子、剃须刀、护肤品，事无巨细，妥妥帖帖。

“明天你先去，我自己开车过来，家里你不用管，公司有徐哥。你别心存侥幸，顶多给你撑七天，不，五天。”赵西音哑着嗓子，但语气仍十分严肃，“周启深我告诉你，你天生就是劳碌命，必须给我日夜不停转动。我不许你躺太久，不许你睡懒觉，不许你在那破手术台上闭眼偷懒。”

赵西音吸了吸鼻子，收拾的动作不停：“不信你试试，超过五天没好起来，公司就拿去分了，老婆也不是你的了。”

周启深半躺在床上，靠着床头休息，一听就笑了：“公司不要无所谓，老婆必须是我的。”

“你以为你是书里的霸道总裁？”赵西音气他，“世上哪有那么多痴心人。大难临头各自飞，你要残了，我保准拿着你的钱去外面找小白脸、小鲜肉，个个比你年轻，夜夜歌舞升平。”

说着说着，她鼻音越发加重，瓮声瓮气地威胁：“不信你试试！”

周启深的头疼好似缓解了大半，嘴角微扬，眼角上翘，露出浅浅的三道纹路，平添了几分性感。他什么都没说，看着赵西音忙碌的身影，眼里竟涌出微微湿意。

这一晚，周启深是抱着赵西音睡的。赵西音背对他，身体像放松的弓。男人的胸膛炽热，心跳平键、有力。他们之后没有任何对话，彼此的呼吸是唯一的交流。

周启深头疼时好时坏，最后竟一觉好眠。他睡着的时候，没有察觉。赵西音闭着眼，挪动他环搭在自己胸前的手，慢慢地移至小腹。

她向前动了动，让腹部与周启深的掌心贴合更紧。

夜深，人静。

最后，心跳合一。

第十二章 我亦飘零久

次日上午，周启深入院做手术前的准备。

顾和平和老程来了，徐秘书西装革履，仍是一副精英秘书该有的形象。他拿着文件逐一汇报，压根儿没把周启深当病人。护士正在抽血，两针没扎准，抽得周启深心浮气躁，没好气地对徐锦说："你就不能自己拿主意？"

"在其位，谋其政。周总，这是您的职责。"徐锦合上文件。

周启深气笑了，说："我下午就要上手术台了。"

"在我这里，意外情况再多，您也永远是公司的掌舵者，是我的直属领导。"

周启深沉默了几秒，最后大手一挥："不想看见你，头疼。"

徐锦从病房出来，迎面碰见赵西音。她应是站了很久，但没进去，徐锦明白了，客气地问："小西，有事你尽管跟我说。"

赵西音笑了一下："徐哥，借一步说话。"

早晨还是灰蒙蒙的阴天，到这时，太阳竟悄然露了脸，微弱的阳光照在地上，被风吹动的枝叶影子轻轻摇曳。

"徐哥，我想要句实话。"赵西音开门见山，"周启深实际的病情是不是瞒着我？"

徐秘书否认："没有。"

赵西音很平静，显然不相信："其实是肿瘤，是癌症，对不对？"

徐秘书："……"

她深吸一口气："你不用顾虑我的感受，我已经做好心理准备了。也不用顾忌周启深，他已经是个有今天没明天的人了，不会拿你怎么样。你放心说，尽管说。"

徐秘书额头冒汗："不不不，小西，周总真的没瞒你，小手术而已。之前的各种检查已经筛查过了，不是癌症，也不是肿瘤。"

赵西音将信将疑："真的？"

徐秘书恨不得把头点断："千真万确。"

赵西音默然许久，低着头，若有所思。

徐秘书笑了笑，出声宽慰："小西，你和周总在一起这么些年，应该是了解他的。周总是很坚强的人，喜欢主动进攻，也擅长硬扛，但绝不屑于欺骗。和他共事近十年，他是我见过的最有执行力的男人。唯一的弱点，可能就是一切与你有关的事了。小西，请你相信周总，如果他真是得了不治之症，一定会积极治疗，不会放弃任何希望。"

赵西音莞尔一笑，点了点头："谢谢。"

徐锦思索良久，还是决定告诉她："小西，有个东西你看看。"

徐秘书小跑着走了，示意她等一会儿。两分钟后，人回来了，并且递给她一个文件袋。

赵西音狐疑。

他说："这是周总要的，你是他爱人，打开看看吧！"

赵西音打开，拿出里面的一本检测报告。专业的术语，冗长的分析比对，这些她都看不懂。

翻到最后一页——

根据现行的亲子鉴定技术规范，结论描述只有两种：支持和排除。支持的准确度要大于 99.99%，排除的准确度为 100%。经对比分析，（A）是（B）的生物学母亲的相对机会为 99.99%。

病房里，顾和平和老程全程围观周启深做检查。

甭管是抽血还是量血压，俩人都不忘嘱咐护士一句：“用力扎，别怕他疼。他就是欠扎，皮糙肉厚，您别客气。”

护士年轻，被逗得直乐。周启深瞧她针尖乱抖，真还紧张了：“别听他们的，您发挥正常水平就好。”

说来不信，周启深怕打针，这源于小时候得水痘那次。他烧得都快死了，周伯宁才带他上医院，一听要住院，嫌贵，周伯宁第二天就带他回了家。烧还没完全退，时好时坏。周伯宁可能良心发现，真怕这小兔崽子死在家里，又想省钱，于是明知自行注射不妥，也依然去小诊所买了针管和乱七八糟的退烧药、消炎药，自己亲身上阵天天给他打针。

周启深年幼时营养不良，瘦得跟豆芽菜似的，哪经得住周伯宁乱来。什么血管位置完全是瞎子摸象，一针下去，不对，拔起来换个地方继续扎第二针。等他水痘痊愈，身上用千疮百孔来形容也不为过。周启深的心理阴影便是那时候落下的。

当然，这个护士技术很好，抽血时几乎感受不到疼痛。七管血编了号，顾和平特损人，悠闲地道：“不知道的还以为您剖宫产生孩子。”

老程跷着腿，蛮关心地问：“周儿，多充值呗，全北京大小医院，都值得你拥有贵族VIP。”

周启深笑骂：“你俩闭嘴行吗？除了头疼，我身上没毛病。”

一提起这话茬，气氛又变了。玩笑开不起来了，顾和平越想越觉得憋屈，在他床前来回走动，最后焦虑地停下，问：“你能不能给句确切话，你这手术，究竟是哪种程度？”

周启深如实说：“真没大事，至少从片子上看。”

“至少个鬼。”顾和平心浮气躁，“这话我不爱听。”

周启深笑意淡淡的：“世上哪有百分百的事，尤其是进了医院。你去问问，哪个医生能给你做这个保证？也许手术顺利，但活体检验的结果不行。那就没法儿，认命。”

老程和顾和平齐声道：“呸呸呸！”

周启深皱了皱眉：“讳疾忌医有什么用，真要有这个坎儿，不还是得积极面对。”

“你别把自己说得这么豁达慈悲，蒙谁呢？搁以前，我还信。但现在，打死我都不信。你结婚了，有家庭了，有妻子了，你放不下的。把小西独留在这世上，或许她会悲伤一阵，但她这么年轻，不可能给你守一辈子寡。总有一天她会忘记你，然后跟别的男人结婚，生子，再过几十年，她连你的样子都记不起了……你真舍得？”

老程的一席话， 让周启深沉默了，眼里的色彩逐渐暗淡。

“生不易，死更难。”老程说，“周哥儿，你这叫假潇洒。今早上过来的时候，你在做检查，小西和我在外头聊了好久。你猜她说什么？”

周启深眼神聚光，看了过来。

“她说，如果你健健康康地从手术室出来，她就好好跟你过日子。如果你不健康，她就带你去国外治，找最好的医生、最好的康复师，不怕花钱。除非你死。不然哪怕变成植物人，她也认了。”

认你这个人。

无论贫穷富有，健康疾病。

认你一辈子。

老程叹了口气：“娶妻如此，周哥儿，是你的福气。”

后半句他没说出口——及时当勉励，岁月不待人。俩人分合几度，见过生死。有生之年，对她好一点。

周启深的手术排在下午两点，由医院最好的脑病医疗团队亲自负责。脑科手术不比其他，微创再小，也得绝对卧床观察四十八小时。男护士一点来给他做术前最后准备，周启深换上了手术服，头发软塌下来，人倒显得平和不少。

徐秘书他们都在，围在床边成一个圈。周启深“啧”了一声：“你们换个队形可以吗？像是遗体告别会一样。”

顾和平杠他：“看不惯就给我努把力，赶紧做完手术。不然天天气你，天天给你家媳妇儿安排相亲。”

周启深双手抱拳作揖，服气。之后，他们都有默契地出了病房，把时间留给夫妻俩。

一刹那病房安静了，上一秒还随风卷动的窗帘此刻都静止了。周启深英俊依旧，若不是这身衣服，真看不出一丁点病态。他朝赵西音伸出手：“西儿，来。”

赵西音顺从地牵着他的手，很乖地窝在他怀里。

窄窄的单人床，两个人紧紧相拥。

赵西音在他衣领间深深呼吸，小声说：“我不喜欢你身上的药味儿。”

周启深“嗯”了一声：“以后只有你的味道。”

赵西音皱眉：“周启深的嘴，骗人的鬼。”

他笑了笑：“最后一次，我保证。”

赵西音搂着他的腰，食指在上面轻轻刮。周启深捏了捏她的手腕，轻声道：“我手术后，徐秘书安排了看护。这几天你不要来医院，我让和平他们带你吃点好的，你瘦了，脸色也不好，好好休息，不许再操劳。”

赵西音没应声，闭着眼睛，在他怀里短暂地睡了个觉。半小时后，护士来敲门，通知周启深进手术室。赵西音安安静静地起床，自此之后，始终沉默地站在一旁。老程他们帮忙，一群人拥着周启深的推床往十楼手术室去。

长廊不过十米距离，医生示意止步。

周启深躺在床上，微微抬起头，下意识地找赵西音。可她始终在最后，低着头，情绪平静。

手术室的门已缓缓打开。

“周启深！”赵西音忽然叫他的名字，然后从后面快步过去。

两人的手本能地握在一起。

周启深刚想安慰她，赵西音忽然俯下身，在他耳边说：“你和斐姨的亲子鉴定报告已经出了结果。”

周启深一愣。

“想知道？”赵西音继续说，“想知道就好好出来。你要是敢出事，我永远不会告诉你。”

周启深嘴角微颤。

医生已经过来催促，时间到了。

推床继续向前，两人握着的手渐渐拉远。

指尖分开时，赵西音看着他，语速越来越快：“周启深，你要敢不活着出来，我就带着你的孩子改嫁，让他跟别的男人姓，再用你的钱去养小白脸，气死你。”

赵西音终于泪如雨下，紧紧抠住他的手指。舍不得，舍不得啊！

她在他耳边哽咽着说：“周哥儿，我和小周周一起等你。”

……

事后据当天手术的医生说，这个病人真的很奇特。

全麻都上了，他的心跳还一直飙在一百八下不来。

周启深的手术时间说长不长，说短也不短。下午两点进的手术室，五点差一刻才出来。

手术很顺利，没有出血点，标本组织送去检验，次日就能出结果。推出来时，周启深戴着宽厚的氧气罩，占了脸一半大小，手上还扎着留置针，各种监护仪在身上，看着特大阵仗。

进手术室前，赵西音对周启深说的那个爆炸性的消息，方圆五米的人都能听见。顾和平和老程他们震惊了，心跳跟里头的“180”一样，哐哐当当没正常过。俩大老爷们无师自通，十分自觉地将赵西音“强制扣押”在休息室里，美其名曰孕妇不能激动，不再让她操任何心。

周启深这边出来，肯定模样吓人，他俩真不想让赵西音担惊受怕。等待的间隙，顾和平和老程一人一句连环骂：

“周哥儿王八蛋！”

“姓周的臭不要脸！”

“周启深真不是东西！”

侮辱完之后，两人又同时沉默，同时叹气：“小西这姑娘，真的比任何人都坚强。”

徐秘书找的是最专业的医护，还是两个人，就基本上没旁人什么事了。但顾和平和老程还是一直守在这儿，不停问医生具体情况，那份实打实的关心，比亲人还亲。

术后为保险起见，周启深被送进 ICU 观察一晚。见人现在还没醒，老程按捺不住去问医生。

“一般不都得醒了麻药再送出手术室吗？他怎么还睡着？”

“人在手术室已经醒过一次了，估计药效没过，别着急，明天会越来越好的。”

于是乎，顾和平嘴巴贱兮兮的，连昏迷不醒的病人也不放过，在周启深面前王八念经似的不停唠叨：“你别醒了，你家媳妇儿还有你亲儿子，统统跑路了。小赵找了个年轻小鲜肉，打篮球的，一米九，那叫一个帅气威猛。”

真别说，这么一刺激，周启深还真清醒了。他睁开眼，就是这么很突然的一下，然后监测仪报警，心率又超标了。

老程乐了，“嘿”了一声：“神了。”

顾和平也笑了，凑过去又说：“醒了啊，醒了就行，醒了儿子和媳妇儿就都还是你的。”

周启深很虚弱，脑门上缠了一圈纱布，鼻子里还有吸氧管。薄唇上下轻碰，哑声问：“小西呢？”

徐秘书连忙去叫医生，老程安慰他：“放心，帮你照顾着。怕她担心，就安排去休息了。”

周启深的表情明显是放不下的，但术后体虚，说一句话都费劲。老程知道他的顾虑，笑着告诉他：“你没听错，周哥儿，恭喜了，要当爸爸了。”

监测仪嘀嘀尖叫，顾和平扑哧一声：“快闭嘴吧，手术顺利，别被自己乐死，那可真是奇闻了。”

后来医生进来检查，给他加了一支药，周启深又昏昏沉沉睡了过去。这边一切妥当后，老程才带赵西音来看他。隔着玻璃，没让她进病房。

"安心啊小西，周哥儿岁岁平安。"老程说。

赵西音安静地望着，看里面的人湮没在白色被单里，眼睛合上，睡颜依旧英俊。他不像一个病人，仿佛只是累了半生，终于能够歇脚休息。

赵西音过于宁静的状态，倒让老程奇怪了，试探地看了好几眼，摸不准她的心思。

"妹妹，不开心吗？"

赵西音歪了歪头，目光一直停在周启深身上："没什么开不开心，反正不管怎样的结果，我都要这个人。"她低下头，自顾自地一笑。

这一笑，把老程笑明白了。

明白不管这个男人是死是残，赵西音都能接受，能面对。这是一种已经说服自己的坦然以及对感情的投降。

周启深第二天转入普通病房，但因为用药，一直睡得多，醒得少。每次醒来，都找赵西音的身影。但看护告诉他，您妻子每次都是早上来，待上十分钟就走，今天更是来都没来。

赵西音这几天的心情宛如坐过山车，特别忧思伤神。她自己觉得状态不好，也不硬撑，回家好好睡了一觉。赵老师不知道这些事，每天仍是照常上下班，昨天晚上兴致勃勃地要做红烧肉。结果赵西音睡得迷迷糊糊刚起床，一闻见厨房飘来的肉香，没忍住，哇的一声吐了。

赵老师还以为她感冒了，去找了感冒药让她吃一颗。赵西音不瞒着，自然而然地就这么说了出来："爸，我没事儿，就是……就是怀孕了。"

赵文春丢了魂似的，半天没回过神。赵西音捂着胸口，皱了皱眉，又想吐了。刚到洗手间，就听见"咣"的一声重响——饭锅坠地的动静。

其实周启深做手术这几天，外头还发生了一件大事。

赵西音和苏颖签下合同的当日，在艺术中心即兴跳了一整段《霓云奔月》。没有妆发，没有正式的演出服，没有别的舞蹈演员配合，完完全全是随心起舞。

这一幕被苏颖的助理录了下来，随手发到了她自己的私人微博。这助理虽是半个圈内人，但不负责宣发这块业务，所以微博只是个普通账号，平时就转些小段子和发些照片。想不到的是，赵西音这个视频一上传，竟引起了各方关注，转发量眼见着从几十到几百，然后一发不可收拾，才几天，竟已破万。

“太美了吧！这身段，这气质，这动作太绝了！”

“她笑的时候，我死了。”

“小姐姐好漂亮耶！这是神仙腿吧，同是女人我想自杀。”

“她跳的是《霓云奔月》，苏颖的舞台剧，只在北京演出，超值票价，‘球球’大家一定要去看现场！”

“她是北京舞蹈学院的，我师姐。还参加了《九思》拍摄，大家多多关注哟！”

“纯路人，这是营销出道的惯用方式吧，鉴定完毕。”

赵西音真正意义地红了一把。接踵而至的，是很多媒体平台联系苏颖这边，什么邀约都来了，综艺、直播、访谈、约照。机会犹如万花筒，缤纷绚丽，突如其来。苏颖是个很有原则的人，一概拒绝。她与赵西音签的只是普通劳务合同，绝不逾矩擅自做主，也没有借机宣传自己的《霓云奔月》。她团队的宣发蠢蠢欲动，都被苏颖挡了回去。

她说：“人都是互相尊重的，或许得到一时红利，却永远失了人心。”

这些都是赵西音今天过来艺术中心的时候，苏颖的助理告诉她的。助理还跟她道歉：“对不起啊西音，没经你同意把视频上传到网上，但我真不是故意的。”

赵西音笑了笑：“没关系。”

同时她心里无限惆怅，苏颖一番好心，自己真的是辜负了。

“你怀孕了？”果不其然，苏颖听她说完后，表情可谓真正意义上的惊恐万状。

赵西音硬着头皮说：“对不起啊苏老师，我真不是故意给你添麻烦。”她声音渐小，“我也不知道小孩儿来得这么突然。”

苏颖半晌才接受这个事实，平静地道：“我不骂你，要骂也只能骂你丈夫。”

赵西音弯了弯嘴，苦笑。又是一阵沉默，苏颖没有唉声叹气，没有多加指责，没有怨天尤人。她的自我情绪修复能力极强，短暂的失落后，只问了两个问题：

“生完孩子以后还跳舞吗？”

赵西音没犹豫：“跳。”

“跳舞还会选我这儿吗？”

赵西音答：“选。”

苏颖点点头，不再有多余的表情：“好。”

赵西音看着她，眼眶微热，渐渐泛红。她哽咽道：“苏老师。”

苏颖淡淡地打断她：“不用抱歉，跳舞可以是你一生的热爱，但不是你一生的全部。我说过，我们相互选择，相互尊重。你既然愿意来，我便愿意等。”

这天下午，赵西音和苏颖聊了很久。聊专业的见解，聊舞蹈的心得，聊各自的经历。后来，苏颖又聊起自己的丈夫，说到老乔，这个清冷高傲的女人，语气都如春风拂面。

再后来，聊到了戴云心。

苏颖告诉她：“戴老师投拍的那部电影找了齐思娇当女一，还没拍就已经火了，宣传势头很足。戴老师上了很多综艺，最近热度很高。拒绝她，你后悔吗？”

赵西音笑意收敛了一半，眼里的怅然藏不住。她说：“我跟师父已经很久很久没有联系了，她可能这辈子都不会再见我了。我不后悔，希望她一切都好。”

苏颖想了想，又跟她提起一件事：“你大三那年就被学院举荐去法国参加比赛，但出了舞台事故。你伤了腿，之后不再跳舞，并在下学年就转了专业。当时知道这件事的人也不多，这几年网上更难再找到相关报道。”

顿了顿，苏颖大概也意识到太直接：“对不起，重提不愉快。”

赵西音始终平静，浅浅一笑：“没关系，您说的是事实。”

苏颖点点头，重点不在揭人伤疤，而是好心提醒："你那个视频一热，也有不少营销号直接带你大名，搜了你当年在法国的事故。你心里有个数就好，这些都无关紧要，过几天就忘了。"

赵西音点了一下头："谢谢。"

苏颖却直视她的眼睛，说："那年比赛，我是评委组的一员。"

赵西音愣怔。

"当年我就看过你的比赛视频，这种低级错误，你本不该犯。"

"如果我说，我的舞鞋被人做了手脚，您信吗？"

苏颖实话实说："就算我信，也于事无补。"

赵西音眉眼平和："我知道。"

自我证明和他人的看法还重要吗？

当然重要。

但现在的赵西音，已不再是那个二十出头的少女，誓死捍卫梦想，对这个世界怀揣极高的要求，且不愿与现实同流合污。她也不会再像以前那样，一旦受到挫折与不公，内心的阴郁便放大百倍，不愿将就适应，而选择义无反顾地跳下万丈深渊，以证明自己是那轮皎皎明月。

她已浪费掉一个舞蹈演员最黄金的数年时光，然而到头来，真正桎梏住的，只有她自己。

赵西音的内心有过惊涛骇浪，时至今日，修行在路上，已是一片无声潮落。所以，这么多年过去，这个世界依旧光怪陆离，而她选择与自己和解。

傍晚，苏颖和她一起吃了顿饭，再开车将人送回家。小区门口，赵西音肩披晚霞，背影窈窕纤细。苏颖透过车窗静静望着，以前某些时候，她总觉得这女孩儿像自己年轻时的样子。但现在，她恍然觉悟，赵西音根本不像她，也不像任何人。

她独自美丽，她只是她自己。

周启深睡多醒少的状态持续了四十八小时。每次醒时，都只找赵西音的身影。老程和顾和平轮番陪他，说话一个比一个气人：“你媳妇儿不要你啦！”

“你孩子的妈跟易烊千玺去约会啦！”

到第三天时，周启深的状态已然好了许多，人虽虚弱，但精气神还是慢慢恢复着。靠在床头，眼神幽深，配上一脸病容，更显阴鸷深沉。

徐秘书请来的这两个男看护，其中一个年纪轻，实在是怵这男人的气场。中午帮他分药倒水，就听周启深忽然幽幽问了一句：“你知道易烊千玺吗？”

小年轻的手一抖，水洒了几滴出来，战战兢兢答：“一个很有人气的明星，很火，很多粉丝。”

周启深了然于心：“硬汉吗？三十几了？”他还想，赵西音的审美蛮专一啊，就喜欢跟自己一种类型的男人。

这个叔叔您在说什么胡话？小年轻恭恭敬敬答：“那没这么老，二十岁，很年轻。”

周启深：“……”

老程告诉他：“小西闻不得医院消毒水的味儿，一闻就吐。早上都到门口了，又被硬生生地吐了回去。她让我转告你，你出院之前，她暂时不来了。”

周启深：“……”

嫌弃来得如此迅速，还让他无法反驳。欣赏完周老板一脸憋屈的表情，老程乐出了声：“行了不逗你了，顾和平晚上过来，顺道接小西一块儿。”

“帮我拿剃须刀。”周启深扭头吩咐看护，“我要刮胡子。”

老程一脑袋问号。

“这样显得比较年轻。”

反应过来的老程差点没给笑趴。

差不多同时间，顾和平也接到了赵西音。赵西音看到他的车还愣了下，系好安全带后问：“和平哥，你又换车了？”

车放在车库长久不开，积了一层灰。顾和平说：“我那辆宝马不太行，没这个车避震功能好。哎，头一回载孕妇，有点儿紧张。”

赵西音想，这位哥，您做作得有点过分。但真别说，顾和平今天开车那叫一个四平八稳，基本就是个四十码的速度慢悠悠地跑，后头的车辆喇叭嘟个不停，他也不为所动。

赵西音哭笑不得：“和平哥，我真没这么娇气，前阵子我还在青海待了二十多天，日夜颠倒地跳舞，这不也好着呢！”

顾和平说：“你可比周哥儿争气多了。”

“您越这样我越紧张，正常开就行了。”赵西音见车上有糖，自己剥了颗话梅味的吃，压下时不时冒出的反胃感。静了一会儿，她问：“和平哥，你和小冉还谈着吗？”

顾和平没料到她这么直接，神使鬼差地咬到自己的舌尖，疼得他内伤，跟心里的感受一样。他笑了笑，说：“黎冉都跟你说了，你就按她说的认为吧！”

赵西音又问：“那岑月呢？”

顾和平还是笑：“小丫头段位高，你别担心，我祸害不了她。”

顿了一下，他语气缓了缓，主动问：“小丫头回山西了吧？”

如果说，之前几句仍是听不出他态度，那这一句，赵西音恍然明白过来。她侧过头，看着顾和平，一张人畜无害的英俊面容，潇洒恣意，似乎永远不知愁滋味。

顾和平感受到这目光，扑哧，一声乐了：“哥知道你在想什么。别多想，我真不是脚踏两只船的人。”

玩归玩，那也是你情我愿。真要吊着谁，哄着谁，骗着谁，那不至于。

赵西音忽然就不想问了。

一个浪子的心，是看不透的。七情六欲，你困不住这个人。

顾和平自顾自地叹气，说得似是而非半真半假：“我和周哥儿同年，他都快当爸了，我还孤家寡人呢！羡慕，真羡慕。欸，小西，你反应大不大啊？”

赵西音点点头，恶心的感觉嘴里的话梅糖都压不住，说：“我现在就挺想吐的。”

顾和平：“？”

她反应过来，又连忙解释：“对不起，我不是说你。”

顾和平伤心了：“别说了妹妹，越说越想哭。”

到了医院，周启深醒着，医生刚给他做了检查，停了两种药，身上的监测仪也能撤了。没有这些五颜六色的管子，病床变得清爽了，周启深总算不太像个病人了。

顾和平连病房都没进，站在门口吆喝了一嗓子：“那啥，媳妇儿给你安全送到。走了啊，我晚上还有饭局。”

赵西音站在那儿半天没动，直到周启深朝她伸出手，低声说：“老婆。”

赵西音捂着鼻子走到他床边，一脸娇憨模样：“嫌弃你。”

话虽这么说，但手还是交到了他的掌心。周启深稍一用力，握住她的手将人往身上带，他吻了吻她的头发：“辛苦了。”

赵西音靠在他怀里，侧脸枕着他的锁骨，硌着有点疼。但她不吭声，静静感受了一会儿，好像只有这种真实的触碰才能让她确定，他是真的没事了。

赵西音不再提那些肺腑之言，不再表达失而复得的激烈情绪，他活着，他还在，比什么都重要。她的食指蜷曲着，指尖刮着他掌心，有一搭没一搭地说：“欸，周启深，你这个孩子很不好伺候啊！这些天反应好大，闻见味儿就想吐，昨天我爸做了红烧肉，我吐了三次。太折磨人啦！”

周启深“嗯”了一声：“我以后揍他。”

“我还特别犯困，刚刚坐和平哥的车来医院，我都能睡着。”

“好，我帮你骂死顾和平。”

赵西音仰起头，不满道：“和平哥人很好，你莫名其妙骂他做什么？”

周启深点头：“行，不骂他，明儿我给他发红包。”

赵西音乐了：“是不是我说什么你都答应哪？”

“是。”

“那我要跟你离婚。”

周启深把她箍紧了一些："这个不答应。"

赵西音撑起身子，眼波似盈盈秋水，一动不动地看着他。几秒之后，她的眼里涌起微微潮意，小声问："不会再有下次了吧？"

周启深与她额头相抵，沉声说："不会，我保证。"

当天下午，他的活检报告出来了，安然无恙。赵西音这才敢把周启深做手术的事告诉赵文春。年近六十的赵老师当场就哭了，边哭边骂，说这孩子太任性，太死扛。

赵西音坏着呢，还把赵老师骂他的话录了语音发过去。周启深说："从小到大，没人叫过我孩子。让爸多骂几句，中听，舒坦，高兴！"

赵西音无奈了，什么癖好，真够变态的。

第七天，周启深做完最后几项检查，终于被批准出院。他不准顾和平和老程搞什么庆祝仪式，因为赵西音的反应越来越大，孕吐特别严重，严重到刷个牙都能干呕不止。

周启深借着养身体之名，干脆把工作都带到了家里。他还问了好几个妇产科专家，孕吐没办法，只能熬过头三个月。周启深就买了本日历，过一天，撕一页，天天倒计时：

距离小周周满三个月还有二十七天。

赵西音笑死了："哪有那么娇气，我都没你这么紧张。吐就吐呗！吐着的时候，我反倒安心。"

说漏了嘴，赵西音立刻反应过来，笑意就这么收敛了，眼神逃避地不去看周启深。这一刹，周启深心如刀割。他知道，赵西音这是心有余悸，是害怕。她记着他们的第一个孩子，来得无人知晓，走得悄无声息，给了她一场最痛的告别。她怕重蹈覆辙，所以宁愿经历这些难受的反应，至少证明孩子是真实地待在她身体里的。

周启深没有犹豫，立刻给了她一个拥抱，他哑声说："西儿，别怕，我们的孩子会好好的。"

赵西音闭上眼，十指掐进他的肩，沉默许久，应声："好，我不怕。"

这天晚上，周启深在书房处理工作，赵西音打盹醒来，迷迷糊糊地走到门口，恰巧听见周启深在打电话——

“我能不着急吗？小西吐成什么样儿了，我看着都恨不得替她吐。

“她都这样了，我哪敢让她坐。

“真的能吸？她会不会不舒服？”

门缝敞开，赵西音完全清醒了，心里惊恐万分。

她怀着孕呢，还成天想些乱七八糟的！周启深不是人！

赵西音也不是没见识过这男人下流无耻的模样，小心脏“怦怦”跳，想都没想就推门进去。“改天说，挂了。”周启深目光落到她身上，语气温柔道，“醒了？”

赵西音眼睛都红了：“周哥儿，你能不能去洗冷水澡？”

周启深：“嗯？”

她声音渐小，委屈得都快哭了：“求你做个人，呜呜呜。”

空气陷入死寂。

周启深反应过来，一言难尽地解释：“我在跟老程打电话，是这样的，我过两天要开车出去一趟，他让我带着你。我告诉他，你现在这状态，我不敢让你久坐。他让我给你带个氧气包，不舒服的时候就吸吸氧。”

赵西音：“……”

周启深：“不然你以为呢？”

赵西音：“……”

她选择原地死亡。

怎么会有这样的男人啊，浪浪荡荡，跟你较真时又正正经经。赵西音捂住嘴，扭过头，“哇”的一声又吐了。

神奇的是，这晚一过，次日，赵西音忽然发现，自己的早孕反应没那么明显了。她一度怀疑是不是有不好的情况发生，心惊胆战地去找季医生。

算算时间，孕十二周，季医生宽慰她：“也该做个超声了。”

然后，赵西音第一次听到小火车的声音。

季芙蓉笑着说：“这是宝宝的心跳。”

赵西音眼泪一下就流了出来。季医生很贴心，还特意录了段音频，事后发给了赵西音。赵西音转给了周启深。结果这一天，周老板挨个儿“艾特”了顾和平和老程：“听见了没？我儿子的心跳！是我儿子！”

顾和平酸透了，故意损他：“什么年代了，您还一口一个儿子，重男轻女哪！”

有道理。于是周启深又重新发了一遍语音：“听见了没？我闺女的心跳！是我闺女！”

顾和平彻底跪服，心有戚戚焉地问老程：“结了婚的男人是不是都这样？”

老程发了个怒火燃烧的表情：“我哪知道！”

“对哟，昭昭跟了你四五年了，你竟还没转正。”顾和平气人一气一个准，“不中用的东西。”

老程头顶冒了烟，脸都黑了。

赵西音早孕期一过，不适反应都消失了。她身轻如燕，也没什么孕妇的明显特征，吃得规矩，作息良好。和苏颖的艺术中心签了合同，如今虽不能登上舞台，但一些幕后编舞工作也得参与。

艺术中心离国贸太远，周启深不放心她每天上下班，干脆在艺术中心附近买了套精装修的小公寓。他不让赵西音辛苦，自己每天忙完了就从公司往这边赶。这套小公寓俨然比梵悦的豪宅更像一个家。

离艺术中心近，就免不得被人瞧见两人出双入对。赵西音也没刻意说，大家都还以为周启深只是她男朋友。

这个男朋友好有钱，座驾车牌三个“8”。

这个男朋友对赵西音真好，那天还被人瞧见，他在车里捧着赵西音的脸温柔地亲。

人人都道是热恋期吧，团里的小姑娘们大着胆子找赵西音聊天儿，赵西音大大方方说：“不是男朋友啦，是我丈夫。”

众人惊骇：“你结婚了？结婚多久了？”

赵西音笑着说：“四五年。”

诚不欺人，从第一次到现在，兜兜转转还是这个人。

五月初夏，白昼渐长，因为远离市区，这里的夜晚经常还能看见星星。赵西音怀孕快四个月了，身材乍一看依旧纤细窈窕，但脱了外套，只着一件薄薄打底衫时，隐约能见腹部的曲线正在微妙改变。

近几日，赵西音细心地发现，周启深待在家里看文件时，神情愣怔的次数越来越多。相处这么多年，她当然懂他所想。

天已经完全黑下来，周启深就坐在飘窗上，目光远投，安静得甚至有些压抑。赵西音在门口站了好一会儿，他才察觉。见着人，周启深下意识地把手边的东西塞到抱枕下，随即眼神升温：“怎么了？”

赵西音走过来，什么都没说，就这么轻轻环住他的肩膀。两个人，一个坐，一个站。这样的高度，周启深的侧脸正好枕在她微隆的小腹间。

窗外风月无边，不敌这一刻的依偎。周启深慢慢闭上了眼，感受到赵西音脉搏的微跳，规律，有力，如安眠灵曲，让他骤然醒悟，从此以后在这人世间，他周启深不再孤立无援。

赵西音微微低头，轻声说：“你去找她吧！不管结果怎么样，别让自己留遗憾。”

那份亲子鉴定的报告书，夜深人静时，周启深已看过很多很多遍。赵西音一直没过问，犹豫了一番，还是说出了口：“你怎么会联想到斐姨的？”

“嗯？”周启深从她腹部抬起头，握住她的手让她也坐在飘窗上，“那次从我在西宁机场坐上她的车，甚至到你俩认出对方，我都没有怀疑。直到第二天去她家吃饭，我看到了她小儿子的照片。我十六七岁时，就是那个模样。”

赵西音细细拧眉，如今回想，还真是有几分微妙天意。

“找了这么多年，可能是我过于敏感。”周启深自嘲一笑，“以前看见年龄相仿的，都会下意识地多看两眼。”

赵西音在他怀里找了个舒服的位置，握了握他的手说：“周哥儿，现在圆梦了，是好事。”

周启深坦诚道：“西儿，我有点紧张。”

赵西音问：“是怕斐姨不认你吗？”

“不是。”周启深沉默了一会儿，说，“这么多年终于有了结果，反而心空了。”

赵西音反握住他的手：“你不求她什么，也不用她负责，她还活着，并且生活得很好，这就是最好的结果。”

周启深抱紧她，下巴轻轻抵在她的侧颈。赵西音想了想，又问：“周哥儿，你会带妈妈回西安吗？”

“不会。”周启深答得十分坚决，“她好不容易脱离苦海，再让她回去，这事儿我干不出来。”

赵西音扑哧一声笑了，两人静静相拥，看窗外夜色静如深海。

赵西音忽而低声道：“周哥儿，你去青海找妈妈吧！”

第十三章 来我的温柔宇宙

周启深没犹豫，当即订了次日飞西宁的机票。他没有事先联系任何人，直接找去了阮斐的住处。

临近傍晚，阮斐出车归家，破旧的面包车“吱吱”作响，一踩急刹，车身都跟着晃动。阮斐常年日晒，皮肤黝黑，为了出车方便，就穿一身简单运动装，脚上穿着平底布鞋，非常朴素的装扮。她见到周启深站在门口，顿时愣了愣。

周启深弯了弯嘴角，只淡笑，不说话。

阮斐走过来，很准确地说出他的名字：“你是西西的爱人，周先生。”

周启深点了一下头。

“等很久了？”阮斐很平静，意外的神情转瞬即逝。她身上有种说不清道不明的淡然，一切看得开，想得远，不似一般农村妇人的大大咧咧与直接。

“吃饭了吗？”她又问。

“没。”周启深很规矩地站在门口，也不进屋。

阮斐停下开门的动作，将钥匙收回衣兜：“走吧，去吃饭。”

周启深开的车是一辆适合跑山路的霸道，阮斐却径直上了自己的面包车：“你跟我后面，还是一起？”

周启深没迟疑，拉开副驾门坐了上去。

阮斐载他去了一条小巷子里，窄窄的路刚够两个车身。她开车技术不赖，好几次会车时，连周启深都微微皱眉，她都能精准淡然地把车开过去。

车停在一家面馆门口，店面看着有些年头，桌椅陈旧，沾着油腻。阮斐轻车熟路，往板凳上一坐，直接叫了两碗羊肉面。

“别的不用看了，这里就羊肉的好吃。”

周启深的目光从菜单上收回来，看了她一眼，问：“裴姨，您哪儿人？”

阮斐说：“你就当我是这里人。”

“我上次在您家，看到照片上的一个男孩儿。”

“那是我儿子，读高一。”阮斐说话很直接，眼神不躲不藏，“叫阮北临，这是他自己改的名字。以前我给他取的是阮豪富，他嫌没文化。”

周启深扬起嘴角，笑了笑：“这名儿改得好。在哪上儿学？”

“市区，二十多公里，寄宿。”

“成绩呢？”

“挺好。”

周启深点点头，随后气氛又陷入了沉默。

面条端过来，阮斐递给他一双筷子：“吃吧，趁热。”

她食量很大，吃相也豪迈，没有一丁点女人的柔和气场。周启深听赵西音说过，她一个人靠开车拉客往返景区为营生，赚点微薄薪水供儿子上学，是个苦命女人。

汤面冒着热气，争先恐后地往上扑腾。周启深的眼睛被熏得干疼，这羊肉味儿很膻，味觉却仿佛失了功能，味如嚼蜡。

阮斐倒是大快朵颐，很快连汤都喝完了。她看他半碗没动，似是意料之中，说：“吃不惯吧？大城市来的，也是，在这地方，为难你了。”

周启深食欲不振，也不刻意勉强，搁下筷子，说：“我老家西安的。”

对方神色平静，不见半点波澜。

“我妈妈在我很小的时候，就离家出走了。我没上过大学，这些年一直留在北京。”周启深说，“这些年，我一直在找她。我不恨她，也不怪她，她该走，留在那样的家里，是没有活路的。”

阮斐眼睛眨了眨，在他的注视下，终于慢慢挪开眼，看向空气中的某一点。

“我没别的诉求，也没有任何目的。找她，就是想了结心愿。如果她还在，还愿意，我便照顾她，给她养老送终。如果她去世了，以后年年清明，我也能给她上炷香。”周启深声音有些哑，“真的，就这些。”

他看向阮斐，是试探，是询问，是两个聪明人之间小心翼翼地探寻心意。周启深是近乡情怯，是多年执念终于尘埃落定。他极力劝慰自己，别在乎对方怎么想的，他也时刻记住赵西音的话，学会释然。他忍着，克制着，眼神情绪浓烈，始终还是隐藏不住。

阮斐的目光重新落到他身上，半晌，只说了一声“嗯”，又问：“西西还好吗？”

“一切都好，她怀孕了。”周启深笑意温柔了一些。

阮斐的表情也轻松了一些：“啊，真的啊？她不是跳舞吗，那……”

“暂时不跳了，生完后再回舞团。”

谈到赵西音，两人间的交流终于自然了许多。周启深有意无意地提起小时候的事，又问阮北临的情况。阮斐倒也没有不自然，问什么，答什么，但一条刻度线在她那儿摆着，很明显地告诉你，再多余的热情，也没有了。

周启深虽出身贫寒，但多年商场打拼，气质已然出类拔萃，一身华服加持，与这破旧的小面馆格格不入。说到无话可说时，他终于沉默下去。一生之中，难得有这么手足无措的时刻。

“吃好了吗？”阮斐要起身。

“我来买单。”周启深抢先一步。

他站起时，比女人高了一个多头，阮斐的力气却出奇地大，不太客气地拽住他的手往后扯开：“站着去。”

周启深站在她身后，又听她问：“吃饱了没有？”

“饱了。”

“我听西西说过，你工作忙，还有头疼的毛病。注意身体，别仗着年轻不当回事。”

阮斐的普通话并不标准，夹杂着几分当地口音，但在周启深听来，却莫名戳中他内心的柔软地带，那是久未开启过的缺憾之地，常年封闭，不见阳光。她这几句话，犹如四季里的第一场春雨，细细碎碎地浇淋而下，润物细无声。

周启深只身走去店外等，仰头看了看夜空，硬生生忍过眼里的酸涩。

“行了，走吧！”阮斐经过他身边。

周启深忽然说：“晚上光线不好，我来开车。”

她侧过头，颇有几分质疑：“这车你能开？”

摇摇欲坠的手动挡面包车，至少得有十个年头往上了。

周启深脱了风衣外套，随手丢去后座，架势熟练地坐上驾驶位，发车，踩离合器，挂挡，有条不紊。他说：“我十八岁的时候开过三个月货车，那时候上高山进野林，长途一开就是十多个小时，练出来了。”

阮斐看他这范儿，心里就有了数。周启深估计也有点急于表现，还单手打方向盘，结果离合器松快了，车子直接熄了火。

阮斐笑了：“没关系，这车是不太好开。”

后来车子往回开，路上，周启深问：“你一个月靠跑车能挣多少？”

“三千多，旅游旺季五千来块。”

“小北的爸爸呢？”

“肝癌，过世十年了。”

周启深怔了怔：“抱歉。”

到了后，阮斐先下车，从后备厢里翻出一个黑袋子，把它递给周启深：“这个是我在靠谱的人那里弄的碧雪草，外面买不到，你拿回去给西西，炖汤熬粥都可以。”

周启深接过。

“你明天就回去吧，别让姑娘挂念。”起风了，一阵阵地往人身上吹，西北的夜仍有未消的寒意。就像阮斐此刻的态度，周启深已然知晓了答案。

他点点头，亦不再有多余的表情：“好。那您注意身体。”

刚要转身，阮斐忽然叫住他，叫的是：“小深。”

周启深浑身一颤，过了电。

“有的事情，你来过，是心意，我明白你的心意了。”她说。

周启深也明白了她的心意。人生如旅途，我亦是行人。在某个转角口，她已做出过选择，那一程的风景，无论好坏，都已挥手告别。时光荏苒，有了新生活，不想回头看。世间疾苦，看透，不说破。多数时候，内心的渴求与执迷，不过是自我拉锯，是自我成全。

这一刻，周启深好像听到了内心与遗憾握手言和的声音。他转过身，笑容俊朗坦荡，如明月清风，忧愁不见，心魔已灭。

他真诚地道：“小北弟弟以后考大学，如果有需要，我可以帮他推荐几名教授。”

阮斐笑了笑，脸上有掩不住的骄傲：“他也提过，想考去北京。”

周启深颔首：“那您让他加油，我在北京等着他。”

说完，不再多停留，周启深干脆利落地告别，然后开车离开。尾灯闪烁，给单调的夜添了色。开出十几米后，车很明显地慢下车速，几秒之后，又卷土扬尘而去。

阮斐站在原地，注视周启深离去的方向，很久很久才迈步回家。

西宁雷暴雨持续一天，航班延误，周启深周三到北京。

赵老师不放心女儿一个人，赵西音这几日都回自己家住着，今天才回了梵悦那套房子。

凌晨三点，周启深风尘仆仆地回到家。他开门的动作轻，行李就随手搁在玄关，为避免更大的声响，他直接赤脚走去主卧。知他今天归家，赵西音睡前没把门关紧，门虚掩着，留着一条缝，小夜灯暖黄的光线恰恰好。

她侧身睡在床边，容颜恬淡安然，眉间一片宁静。周启深看到她的这一刻，劳顿的辛苦顷刻消散，内心尚存的杂念一瞬瓦解。

心安处，是家。

他悄然走过去，单膝跪在地上，极温柔地去拨赵西音脸侧的碎发。一碰，她便醒，睡眼惺忪，见着人后，一下子清醒了。她的嗓子有点嘶哑，说：“老公，你回来啦！”

周启深弯了弯嘴角：“嗯，我回来了。”

赵西音不问前因，不问后果，不给他施压，只自然而然地伸出手，娇憨道：“周哥儿，抱抱。”

周启深脱去外套，掀开被毯也坐上了床。他把赵西音搂在怀里，紧紧地。赵西音想抬头看他，却被周启深用掌心挡了一下脸：“嘘——”

赵西音彻底安静，乖巧地窝在男人怀里。

周启深的声音渐哑：“小西，我会当个好爸爸。我要他好好长大，让他有个好的童年，我带他去看世界，让他知道，人很伟大，也很渺小。我要教他读书识字，教他人生道理，让他既有立足于世的资本，也有永不磨灭的赤子之心。我会是他的骄傲，同时，我也要让他相信，青出于蓝，他一定会成为我的自豪。”

周启深握紧赵西音的手，克制不住地微微颤抖，说到后面，他竟带着哽咽。那些童年缺失，亲情之憾，成长之苦，生命之难，诸如种种，此刻都化风化雨，抚平了这个男人内心深处几十年的坚硬戾气。

他像一个在迷途中声嘶力竭抗争的孩子，跌跌撞撞过，伤筋动骨过，但这一刻，终于找到温柔乡与庇护港。他吻了吻赵西音的额头，滚热的唇贴在女孩儿细腻的肌肤上。

月夜安静。直到最后，赵西音感受到了湿润灼热的泪一滴一滴坠于她眉心。哽咽变哭声，压抑的，克制的，尽全力地维持着一个男人该有的体面。

赵西音转过周启深的脸，不让他逃，柔声说：“我和孩子一起爱你，我们给你一个家。”

那些陈年旧伤，阴云迷雾，都被她的温柔包裹住。周启深在她怀里闭上了眼，身体里的某些东西灰飞烟灭，同时青枝绿叶破土而出。心里好像酿了一坛桃花酒，周启深知道，这样微醺的幸福，他真的拥有了。

他郑重其事，言语根本无法表达内心的感动，千言万语，最后只一句朴实的："小西，谢谢你。"

赵西音俏皮一笑，食指指尖纤纤如葱，在他眉心一点，说："不客气，我爱你。"

离青海拍摄的那段日子，已经过去四个多月。《九思》的后期制作已近尾声，赵西音也会收到剧方发来的相关小视频。

隔着屏幕，人还是那个人，但总有一种恍若隔世的感觉。她又去照了照镜子，看着里面腹部如一座小山丘的女人，这种怅然愈加明显。呜呜呜，肚子像个小球球。

按流程进度，《九思》的宣传周期正式启动，各大媒体平台提前预热。也就是这个关头，出了一件对赵西音来说，并不算小的事情。

一个平淡的周五，微博上空降了一条热搜，标签打的是《九思》最美女演员。配了九宫图，全是赵西音的照片。从她大一的生活照到现在跳舞的生图，不吹不黑，确实漂亮。很绝的是，这条微博热度居高不下，到晚上八点黄金时间，转发量竟然不低。乍一看，多好的曝光率，是好事儿。但一细想，并不合适。

首先这标题，什么叫"最美女演员"？赵西音一个名不见经传的素人，顶着个天大的帽子，这不是得罪完了影片里那么多科班出身的演员？其次这内容，一言不合就放照片是怎么回事？其心可诛。

这才几小时，评论风向已然不能看：

"这么想红？这个热搜花了多少钱？"

"她也能称'演员'？我一路人都觉得阮黛比她好。"

"下场无路人，楼上哪家的粉一看就知，抱走黛黛，独自美丽。"

之后，热评基本都被明星粉丝控场。

巧的是，晚八点流量高峰点，几个营销号又发了条爆料微博：

“此赵姓女子，是《九思》和苏颖搭对手戏的领舞，纯新人，北京舞蹈学院毕业，二〇一×年在法国参加国际大赛时出了严重舞台事故，让学院蒙羞。资本的力量真伟大。”

微博下的评论又是各种“知情人”发言：

“她是戴云心的徒弟，但她俩闹掰了，原因你们懂的。总之现在这位赵同学又和苏颖搭上了关系。和大学时一样，手段还是那么厉害。”

“正儿八经的金主有两个，一个是凡天娱乐的太子爷孟某某，一个是京贸集团的董事长周某某。周某某年近五十，亏她也下得去手。”

奇思妙想，字字不堪入目。平常这种小道八卦多不胜数，顶多一天热度就下去了，但赵西音这事，反倒愈演愈烈。《九思》参演的各路演员粉丝们不满，集体围攻，还有不知打哪儿冒出来的“知情人”煞有其事地胡说八道，赵西音立刻被贴上各种乱七八糟的标签。

这事出来时，周启深正在国外出差，有时差，等他白天知道时，国内的情况已经很严重了。也不知谁提供的号码，大小媒体的电话都打了过来。赵西音的手机几乎没有停歇的时间，两分钟一个，全国各地的来电。黎冉和小顺从网上知道这个事后，第一时间过来陪她。

周启深出差时，赵西音一般都住自己家。她千叮万嘱：“你们别告诉我爸啊！”

话还热乎着，他们就发现楼下竟出现了几个记者，抬头张望，寻找楼层，吓得黎冉和小顺儿赶紧把赵西音带回了工作室。黎冉心疼她，气得眼泪都快出来了：“谁这么缺德啊？你还大着肚子呢，跟逃难一样。招谁惹谁了，那些记者有没有公德心，找上门算怎么回事？！这是犯法！”

赵西音也是蒙的，坐在沙发上，捂着肚子微微皱眉。小顺吓死了，说话哆哆嗦嗦：“你……你怎么啦？别吓我啊西姐。”

赵西音抬起头，眼睛红红的，瓮声瓮气地说：“他踢我呢！”

这是赵西音第一次感受到胎动。

黎冉问她：“难不难受啊？”

“不难受呀，鼓了个包。”

“我是说，网上的事。”

赵西音想了想，说：“还好。”

黎冉了解她，说还好，那一定是不怎么好。因为已经有人发起话题，说抵制赵西音，连带要抵制《九思》这部电影。一丁点破事，又被买了热搜。影片定档大年初一，还被推荐参加国内外各大电影节，如果舆论愈演愈烈，弃车保帅也不是不可能。但奇怪的是，影片方竟没找过赵西音一次。

第二天，《九思》影视剧的官方号发了一条态度明确的力挺微博——

“近日网传《九思》相关演员的不实传闻引起关注，剧组一直关爱年轻演员，也感激他们为影片付出的辛勤努力。在此严正声明，影片已进入后期制作环节，我们不听信谣言，不更换演员。无论番位大小，戏份多少，参与《九思》拍摄的任何演员如有需要，我们都将协助其合法维权。”

《九思》的大部分参演者，就连庞策导演，都转发了这条微博。这次，没有黑粉控评，没有所谓路人故意带节奏，路人“吃瓜”公正客观得多，一些正面发声涌现。而不久之后，京贸集团的蓝V认证官博直接发声——

“我公司已委托祈宇明律师团队，针对本次网络不实传言进行取证，将进一步采取一切必要的法律措施，维护周启深先生及其夫人赵西音女士的合法权益。”

微博一出，大家的关注点开始跑偏。

“我的天哪！她竟然嫁给了京贸董事长？这个企业很牛，无知者请自行百度。”

“之前不是还有爆料说男方比女方大二十岁吗？我失忆了？”

“楼上醒醒，评论里有照片，大二十岁一看就是谣言，看看男方这大长腿。”

“所以那些造谣的打脸疼不疼，嘻嘻嘻。”

从事发之初到现在，不过二十四小时，事态便迅速平息。次日，相关黑帖全网删除，再也搜不到赵西音的名字和照片。

周启深从荷兰回国，下飞机后直奔黎冉工作室。原以为会看到伤心无助的赵西音，进门一看，却只是三个人盘腿儿坐在地毯上悠闲斗地主的场面。

赵西音咬着棒棒糖，朝他灿烂一笑："你回来啦！"

周启深愣了愣，恍然发觉，这个女人，比自己想象中要坚强。

两人像平日一样牵手归家，十分自然，好像什么都没发生过。赵西音拽着他的手摇啊摇，说想去吃牛排。周启深担心出事，顾着她的安全，劝说改天。赵西音立刻化身树袋熊，粘在他身上不下来。哼哼唧唧的，周启深去死都愿意。他们去国贸，吃完出来时，恰巧与迎面走来的孟惟悉撞了个正着。

三人皆是一愣，赵西音牵着周启深的手，下意识地攥紧了。没别的意思，这两个男人水火不容，回回交锋不是干架就是流血骨折，实在是极有心理阴影。

一刹那沉默，周启深偏过头，对她低声道："去那边等我。"

赵西音点点头，听话地走远了一些。

周启深看着孟惟悉，然后走近，眼神诚恳，是有几分真心实意。他说："小西的事，谢了。"

网上那场风波，他人在荷兰，鞭长莫及，肯定不如国内的办事效率高。这么迅速地，用一边倒的手腕公关，还有谁能办到？顶着上头压力的，也只有孟惟悉了。

孟惟悉点了下头，淡淡地说一声："嗯。"

周启深说："以后，有需要帮忙的地方，尽管说。"

孟惟悉似是挤了一丝很淡的笑，语气依旧平平："会的。"

几句话看似简短，但有些东西似乎就不一样了。安静片刻，孟惟悉问："我能不能和小西说几句话？"

周启深转头看了右边不远处的赵西音一眼，转回头，说："可以。"

孟惟悉个子高，赵西音穿着平底鞋，稍稍仰头看着他。他的视线落在她宽松的罩衫上，静止不动时，看不太出肚子。

孟惟悉问："几个月了？"

赵西音答："五个月。"

一阵安静。他抬起眼睛，目光倒平静："网上的事，别多想，都会好的。"

赵西音真诚道："谢谢你。"

"举手之劳。"孟惟悉笑了下，"你也多注意身体，苏颖是个工作狂，别学她。"

赵西音也弯了弯嘴唇："她昨儿还给我打电话，要我多向她学习呢！"

孟惟悉皱皱眉："真不谦虚。"

两人相视一眼，笑意绽放，眼神都明亮几许。孟惟悉心里有分寸，知道差不多了，也没留她太久。他伸出手，自然坦诚的一个动作。

赵西音视线落到他掌心，眼睫毛轻轻动了动。她没主动，但孟惟悉还是牵起了她的手。男人掌心温热，不轻不重地包裹住她的手背，没有灼热感，也没有压抑的渴求。他整个人都是平和从容的。赵西音跟在他身后，先是看到他的肩膀，少年气褪去，只有成熟稳重。再往上，修剪整齐的短发清清爽爽。这么近的距离，赵西音忽然发现，孟惟悉竟然有了一根白发。

她心里怅然，原来时光，真的是一眨眼的事。

孟惟悉牵着赵西音的手，表情无异，很坦然地接受几米远周启深的注目。

周启深不言，他亦无声。

每走一步，就离松手近一秒。

孟惟悉想到自己二十三岁那一年，第一次看见赵西音，她吃着鱼丸毫无形象，像个穿花裙子的小猫咪，特别礼貌地问他："你也是北舞的学生吗？"

孟惟悉当时就乐了，摸摸自己的脸，挺得意地想："我长得真显年轻。"

那是他们故事的最开始，像雨后初晴的彩虹，光芒淡淡的，却后劲无穷。如今，爱已涣散，恨也模糊，唯一遗憾的，大概是自己的年少负气与不懂事。如果，如果当年的自己再努力一点点，此刻的结局是不是不一样？

孟惟悉自顾自地笑了，哪有这么多也许和假如。前半生的风景，于他，已经是过去式了。

孟惟悉松开赵西音的手，风轻云淡地对她说："去吧！"

然后他没再看，转身就往电梯走。进去时，他都是背对的她，不肯再回头。

周末，赵西音和周启深一块儿回家吃饭。

赵文春做了红烧肉，炖了汤，还学着上网，做了一道水果沙拉。别说，有模有样的，赵西音一眼就认出来了："赵老师，您还知道网红菜呢！"

周启深瞅了眼，点评道："那句话怎么说来着？"

赵西音和他对视一眼，两人齐声道："不是厨子的裁缝不是好老师。"

赵文春身为中文系教授，完全不接这个哏，而是十分严肃认真地指出这句话的语法逻辑错误。赵西音躲在周启深背后把他直往前推："听见赵老师的教导没有，认没认识错误，嗯？"

周启深的左手绕到后头，在她臀上轻轻一掐，以示警告。

赵西音呜呜地向赵老师告状："赵老师！周启深捏我！"

赵文春举着锅铲在空中挥舞："周启深你给我坐下，别对我闺女动手动脚！"

周老板那叫一个郁闷啊，扭头瞪了眼赵西音，却换得她得意扬扬地比了个"耶"。

开饭了，赵西音的胃口不大，跟怀孕前的食量差不多。因为跳舞的关系，她这些年饮食自律仿佛也成了习惯，不挑食，也有分寸，七八分饱后，她便放下筷子不再贪食。

好在赵文春和周启深都不是陈旧观念的人，每次产检都正常，何必逼着人多吃点呢！

赵老师喝完汤，忽然说："你听说了吗？"

赵西音："嗯？"

"你妈妈那边儿出了点事。"

“怎么了？”赵西音皱了皱眉，“她又找您麻烦了？”

“没。”赵文春放下汤碗，平静地说，“她离婚了。”

丁雅荷与第二任丈夫倪兴卓离婚了。

就在上个月，原因不详，但知情人都明白，半截身子入土的人了，什么深仇大恨非得离婚不可？无非是掀了一方的脸面，戳了彼此的脊梁骨。倪兴卓知道了倪蕊的事，气得要和她断绝父女关系。

倪家往上追溯几代，是真正意义上的书香世家。风清气正，家风严谨，万万没想到自己的女儿会做出这种丑事。子不教，父之过。倪兴卓深知，这与丁雅荷素日的娇惯宠溺脱不开干系。什么样的因，结什么样的果，全是自讨苦吃了。

倪家亲戚众多，矛头都对准了丁雅荷。丁雅荷孤立无援，又有错在先，只得打落牙齿和血吞。倪兴卓跟她离婚的时候说了一句话：“赵西音和倪蕊都是你女儿，看看小赵，再看看小蕊，你一个当母亲的，就没有半点愧疚和反思吗？”

这婚离得干干脆脆，倪兴卓看似温文尔雅，可抽刀断水时，没有半点含糊。丁雅荷人已中年，却落得这样一个下场。三十年河东，三十年河西。她大概永远也想不到，当年对赵文春绝情绝义的戏码竟会重演，只不过这一次，轮到了她自己。

赵西音原本已经吃好了，听到这个消息后，又拿起筷子，有一下没一下地挑着碗里的青菜。赵文春怕她忧思，心想坏了坏了，真不该提的。刚想解释两句，赵西音忽然抬起头，一本正经地问：“爸，您不会是想和她复婚吧？”

赵文春愣住了：“啊？”

“隔壁楼栋的王阿姨昨天还找您一块儿跳广场舞呢，您今年五十五啦，不能这么渣哟！”赵西音担心道，然后一声叹气，“怎么回事呀，赵家人都喜欢搞复婚这一套。”

一旁吃得好好的周启深莫名其妙，脑袋上缓缓升起一个问号。

赵文春被冤枉，一着急，反而什么都说不出了，表情极其魔幻。正僵着，有人敲门。周启深起身去开，隔壁王阿姨精精神神的嗓门儿很清脆：“赵老师，您今晚还去跳广场舞吗？”

赵西音扑哧一声笑了，朝老爸眨眨眼：“您不去了吧？”

赵文春急吼吼地喊：“去！我去！！我去去去！！！”

晚上回梵悦，周启深把车开得四平八稳，手指跟着电台情歌的节拍敲着方向盘，兴致颇高地跟着哼。歌词很直接，唱的是“你的一个眼神，我就想要上天堂”。

副歌正好是这一句，周启深唱这句时，调子咬得最准。赵西音听笑了，红灯时，伸过手用食指轻轻戳了戳他的侧脸，眉眼弯弯道：“我没让你去天堂，别乱想。留在人间吧，红尘做伴活得潇潇洒洒。”

周启深觉得耳熟：“欸？这也是首歌吧？”

赵西音瞪大眼睛：“天，你竟然还要问？这叫《当》！”

“当什么？”

“就是《当》啊！”

“我知道，我是问你要当什么？把话说完整。”

“我不用当什么呀，是它叫《当》。”

“胡说。”周启深转过脸，认认真真地纠正，“你明明是当了我的小心肝。”

赵西音这才反应过来，臭男人故意的。她忍着笑，佯装生气，别过头去看窗外：“你个‘周土土’。”

到家，两人洗完澡后窝在沙发上看电影。周启深一万个不愿意，孕妇看什么恐怖片，影响胎教。但架不住赵西音手脚并用地撒娇，只得陪她一块儿。

“你不许闭眼。

“不许看别处。

“你要帮我看。

“我好困，我眯一会儿，待会儿你要告诉我中间的剧情。”

赵西音嗜睡，趴在他肩头，热热的呼吸轻扫男人的锁骨。周启深安安稳稳地抱着她，掌心轻轻罩在她小腹上。不知是凑巧还是真有心灵感应，里头的小周周立刻鼓起一个包，硬硬的，顶了他的掌心。

周启深一愣，随即换了个位置，里面的小朋友又顶了顶他。周启深笑了，双眉斜飞入鬓，丹凤眼上挑，全是温柔的光亮。

一刻钟后，赵西音醒来，看了眼屏幕，哑着声音问："这个人之前还是好人，怎么变坏人了？"

周启深淡淡地瞥了一眼，"哦"了一声："导演安排的。"

赵西音笑着抡了他一拳，然后双手柔柔地环住他的脖颈儿："老公。"

"嗯？"周启深微微低头。

赵西音低声说："我好喜欢你。"

周启深笑了笑："我知道。"

【正文完】

番外一：孕期

《九思》定档大年初一，提前两个月便开始宣传预热。两段片花视频一出来，便又上了几天热搜。这次是真真实实的赞叹，制作画面之美、之宏伟，足以窥见制作之精良。有网友截了几个动图，其中当数苏颖和赵西音的水袖起舞最为惊艳。

赵西音的名字，又被人津津乐道。网友都觉得，这么高的起点，那一定是要在娱乐圈发展的，可偏偏找不到她的半点讯息。之后有网友上传几张照片，是在梵悦附近偶遇赵西音。

“她怀孕啦，人超 nice（好），皮肤超好！她老公也巨帅！”

网友眼尖，认出他们住的地方：“这个小区的单价创纪录了。她老公是京贸集团的周启深，年前在深圳拍出的那套海景房，就是他买的。”

众人这才明白，赵西音根本不用炒作什么最美女演员。因为人家根本不差钱，也确实用不着进娱乐圈。低调这种品质，很容易博取路人好感。陆续有人挖出赵西音大学时期在全国青舞赛上的那支夺冠舞蹈《青云》。

美人月下踏歌来，真令人赏心悦目。

很快，也有人说起赵西音在法国出的那次舞台事故。其中一个匿名的新微博号爆料：“当时与赵西音最不对付的竞争对手，是林琅。多少人不知道啊，她们是同班同学呢！”

这话说得似是而非，既意有所指，又点到即止。一个引子抛出来，不怕事大。蠢蠢欲动的吃瓜声音越发响亮。这个关头，林琅还特意发了一条澄清微博。语气无辜，委屈，十分“白莲”。

消停没一天，她微博下的一条热评直接扒出了她的小号。小号内容很奇葩，攻击了大部分当红女明星，字里行间的优越感满溢而出。往后翻，是赵西音当年舞台事故的那一天。

小号连发两条：“你不是很能耐吗？不是D老师的得意门生吗？不需要太多，一次足以让你身败名裂。”

林琅的这次翻车事故，几年之后，还时不时地被重提，被群嘲。事情一曝光，十几家主流营销号都转发了扒皮事件，林琅欲盖弥彰地连发两封律师函，说要追究造谣者的法律责任，并且关闭了微博评论。

而作为另一方当事人，赵西音这边却始终没有动静。徐秘书早早把这事汇报过周启深，周启深也试探过赵西音的态度。

此时的赵西音，已经怀孕七个月了。

六个多月时，她在开车去艺术中心的路上，出了一次被追尾事故。这事儿吓得周启深再也不准她开车出门，而苏颖那边，也马上给她放了长假。

苏颖说：“你老公不是善茬，我从不给自己惹麻烦。”

有理有据，真叫人无法反驳。赵西音如今也爱逛微博，自然知道林琅的事。周启深担心她有想法，以为那是一块不能触碰的暗礁，那几日说话总是小心翼翼。结果赵西音反而没事人一个，大大方方道：“你想问林琅的事对不对？”

周启深一愣，然后抿了抿嘴唇：“明天我让祈律师来家里一趟，你有任何诉求，都可以跟他说。他会全力以赴，尽最大的努力，让对方……”

“我没说要追责啊！”赵西音端着一盆草莓，一口咬掉半个，腮帮子鼓鼓地说。

周启深问：“为什么？”

她说：“失去的，不会再回来，而我不想再回头。”

很久很久之前，她已经学会与自己和解。

赵西音这边一声不吭，风轻云淡的态度，倒让网友对她的好感值和好奇值陡增。而林琅的“实锤”怎么洗都洗不白，之后发任何一条微博，评论七八成都是嘲讽的。但仍有不少媒体试图联系赵西音，好几次都在梵悦附近蹲点。京贸集团的公关部十分得力，体面妥善地给相关媒体都寄去礼物，客客气气地请他们多加照顾，不要过多打扰周太太。

京贸每年的广告投放金额逾九位数，这么大一尊财神爷，有脑子的都不敢得罪。周启深仍然担心赵西音受影响，干脆空出几天假期，带她飞离北京，去了一趟三亚。

周启深有个在三亚的老战友，后来去当了潜艇兵，退伍后便一直留在了三亚。他在友谊路上开了一家海鲜店，因实惠和爽快积累了不少客源，在网上的口碑也很高，生意一直火爆。

“这是孙恒。”周启深牵着赵西音的手，“这是我爱人。”

孙恒皮肤黝黑，笑起来一口白牙，拍着周启深的肩说：“嫂子一看就有福相，周哥好福气。”

那天，孙恒亲自下厨，做了一桌海鲜大餐。还照顾孕妇口味，特意煲了海鲜粥，照顾得无微不至。孙恒开餐馆是赚了钱的，他在三亚湾边有一栋楼做度假酒店，还在凤凰岛买了房。听说他和周启深同年，但皮肤一黑，会显成熟几岁。

小伙子这岁数还没结婚，不缺钱，长得也精神，货真价实的海鲜王老五。赵西音对他印象特别好，还偷偷拍了一张孙恒的侧面照。结果她这个小动作被周启深抓了个正着，气掉半条命：“他个黑煤球有什么好看的？”

赵西音说：“你不觉得他长得很像古天乐吗？侧脸最像耶！”

周启深白眼都快翻不回来了。

“晚上我们住哪儿？”赵西音以为住酒店。

周启深还记仇呢，要说不说的，自己开车带她往亚龙湾那边走。到了才知道，他在三亚竟然也有房产。地段不错的临海别墅，装修全是周启深喜欢的风格。赵西音发现主卧装的又是落地窗！

“周哥儿，你改名吧，叫‘周窗窗’好了。”赵西音真拿他无语。

周启深一脸理所当然：“落地窗好，很好，特别好。”

“哪儿好啊，窗帘都得做大一号。”

“可以看海，可以看蓝天。”边说，周启深边从身后抱住她，低下头来，在她耳边沉声道，“晚上不用开灯，能看到里面我们两个人。”

这一晚，久违的云雨过后，周启深把头埋在她胸口，半天没抬起。赵西音可忧愁了，一下一下顺着他的毛：“别哭了，快别哭了，乖啊，‘周宝宝’！妈妈爱你哟！”

周启深被呛得满脸憋屈：“我没哭。我就是嗓子有点儿哑。”

赵西音捧着他的脸，眼神爱怜：“现在知道哑了？那你刚才叫得不是挺大声吗？是怕三亚人民都听不到还是怎的？”

周启深都快被气笑了。赵西音伸了伸脚丫子，然后搭在他大腿上，搂住他的脖颈儿轻声问：“周哥儿，你喜欢男孩儿还是女孩儿？”

周启深闭眼休息，想都没想，说：“都喜欢。”

赵西音“唔”了一声：“那天，和平哥告诉我，说你特别想要儿子。”

周启深皱眉：“他又在胡说八道些什么！我哪里说过这句话。”

赵西音：“哦，你重女轻男，原来你不喜欢儿子。那我要是生个男孩儿，你是不是就要把我们母子俩扫地出门？你好狠的心。你不是‘周宝宝’了，你是‘周恶恶’。”

周启深嘴角浮现笑意，揽她入怀，不言。

过了许久，他才说：“我想要女儿，女儿像你最好，我也能看看你小时候的模样。”

赵西音愣了愣，心里注入无声暖流。她偷偷弯了弯嘴角，学他说话：“那我想要儿子，儿子像你，我也能看看你小时候是不是和现在一样帅。”

周启深很平静：“我小时候不帅，营养不良，豆芽菜一样。身上没一处好皮肤，都是竹条抽的。儿子像我……不好看。”

他的童年缺憾，少年阴影，是这一生都难以痊愈的伤口。

这些赵西音都知道。

她都知道。

“老公。”她将手臂张到最大，给了他一个大大的拥抱，“不管儿子女儿，我都会和他（她）一起爱你的。以后我们大手牵小手，活到九十九。”

周启深笑了，眉眼微弯，眼纹淡淡的，神情温柔得无以复加。

他说：“我还是活到一百零六岁吧！”

他比赵西音大七岁，如果活到九十九岁，他不放心她一个人。

九十九年，是在人间。

百年之后，才是永恒。

安静良久，赵西音忽然“哎”的一声叫唤。

周启深立刻紧张了：“怎么了？”

她握住他的手，轻轻放在自己的腹部：“小周周踢我。”

刚说完，两人掌心交叠的位置，被里头的小人儿又顶了顶。

窗外，海浪阵阵，海风徐徐。

窗内，周启深低下头，赵西音仰起头，眼神交会，然后默契一笑。

番外二：
宝宝

赵西音的预产期是在十二月中旬。算起来也就半个月不到。周启深有意将工作往前赶，为了能在她生产的时候，多些假期陪伴。他这几天早出晚归，基本没什么时间照顾赵西音。

梵悦那套房子里倒是请了一个阿姨，这个赵阿姨是周启深的挚交唐其琛推荐的。他夫人怀孕的时候，一直由赵阿姨帮忙照看，做事妥帖仔细，性子温和靠谱，不多话不多事，特地从上海飞来北京，签了两年的雇佣合同。

周五这天晚上，苏颖来家里看望赵西音。一见到她的肚子，苏颖表情惊愕："这么大了啊！"

赵西音笑了笑："这段时间长得快。"

苏颖记得，上周还和她一块儿吃了顿饭。她当时穿了件米色斗篷，小腿裤，特别遮肚子。在家脱了外套，就一件黑色打底衫，腹部的起伏曲线便十分明显了。

"希望生男孩儿还是女孩儿？"

"都好。"

苏颖是真奇怪了："你丈夫也这个态度？"

赵西音笑了："他应该什么态度？"

苏颖挑挑眉："你丈夫看起来比较像重男轻女的。"

赵西音乐了："啊，您真不是头一个这么说的。"

之前聚餐的时候，顾和平和老程也是这样打趣儿的，说周哥长了一副"我要儿子"的面相。这话把周启深气得那餐只吃了三碗饭就再也吃不下了。

当晚回去，他对着镜子左看右摸，可纳闷儿了："哎，我的脸上哪里写了'我喜欢儿子'？"真够冤枉的。

苏颖看了看赵西音的肚子形状，只淡淡地评价了一句："挺尖的。"

看过她的，有点儿年龄和阅历的阿姨们都认为，赵西音这胎应该是个儿子。民间传说，听听就罢。

苏颖这次过来，还告诉了她一个消息。戴云心投拍的那部电影出了点问题。一个主要投资方资金链断层，中途退出，让戴云心十分被动。据说两方大闹一场，撕破了脸面。戴云心这么多年也不是吃素的，说是要将对方告上法庭，这场闹剧没完没了。

"电影进度搁置了，戴老师四处拉投资，她那部电影几个主演片酬高，后期很难挺下去。"苏颖状似无意地聊起，其实是好心透露给赵西音听。

影视寒冬，多少项目半路夭折，再正常不过。赵西音的情绪有一瞬间波动，兀自出神。苏颖一时摸不出她想法，便作罢，指着带来的荔枝："老乔朋友带的，你也尝尝鲜。"

这天晚上，周启深下班回来就发现赵西音的状态不太好。周启深问赵西音，她只笑笑说没事。周启深当时没再提，只第二天让徐秘书去调查了一下情况。徐秘书只说，戴云心那边的情况比想象中还要差。周启深思索片刻，便让徐秘书交代集团旗下的一家子公司出面，为戴云心这部电影注资了两千万。

这件事，虽没有以周启深的名义，但戴云心还是知晓了内情。算起来，自青海一别，两人也有许久没再联系。这天中午，戴云心想请周启深吃饭，但周启深直接在电话里拒绝了。

戴云心是费解的，直言不讳："你为什么还愿意帮这个忙？"

她和赵西音的师徒情分，无声无息地止于青海。所谓爱屋及乌，她以为周启深会连带着一起疏远她。周启深语气平静："不是帮你。是我不愿意看到我夫人再为了往日旧情忧思劳神。"

戴云心沉默很久，问："小西还好吗？"

"好不好，您知道了也没太大作用。"周启深给了她一颗软钉子，然后挂断电话。

平心而论，这么些年，周启深对赵西音的好，都是落到实处的。她预产期前十天，周启深最后一次出差，是去杭州参加一个经济活动论坛。家里人都不放心，赵文春便把女儿和赵阿姨接回了家里。赵老师还得上课，白天在家里的时间少。隔壁楼栋的王阿姨倒是来得勤，时不时地送些水果，煲些汤，怕赵西音闷，还过来陪她说话聊天。

王阿姨身材微胖，对谁都是笑脸相迎的模样，看着特别喜气。赵西音知道她对赵老师一直有好感，那天还故意打趣爸爸："赵老师，您什么时候给我找个后妈啊？"

赵文春难得没说话，低着头自顾自地切水果，未言，嘴角却是上扬的。

周启深去杭州的第二天，赵西音听说了一件事。

他开除了集团里的一个实习生。这种事本不稀奇，但由周启深亲自发话，就显得郑重了。

这实习生赵西音之所以有印象，是因为她见过，在六月份的一次活动中。那天周启深参加完酒会，喝了点酒，给她打电话。赵西音当时正好从艺术中心往市区回，恰好顺路，便去了。

周启深醉意微醺，被徐秘书搀着，他后边还跟了一个年轻女生，女孩儿长得漂亮，所以赵西音便多看了两眼。

至于为什么要开除，女孩是传媒学院的应届毕业生，来集团公关部实习，并且有点家庭背景，是周启深某个合作伙伴的侄女。受人之托，按理说应该要给几分薄面。但这女孩儿对周启深很有好感，明里暗里打听他的一切，爱慕之情溢于言表。同期过来实习的女生们都看她不爽，私下里没少吐槽，直到听说，周启深已婚。

大家幸灾乐祸，心想，这回她总该消停了吧。但那女孩儿丝毫不在意，反而变本加厉。和行政部的一个主管打好关系，周启深这次杭州之行的工作人员里，多了她一席之地。

应酬局上，周启深喝了酒，早早回酒店休息。洗完澡后，他就听到门铃响。

打开门，那女孩抱着瓶香槟，化了很妩媚的妆，娇声说："周总，您能帮我看看这瓶酒好不好吗？我不是很懂酒。"

周启深当即皱了眉，冷冷地说："你喷这么多香水是想熏蚊子吗？出去！"

半小时后，徐秘书就接到老板电话："让她明天就滚蛋。"

赵西音听说事情始末后，一点也不生气，反而觉得有些好笑。那晚周启深从杭州回北京，睡觉时，她捧着他的脸左看右看："又不是什么绝世大帅哥，怎么这么招人惦记呢？"

周启深闭着眼睛休息，抓着她的手往嘴边亲了亲："赵西音。"

赵西音愣了愣，这么正儿八经地叫她名字。

周启深睁开眼："你今天特别讨厌。"

"？"

"讨人喜欢和百看不厌。"

"……"

赵西音鸡皮疙瘩都起来了，哭笑不得："你哪儿学来的土味情话？"

"不用学，看到你就脱口而出。"周启深笑容渐深，把她从臂弯慢慢放平，然后小心翼翼地悬空压在上面，声音低沉，"宝贝儿小音音，宝贝儿小西瓜。"

赵西音受不了，笑着推开他的脸："毛病！"

一周后，赵西音进入预警期。还有两天预产，生孩子这事儿也说不准，提早或推迟是常有之事。周启深已经是半休假状态，如非紧急的事，大部分时间都待在家里办公。梵悦那套房子的婴儿房早就布置了出来，什么都是最好的。那张小鸭子的婴儿床，还是周启深亲手安装的。就这两天睡觉，赵西音翻个身，周启深都无比紧张：“是不是要生了？”

赵西音觉得，这人比她这个生孩子的还紧张。

预产日是十八日，小周周十分准时地在这一天选择发作。赵西音是在洗澡的时候，发现自己破水了。

她一点也不惊慌，稳稳当当地把澡洗完。换了干净衣服，还把头发给吹干。最后走出浴室，十分平静地告诉周启深：“老公，你去开车吧，我要生了。”

周启深看她一脸淡定的模样，一度以为她是玩笑话。赵西音生产的时候，也很顺利。胎位正，头朝下，进医院就开了三指，不到一小时就进了产房。

两小时后，孩子平安出生。

一个健康的女婴。

助产士把孩子抱出来时，周启深抓着护士的手，焦急地问：“我老婆怎么样？”

那护士被他抓得都快哭了：“产妇很好，先生您松手。”

一颗心落地，周启深这才去看了女儿，就那么两眼，也看不出个什么长相，就觉得脸圆乎乎的。周启深还纳闷儿了……原来赵西音小时候竟然长得这么不好看啊！

顺产恢复快，生完第三天，赵西音就转入了月子中心。四十五天的月子，周启深一直陪着她。原以为多了个娃，会手忙脚乱，但小周周十分好招呼，根本不用费太多心。唯一的遗憾，大概是赵西音产后第五天得了乳腺炎，烧了四天，痊愈后，母乳也就断掉了。为此，赵西音一直觉得有点可惜。周启深却不以为意，指着一大堆奶粉说：“吃这个也好，至少你不用太辛苦。”

赵西音挠挠他的掌心：“你知道什么。”

周启深道：“我知道生孩子不是女人一个人的责任，我不想你太累。”

他们女儿的名字，最后取为周旖，小名一一。

赵西音出月子后，《霓云奔月》正式开启全国巡演。第一站上海，门票十分钟售罄。

一一太小，赵西音没能去现场看首演。

第二站深圳，她去了现场。

苏颖看到她时，略略吃惊："身材恢复得这么好？"

小腹平坦，腰肢纤细，跟怀孕前几乎没差。

赵西音谦虚地说："体质好。"

苏颖问："那你什么时候重返舞台？"

赵西音郑重地点头："很快。"

《霓云奔月》首次巡演的口碑是树立起来了，观众都等着第二轮巡演。赵西音生完一一满八周的时候，周启深那天特意很早下班，带赵西音出去吃饭。吃完后，他把车往郊区开，最后停在一处无人的山坳处。

赵西音眨眨眼："周哥儿你干吗呀？"

周启深倾身压倒她："明知故问。"

……

孩子六个月的时候，赵西音就回去艺术中心了。苏颖对她严要求，练舞的力度比一般人要大，赵西音腿上经常青一块紫一块，但没有半句怨言。

她在第二年，正式随《霓云奔月》开启第二轮全国巡演。

作为绝对领舞，关于她的报道越来越多。网友们没有忘记《九思》时的八卦，好多人还记得她。

"天哪，小姐姐太貌美了！大家一定要去看现场，让你们知道什么叫仙女下凡！！！"

"她就是被林琅陷害过的那个同班同学吧？真是今非昔比，林琅已经糊穿地心了。"

"天道好轮回，苍天绕过谁。"

"小姐姐孩子都有啦，一岁多了呢！"

"这身材真是生过孩子的？"

诸如种种，或赞美或猜疑，如今的赵西音，已能一笑而过，真正做到风轻云淡了。

只不过热议的那段时间，出了个小插曲。

有娱乐号曝出了一条内容，直指赵西音的旧日恋人是凡天娱乐的现任总裁孟惟悉。说两人是年少恋人，唯美初恋。

但网友的风评很一致，几乎都是辱骂爆料者：

“人家孩子都能打酱油了，能不能放过了？”

“这是几个意思？小编你是要破坏人家家庭吗？都快过年了，做个人吧！”

“京城孟家的那个少东家？天，这是什么偶像剧爱情啊！”

“楼上，你看过哪部偶像剧是悲剧收尾的？”

很快，又有人发现疑似孟惟悉的小号，最新的一条微博停留在一年前，春节。

内容只有一句话——

“最好的那一年，是你爱过我。”

这个事只曝光了很短时间，然后就被全网删除了。

赵西音回去跳舞这事儿，顾和平和老程还问过周启深：“还想让你老婆这么辛苦啊？其实小赵完全可以过得安逸一点。”

他们正在玩牌，这一盘，周启深手握绝对好牌，笑得意气风发，眉眼神色还是那么自信，他说：“我老婆想过什么样的生活，都由她自己说了算。想跳舞，就回去跳。我也不要她带孩子，带孩子不是她的义务。她活得开心，永远是第一位的。”

哎哟喂，把顾和平和老程他们酸得哟！顾和平笑着问：“你俩什么时候生二胎？”

周启深说：“不生了。让她去做自己喜欢的事。我永远支持她，尊重她，以及——

爱她。”

番外三：夫妻

周旖小宝贝的一周岁生日，周启深本打算办个正式点的宴会，但赵西音没同意。说宝贝儿太小，也没必要铺张浪费。这个时候，她刚结束《霓云奔月》的全国二次巡演最后一站，艺术中心正式接到巴塞罗那的邀请，于明年初春赴西班牙演出。

周启深偶尔也会上网，暗暗地搜赵西音的新闻。微博上的消息居多，都是观众观看表演时录的短视频。

无修图，无滤镜，无美颜。评论都是“呜呜呜，好想娶她做老婆！”“小姐姐太美了！”这种夸赞。别的倒还好，周启深将每一条想娶她做老婆的这类留言，都点了举报。

理由：涉黄。

偶尔也会瞧见几条黑子言论，诸如“嘁，也就是个路人长相吧”。

周启深就会一顿狂呛：“你见过哪个路人长这样？有时间敲键盘，不如去照照镜子。”

我老婆天下第一美！

生日宴那天，他们就叫玩得好的朋友一起吃了顿饭。赵西音跟黎冉说的时候，黎冉只问了一句话。

“顾和平去不去？”

“应该会去。”

“那我就不去了。”

巧了，周启深和顾和平说的时候，他也问了同样的问题：“黎冉去不去？她去我就去。”

最后，黎冉没去，顾和平还是去了。就因这一桩事，赵西音知道了两人当年的恩怨。黎冉平日大大咧咧惯了，但在这段无疾而终的感情里，肯定是动心多的那一个。至于顾和平，渣得彻彻底底，看这还有心调侃的浪荡之气，简直没救了。

周旖小朋友长得极其像周启深。所幸，皮肤白，这点倒是随了赵西音。宝宝生日那天，还来了一个周启深意想不到的客人。饭宴气氛正酣，周启深接到一个归属地为青海的陌生电话。他想也没想就接听了，脸上还挂着上一秒聊天未收的笑意。

“哪位？”他问。

那头是道很清澈的少年音，说：“请问，您是深哥吗？”

对方并未自报家门，但就是这么神奇的心灵感应，周启深瞬间说出了名字：“你是……小北？”

阮斐的儿子，阮北临。

他站在餐厅外，寒冬渐深，十七岁的少年穿着黑棉衣，模样清秀俊朗，手里提着一大袋东西，也是一眼就看到了周启深。

那一瞬间，他们两人一定有默契。

阮北临在北京参加数学比赛，算是受人之托，特意来送礼物。

“这是我妈妈捎的特产，还有一个银手镯。这是她自己打磨的，送给小妹妹，希望她健康平安。”阮北临讲话时，吐字清晰，普通话标准，还会温和地注视对方的眼睛，很有涵养。

周启深弯了弯嘴角，接过道谢。

问他：“你在北京还要待多久？”

“明天回青海，比赛已经结束了。”

“数学？”

“是的。”

“取得名次了吗？”

“高中组第一名。”

答完，阮北临腼腆一笑。

正说着，赵西音抱着宝宝也出来了，看到他很是惊喜：“小北！”

阮北临亦高兴：“小西姐姐！”

“长高啦！”赵西音笑着说，然后轻轻举起一一的小手对他摇了摇，“来，跟小叔叔打声招呼哟！”

她用的是“叔叔”，而不是“哥哥”。阮北临的表情有那么一瞬的不自然，但很快恢复平静，很礼貌地握了握周一一的手：“你好啊，小朋友。”

一一刚睡醒，明亮如紫葡萄的大眼睛滴溜溜直转，盯着阮北临怎么都不挪眼，软乎乎的小手还牵紧了他的食指。赵西音笑着说：“她很喜欢你。”

阮北临神色柔和：“她长得好漂亮。”

“斐姨还好吗？”赵西音问。

“挺好，谢谢关心。”阮北临说，“妈妈也很挂念你。”

赵西音点点头：“等天气暖和些，我们接她来北京看一看。”

后来，周启深留他吃饭，但少年拒绝了。这份亲近恰恰好，保持着应有的分寸，既不谄媚，也不刻意疏离。人生中的某些事，总是要慢慢来的。

晚上回到家，赵阿姨带宝宝睡觉。周启深今儿不知来了什么瘾，非要拉着赵西音一块儿洗澡。这臭男人什么德行她再清楚不过，常常洗着洗着就干些没脸没皮的事了。但今晚的周启深特别沉默，赵西音知道，他心里头装了事。

周启深把脸深深埋在她颈间，许久许久后，呼吸才渐渐平缓。赵西音温柔地摸着他的后脑勺，感受男人短硬挺立的头发，轻声说：“以后小北如果大学考到北京，我们就常去看他。”

周启深极低地“嗯”了一声，然后将她抱得更紧。

她永远是最懂他的女人。

所有亲情缺失，内心所想，毕生渴望以及敏感忐忑，她全部都懂。

春节之后，赵西音即刻投入舞团训练，全力以赴三月的巴塞罗那演出。二月份时，演出人员进行最后的封闭集训，在广州待了半个月。在这期间，赵西音出了意外。

她在一次排练中，摔了一跤，脚踝当场就肿成了萝卜，吓得大伙儿手忙脚乱把人送到医院。向来冷若冰霜、看似没什么人情味的苏颖也紧张死了，一路跟在医生后头反复强调："她这只腿受过伤，断过骨头，请一定要做好治疗。"

赵西音真不是普通的崴脚，是骨裂。后天的航班飞往西班牙，演出在即，所有人都焦心。赵西音反而笑着安慰大家："没事儿，演出当天我打个封闭针，不影响。"

封闭针副作用大，但她作为绝对主演，眼下这关头，实在是没什么好的办法了。

赵西音对苏颖说："你可千万别告诉我老公啊！"

苏颖犹豫不决，赵西音挑挑眉："信不信，你要告诉了他，后天的飞机他都能截停。"

半玩笑半认真，总之不好对付就是了。就这样，赵西音带着伤去了西班牙，并且出色地完成了《霓云奔月》的首次国外演出。赵西音上台前，受伤的腿打了封闭针，下台之后，人立马就倒在了地上。

周启深知道后，这一次，是真的发了脾气。

赵西音自知有错，低着头也不敢吭声。给她安排了最好的骨科医生，并且再三确定不会留病根后，周启深对她实施了为期一天的冷战。赵西音躺在病床上不能走路，但手机不离手，也不乱打电话打扰他工作，只一个劲儿地发微信：

"老公，你的赵西瓜知错啦！"

"老公公，你有没有发现大年初一那天的鞭炮很响吗？"

周启深看到这条时，皱眉不解。

但他还在冷战，二十四小时没到，他是绝对不会拜倒在石榴裙下的。

赵西音很快又发：“但再响，也没有我想你那么想。”

周启深：“……”

赵西音：“呜呜呜，老公，人家‘jiojio’好痛痛，想要你的抱抱和亲亲。”

周启深握着手机，姿态高冷依旧，但表情显然回了暖。相比生气，他心疼更多。赵西音这条腿旧伤新伤都有，医生建议，最好一年内不要再进行剧烈活动，不然以后习惯性受伤就相当麻烦了。

《霓云奔月》的国内巡演暂告一段落，苏颖那天来看她，两人关上房门聊了很久。赵西音起先不太愿意，但苏颖深知一名舞蹈演员的身体状况将会对她的整个舞蹈生涯起到什么样的影响。

赵西音如今的情况，在康复期内，显然不再适合进行高强度、高频率的表演。权衡再三，赵西音妥协。

兜兜转转，时光轮回，好像又回到了原点。赵西音不在台前，依旧参与艺术中心的编舞工作。此时，周一一小朋友开始蹒跚学步，说话也早，能很清晰地叫出“爸爸”和“妈妈”。

小丫头长得漂亮，跟周启深如同一个模子刻出来的。周启深彻彻底底沦陷为了女儿奴，有事没事就在铁三角群里发照片——

“我闺女喝奶，萌萌的吧？

“我闺女的笑容，像我吗？真是倾国倾城。”

顾和平总能杠上两句：“夸我干女儿就好好夸，别总带你自己出场，要点脸好吗，周老板。”

周启深不知从哪儿学会了用P图软件，还特意把自己和女儿的照片弄了个拼图，一模一样的微笑表情，逢年过节就往群里甩：“一看就是亲生的。”

老程如今也是已婚人士，没那么酸了。顾和平呢，这哥们儿也是越发油盐不进，好像是习惯了一个人浪迹天涯。

周启深原本是真没想过再生二胎，是赵西音自己有了想法。她很长一段时间不能再回台前，想着，闲着也是闲着，不如干点儿事。以后能跳舞了，不至于耽误。她看似没什么人生目标，实则门儿清。人生旅途一程又一程，哪个时间段该干什么，能干什么，适合干什么，她比任何人都清楚，并且永远不缺面对的勇气。

他们的第二个孩子，是初夏在瑞士旅行时怀上的。

想想，也是意料之中。那次旅行没带一一，两个人像是度蜜月。赵西音回国后不久，就发现自己怀孕了。

有了第一个孩子，两人对第二个孩子的到来，好像都平静淡然了许多。这次，赵西音提前知道了性别，她是在香港做的四维，宝宝面朝屏幕，看得清清楚楚，是个男孩儿。周启深知道后没什么反应，赵西音用胳膊肘捅了捅他："是个男宝呢！"

他就一声："哦。"真够敷衍的。

事实证明，他周启深不是一个"重男轻女"的人，因为这一胎，他的期许值和憧憬度直线下降。赵西音一度以为自己嫁了个假老公。周启深倒是振振有词，说："男孩儿要这么宠爱做什么？没用的，迟早是要吃苦的。"

赵西音："……"

"我周家的男人，不许娇生惯养。四岁，不，三岁就得给我下田插秧，从小就要知道生活不易。"

赵西音默默捂紧了肚子，再默默地远离这个男人三步。虽然二胎怀得容易，但孕期其实并不十分顺利。赵西音两个多月时见了红，卧床到三个月才安稳。所幸的是没有什么早孕反应，三个月后，身轻如燕，好像怀了一个假儿子。

那半年，老家西安的周伯宁，身体大不如从前，去人民医院检查，是严重的心脏病，连带着肺功能都极差劲。周启深和他的父子关系依旧恶劣。知道病情后，一个不求儿子，一个不看老子。对峙较劲，谁也不服软。周启深什么都不说，但还是托西安的朋友们将周伯宁送去国外做了心脏手术。

手术持续一天半，结果一切顺利。周启深看着手机上的信息，久久没有吭声。

周伯宁治愈康复后，人好似苍老了十多岁，原本不显眼的白发，如今已满头。半截身子入土，另半截身子刚从鬼门关闯回来的人，精气神一下子散了。他瘦如干柴，说话时，嘴巴也是歪的。医生说，这是常年酗酒的后遗症。

令人想不到的是，周伯宁主动要求去养老院，连钱都是自己付的。小六后来飞来北京，当面给了周启深一样东西。

是一本存折。

周伯宁去养老院之前，竟把老家的房子卖了，四十多万的房款，全部交给了周启深。

六月高考，出成绩那日，从青海传来一个好消息，阮北临考了省理科状元，第一志愿填报的是清华大学数学系。结果没有意外，他将顺利被清华大学录取。不久之后的开学季，他就会来北京求学。这对并没有相认过，但彼此心存默契的哥哥弟弟，或许会以另一种方式，延续这份迟来的亲情。

夜深人静时，周启深会回想，方才惊觉，赵西音那时所说的一切，似乎都在一步一步兑现呢！

次年春暖花开，周启深和赵西音的儿子出生。取名周御致，小名小周周。

小周周的大名是合过生辰八字的，五行缺金，便用了一个寓意凌厉的“御”字。老程说，这名儿一听就是要干大事的人。顾和平“嘁”了一声，这不是废话嘛，周启深这么厚的身家，他儿子能不优秀，敢不优秀吗？

周御致小朋友继承了父母的所有优点，长相神似赵西音，气质又和他父亲如出一辙。两人好几次带出门逛街，都有星探看到后说要签约，带他去拍童模照。

这时的周一一小朋友已三岁了，到了上幼儿园的年龄。这小丫头颇具语言天赋，特爱碎碎念，不管有没有人陪她对话，一个人也能奶声奶气地念叨一通：“我最爱我爸爸啦，我爸爸叫周启深，今年快四十睡（岁）了。他一天到晚就想跟我妈咪碎（睡）觉。我妈咪每斥（次）都哭脸脸。爸爸真是个羞羞脸。”

赵西音哭笑不得，一边纠正女儿的发音，一边应付她的十万个为什么——

“妈咪你为什么要哭脸脸？”

“妈妈没哭。”

“你骗一一，明明就哭啦！”

赵西音：“……”

现在的小孩儿真是不好糊弄啊！

母女俩大眼瞪小眼，周启深从书房走出来，挡在妻子身前蹲下，平视周一一。他一脸慈父微笑：“一一说得没有错，妈妈是哭了。”

“为什么哭哭？”

“因为妈妈生病了，没有爸爸好不了，”周启深笑着说，“爸爸在给妈妈治病打……”

赵西音赶紧捂住他的嘴，强行把这个臭男人拖走了。关上卧室门，赵西音笑骂：“在孩子面前你乱说什么呢？”

周启深搂住她的腰，低头和她的额头相抵，沉声笑：“是事实耶，周太太。”

赵西音面色微红，捏了把他的腰，周启深的薄唇便亲了上来。

“唔！”她含糊地抗议，“你儿子还在睡觉呢！”

周启深不满地皱眉：“这个时候，你还想别的男人？”

赵西音无奈：“你怎么连自己儿子的醋都吃啊！”

周启深轻啃她的侧颈：“就吃就吃。”

春暖花开好时节，窗外一片明媚春光，微风轻轻吹开薄纱窗帘。这样温情的时光，不是人生终点，而是更好未来的起点。